悠悠岁月情

杨一星 著

民族出版社

目　录

藏区万里行

（选自1980年6月3日至9月28日日记）

“文化大革命”结束不久，改革开放之初，我接受了一项特殊使命——接待以十四世达赖的妹妹吉尊白玛为团长的第三批国外藏胞参观团，全程陪同他们前往广阔边远的西藏和其他藏区参观访问。

参观团一行7人，其中6人从事教育工作，参观的主要内容是了解藏区的教育情况。陪同人员有4人，除我之外，还有两人担任藏语翻译，一人负责安排生活。

参观行程从1980年6月3日开始，至9月28日结束，历时117天。除在北京参观访问外，参观团走访了陕西的咸阳，甘肃的兰州、甘南藏族自治州，青海的西宁、海北藏族自治州、海西蒙古族藏族自治州，西藏的那曲、日喀则、山南、拉萨、林芝等地，四川的成都、甘孜藏族自治州等地，足迹遍及5个省（区）、6个市、8个州（地区）及其所属的35个县，参观了大、中、小学103所，藏传佛教寺院19座，幼儿园、工厂等单位

39个，汽车行程13000多公里，飞机和火车旅程7000多公里。

在这4个月的时间里，我们陪同参观团从甘南高原到青藏高原，经柴达木盆地过冻土地带，走过昆仑山口，经金沙江源头主流沱沱河、通天河到唐古拉山口，进入海拔四五千米的羌塘高原，行至雅鲁藏布江中游的藏南河谷区，远达喜马拉雅山麓，又从世界屋脊转入横断山脉。除云南藏区外，我们走访了其他四个藏区的大多数地方，看到了当地的山川景观和人文风貌，也经历了各种严酷的自然环境和突发事件的考验。以下的日记中就记录了这段行程沿途的见闻和轶事。

在改革开放20多年后的今天，再来回顾那百废待兴的初创年代的一段往事，令人感触良多。为方便阅读，把日记分为陕甘、青海、西藏和四川几个部分。

1999年9月9日于北京

陕甘之旅

（1980年6月3日至29日）

6月3日，星期二，晴

由十四世达赖的妹妹吉尊白玛率领的国外藏胞第三批参观团一行7

人，从印度经香港进入广州，由广东省民委朱女士陪同，于晚9点40分到达北京。去机场迎接的有中央统战部江局长、国家民族事务委员会办公厅高主任、中央民族学院东嘎教授及其他接待人员。参观团住国谊宾馆。

参观团成员中有女2人、男5人，一行7人都会讲藏语。其中6人在印度藏民区从事教育工作，吉尊白玛、洛桑丹增是学校总管，索南绕登是校长，扎西旺堆、央莫次仁（女）、拉贡珠古三人是教师，另外一人是摄影师土登。拉贡珠古和洛桑丹增两人穿喇嘛袈裟，参观团成员称拉贡珠古为“仁波切”（活佛）。

接待人员有我、益西措（女）、汪清平措和吴肃民4人。益西措是康巴地区的藏族，长期在拉萨工作；汪清平措是生长在拉萨的藏族。他俩担任翻译。吴肃民负责安排吃住、交通等事宜。我们的任务是热情接待，与有关方面联系安排参观团沿途的参观、吃住及交通，尽可能解决他们的合理要求，如果他们散布分裂祖国、破坏民族团结的言论，也要有理有节地予以驳斥。

6月4日，星期三，晴

由江局长和高主任主持，在宾馆与参观团全体成员一起研究参观日程。参观团事先已拟好了一个参观藏区的意向安排，团长白玛要求见班禅大师和阿沛副委员长，还要求见宋庆龄和邓颖超，还说离开家乡已20多年，想多看些地方，主要想到藏区农村，路远、交通不便都不怕，骑马走路都行，时间安排四五个月甚至更长都可以。他们所提的参观意向中没有包括云南藏区，解释说现在第二批参观团正在那里参观，他们就不去了。

本着尽可能满足他们的要求，好的、差的都让看的原则，共同研究出一个初步的参观方案：参观北京的中央民族学院等几所大学、两三所小学和幼儿园，咸阳西藏民族学院，西北民族学院，甘南藏族自治州（以下简称甘南州），青海民族学院、海北藏族自治州（以下简称海北州）和海西蒙古族藏族自治州（以下简称海西州），西藏那曲、日喀则、山南、拉萨、林芝、昌都地区，西南民族学院和甘孜藏族自治州（以下简称甘孜州）。他们还提出要去西藏阿里地区，高主任告知，从西藏去阿里的路走不通，要去阿里只有走新疆的新藏公路，绕得远，花的时间也会比较长，如一定要去可以安排，由他们自己决定。他们考虑后，表示不去了。

决定走的路线是：从北京乘飞机到西安，乘火车到兰州，从兰州乘汽车走青藏公路到西宁，经格尔木进西藏，再走川藏公路经昌都、甘孜到成都，乘飞机返回北京。时间大约要 4 个月。

6 月 5 日，星期四，晴

上午 10 点半，全国政协副主席刘澜涛接见参观团，陪同接见的有中央统战部副部长李贵、国家民委副主任杨东生（藏族）和全国妇联副主席阿沛·才旦卓嘎（藏族）。

刘表示热情欢迎参观团的到来，谈了国内的形势以及藏区的情况，并坦诚地谈道："藏区虽有很大进步，但由于'文化大革命'的影响，也和内地一样存在不少问题。不过，中央极为重视民族工作，又在推行改革开放，西藏将会建设得很好。你们这次去参观，好的、中间的、差的都可以看，实事求是嘛。我国是由56个民族组成的大家庭，我们都要积极维护国家统一和民族团结，这对加速藏区的建设是非常重要的。"他还十分关心参观团成员的健康，要他们注意身体，慢慢适应高海拔缺氧的环境。

白玛也谈了参观团的任务和要求，并简要介绍了在印度藏胞的教育情况。

接见后设便宴招待参观团。

下午参观民族出版社，并与藏文翻译室的翻译人员座谈。

晚上到首都体育馆看排球比赛。

6月6日至11日

这几天都在北京。班禅大师、全国妇联主席康克清分别接见了他们。阿沛副委员长不在北京，由阿沛夫人接见并设便宴招待。

参观了北京大学、中央民族学院、民族文化宫、北京实验小学、北京市少年宫、雍和宫、中国通史展览等。还观看了舞剧《奔月》。安排参观团到协和医院做了进藏前的体格检查。

在北京参观了几个地方后，他们就提出："我们主要是来看西藏的，不是来看北京的，希望快点走。"参观北京大学时由副校长、东方语言学界泰斗季羡林接待，介绍了情况并安排了很好的参观项目，他们随便敷衍一下就走了。参观中央民族学院时也是心不在焉，马马虎虎看了一下民语系和艺术系就不参观了，提出要召集全校的藏族学生来谈话。虽然学生正在上课，但校方还是尽可能找来了藏族学生，白玛对藏族学生宣扬"教育兴藏"，表白他们如何关心教育，培养青年，现在的西藏摧残藏文化和宗教等。

在参观民族工作展览时，白玛对藏区的新旧社会对比、农奴主和农奴的生活对比等内容表示不满，指着农奴主享用的豪华器皿说："汉人就不用这些东西了吗？"指点着民族地区的区划图说："安多怎么是青海的？博（西藏）、康巴（川滇藏区）、安多（甘青藏区）原来就是西藏的，是你们现在把安多划给青海了。"翻译益西措对他们说："安多在历史上就属青海，你们说得不对。"

参观藏传佛教寺庙雍和宫时，参观团成员包括穿喇嘛袈裟的拉贡珠古及洛桑丹增都没有给寺里的佛像叩头献哈达，也没有给一分钱的布施，这种事居然发生在活佛身上。

白玛在路上说，居印藏民的信仰是绝对自由的，但一般不让六七岁的小孩进寺当喇嘛，自愿去当喇嘛的也要到十七八岁才行。

6 月 12 日、13 日

准备前往藏区的行装、药品等。原定 13 日下午 6 时乘飞机去西安，因误点改乘晚 10 点 50 分的班机，于凌晨 1 点到达西安，2 点乘车到咸阳，住地区招待所。

6 月 14 日，星期六，晴

参观西藏民族学院。该院整体设计布局较合理，主体教学楼、科研楼、图书馆、运动场、学生生活区、教职工生活区、后勤部门等都安排得井井有条，一进大门就使人感到这是一所规划适宜的高等学府。路旁树木掩映，绿化也好。学生 800 多人，藏族学生占 80% 多，学生宿舍一间住四五人，整齐清洁。参观团去时，老师和学生态度自然。

原安排参观完后回招待所吃饭，但该校从美国回来的教师扎西次仁认识白玛，要请白玛去他家吃饭，参观团其他成员也要随行，故改变计划。可是扎西只准备了 3 人的饭菜，为了让参观团 7 人都在他家欢聚，又从招待所给他们送去饭菜。

下午继续参观、座谈。

学校有一些农奴家庭出身的学生，听说是达赖的妹妹来，表示反感。

学校做了很多的说服教育工作，才没有发生意外情况。

晚11点35分从西安乘71次火车赴兰州。

6月15日，星期日，晴

下午3点40分，火车到兰州，甘肃省民委主任及省教育局、文化局的负责人到车站迎接。住宁卧庄宾馆。6时，省委统战部王部长来看望参观团成员并设便宴招待，餐后看舞剧《丝路花雨》。

甘肃负责接待的是贡布扎西，藏族，研究生毕业，现任省统战部处长，藏汉文水平都相当高。

6月16日、17日

这两天在兰州参观，黄正清副省长、嘉木样活佛、贡唐仓活佛（3人均是藏族）分别接见参观团。

参观西北民族学院。该院背靠山峦，面对铁路，在一块狭窄地带上。整个兰州四周有山，中间有黄河流过，平地面积相对狭小，发展余地有限，城市地形如此，看来民院也只能将就。民族形式的校舍建筑很有特色。参观了图书馆、化验室、礼堂、学生宿舍，听了才旦夏茸教授用藏语讲课。听完课后，参观团的索南绕登对贡布扎西说："只要把藏文学好了，一切科学进步的东西都可以学到，学好藏文，藏族就能发展了。"贡布反驳了他这种论点，指出任何一个民族的发展，除了学好本民族的语言文化外，还要积极学习吸收其他民族先进的文化，闭关自守只能使该民族保守落后。

要去西北民族学院时，参观团的土登要小把戏，私自戴上了“雪山狮子旗”臂章，我们当即予以制止并指出：“你们回国参观，这种做法是不友好的态度，希望今后不要发生类似的事情。”

6月18日，星期三，晴

离兰州向甘南藏族自治州进发，途经临夏回族自治州（以下简称临夏州），在此用午餐。

我们全部乘坐北京吉普车，这种车底盘高，便于在村道上行驶。共有8辆车，其中5辆坐人，3辆装行李，组成了一个规模不小的车队。

甘南州与临夏州、青海省的循化撒拉族自治县和黄南藏族自治州连界，属甘南高原，海拔高，气候凉爽。参观的第一站是该州的夏河县，公路两旁都是农田，小麦和油菜都长得很好。于下午6时到达夏河，住县招待所。参观团的人都是第一次来，进入藏区，情绪甚好。晚餐有藏民食品如手抓羊肉、酸奶等，是专为他们准备的。

6月19日，星期四，晴

昨晚下了点雨，早晨天放晴。夜雨使空气清新爽洁，令人心情舒畅，早餐时大家互祝“扎西德勒”（吉祥如意）。特意给他们准备了藏族的酥油茶和青稞炒面，还有其他各种食物，他们可随意食用。

参观拉卜楞寺。拉卜楞寺在夏河县，大夏河穿城而过，清澈如洁白哈达的河水自西向东而流，将龙山、风山之间冲积成一块平坦的盆地，拉卜楞寺就建在这块有灵气的宝地上。该寺是黄教喇嘛六大寺之一，另5座寺是青海的塔尔寺，西藏的哲蚌寺、色拉寺、甘丹寺和扎什伦布寺。拉卜楞寺始建于清康熙四十八年（1709年）。拉卜楞是藏语“让”的译音，意为“佛宫”，“方丈”。该寺建筑规模宏伟，寺宇广大，金瓦朱檐，寺顶四周立着金碧辉煌的宝瓶，墙壁为红黄色，飞檐描金画彩，形成一片气势雄伟、富丽堂皇的建筑群。是历代嘉木样活佛的驻锡寺。寺院有18座佛殿。有具有鲜明藏式建筑风格的，也有藏汉混合式和汉式风格的，殿内供奉有万余尊佛像。有高达十几米的大佛、有重达数吨的铜佛、有价值连城的纯金佛，佛身多用珍珠、翡翠、玛瑙、金刚石镶嵌，散发着宗教华贵和深厚的魅力。佛龛前层层排列着光芒四射的千百盏酥油灯，发出浓浓的香味。佛殿外有五颜六色随风飘动的经幡，香烟缭绕的煨桑炉。还有环绕寺院的一米半高的大转经筒，上面刻满了佛经，据说转动一次经筒就是念了一遍经。很多信徒口念六字真言，不断地转动着经筒。

半，其余为汉、回、土等民族。当地过去长期归卓尼杨土司（藏族）统辖，其祖上在明永乐年间（1403—1424）因功受赐封，从部落酋长变为世袭土司，延续五六百年，在当地很有势力。末代土司杨复兴，20世纪40年代末起支持革命，成为进步的民主人士。

途经完冒小学时停车参观，新修的教室很宽敞，但比较乱，也没有学生上课。老师说学生上午10点放学回家吃饭，下午2点再上课。我们在农村生活过，知道许多农村都是一天吃两顿饭，但参观团不信，说："哪有这个时候吃饭的?"还说："解放解放，好哇好哇，教室是空的，衣服是破的。"并与附近一个穿破衣服的女孩照相合影。一个藏民举着一张活佛照片，摄影师土登反复摄录，其实这是贡唐仓活佛的照片。从中央民族学院开始，参观团一直在暗地散发十四世达赖的照片，在这里也散发。

下午由县教育局负责人介绍全县的教育情况并座谈。

禅定寺是卓尼最大的喇嘛寺，"文化大革命"中被毁坏，仍带参观团去看了废墟，他们录了像。我们本着实事求是、全面开放的原则，好的、差的都让看，但他们却是只拍摄差的，不拍摄好的。

6月21日，星期六，小雨后晴

上午参观卓尼小学。该校建于1922年，学校规模和设备还不错，但有的教师水平较差，教三年级的一位教师还写错了字。参观团有人说：

“教师这种水平还能教好学生吗?”这确实是个需要改进的问题。

参观第一中学。该校规模较大，有一位藏族英语教师是兰州大学外语系毕业的，教得很不错，参观团也说他的发音很准确。学生住校的有200多人，多为藏族。因口粮自带，只能让学生自己做饭，显得凌乱，这又成为摄影师的“好镜头”，抢着拍摄。学校介绍说，以后准备由国家供给口粮，办学生食堂。

参观团对汉族表示反感，对藏族学校教汉文极为不满，一见有汉字便说这是汉族学校，一味强调要纯学藏文。

参观市容和洮河大桥时有四五百人围观。偏远地区，群众很难看到外地人来，比较好奇，大多以为参观团是印度人，所以围观看热闹。给活佛叩头的也不少，有不少是汉族，一位汉族大娘叩了头后显得很高兴。

下午离卓尼去碌曲县。途经夏河县一所牧区小学，停车参观。学生有160多人，大部分穿得较破旧。几十个藏民给喇嘛叩头，参观团的洛桑丹增虽然穿喇嘛服但并不是活佛，他却给众人摩顶。地方陪同人员向白玛提了意见。白玛也说:“不是活佛摩顶是造孽的。”叫人去制止了他。陪同人员还对他们只拍破旧场面的做法提了意见，摄影师土登说:“在印度的藏人中有些人对（达赖）噶厦政府不满，认为噶厦不关心藏民的疾苦。我把这些（落后镜头）拍回去让他们看看，教育他们。”

碌曲是藏语，为“洮河”之意，下午5点半到达碌曲县，住县招待所，县领导来看望。

6月22日，星期日，晴

碌曲是畜牧业县，海拔2800米，藏族人口占86%，到处是绿茵似锦的广阔草场。

上午参观纯放牧的华岗大队（藏族）。在解放初，这个队有368人，牲畜8990头，人均约24头；现在有816人，牲畜32532头，人均约39头，大多数牧民已定居。看了几户牧民家庭，生活属于中等水平。华岗小学有140多个学生。

还参观了马艾大队的夏窝子，看了几户牧民的帐篷。牧民粮油充足，生活富裕。比如洛呷家：9口人，3个劳动力，有自留牛8头（7头可挤奶），羊9只，马1匹，由生产队分配的口粮、酥油和肉都吃不完，还分配羊毛，另外一年能分500多元钱。洛呷说："粮油富裕，钱少一些。"

参观了马艾大队小学，学生90多人，教师中藏族3人、汉族3人。下午又参观了3所小学，其中加格大队小学的学生全是藏族，7个教师中有5个藏族。这里的小学一、二年级全教藏文，三年级以上藏、汉文各半。

从碌曲县的情况看，民族教育工作要考虑的问题有三点：一是如何从民族地区的特点出发来搞好民族教育，如何合理安排藏汉文的教学比例，既要学好本民族的文化，又要适应社会发展的要求；二是如何解决好师资，这里缺乏藏文教师，尤其是素质好的藏文教师；三是根据牧区流动性大的特点，已有两个公社办了住宿学校，如何全面推广。省里已决定在这里办民族中学，加强民族教育工作。

碌曲县医院一位护士的哥哥在印度，托参观团带了块手表来，护士请他们去家里做客。这是一栋自家私有的四合院房子，屋内有沙发、大衣柜及各种摆设，看来生活不错。参观团不相信，问道："这是公家的吧?"

6月23日，星期一，晴

早8点去玛曲县。半路有群众拦车叩头，只得停车。陪同的扎西也被当成活佛，群众给他叩头，他再三解释群众也不相信。扎西身材魁梧，身高1.85米，浓眉大眼，长得十分富态，确有活佛之相，又穿着藏袍，难怪被误会。

玛曲，藏语意为黄色的河。该县地处青海、四川、甘肃三省交界处，黄河自西向东从青海省久治县流入玛曲，绕了一个大弯后又回转向西，形成黄河第一弯。这里是纯牧区，草原广阔，水草丰美，流淌的黄河水在阳光下闪烁，绿茵似锦的草原上散布着白云似的羊群和黑白相间的牦牛群，牛羊在悠闲地吃草，牧民骑着骏马，嘹亮的歌声在草原上回荡。暖洋洋的阳光把草原照得更加明媚灿烂，湛蓝的天上飘着白云，倒影在河水里，天水一色，远看去，分不清哪是羊群，哪是白云。空气特别清新，夹杂着一缕缕野花和青草的芳香。乘车在草原上行驶，真是一种得天独厚、至高至美的享受，这是大自然慷慨给予的恩赐。

下午 1 点多到玛曲县城，住县招待所。这里海拔 3150 米，全县 25000 人，藏族人口占 86%。晚上观看曼玛公社业余文艺队演出的藏戏《松赞干布》，颇有其独特的韵味。这是我第一次看藏戏。

6 月 24 日，星期二，先晴后雨

玛曲的气温只有十多度，早晚还很凉，清晨有轻霜，要穿毛衣。招待所生了炉子，烧的是牛粪，牛粪很易燃，要不断往炉子里添才行。烧牛粪是牧区的特点，当地城镇居民也要到牧区买牛粪当燃料。我从小在家乡早已闻惯了烧牛马粪当肥料的味道，所以并不觉得烧牛粪的味道不好。但参观团成员都嫌味儿难闻，不让烧。

上午参观了牧区两个生产大队及其小学、中学，在万玛大队午餐，都是藏族的佳肴，如手抓羊肉、酥油茶、酸奶、油炸食品和点心。

停车参观了黄河大桥。这是黄河上游的第一座大桥，也是我所到过的黄河最上游，虽然正值雨季，但这里的河水并不黄，据说枯水季节时水也是清的。还参观了冷冻厂，规模不小，有一定的机械化程度。

下午听说在欧拉草场正举办赛马会，这不是预定的参观内容，便征求参观团的意见是否愿意去看。摄影师土登十分积极，说：“印度的藏人很想念家乡，都想回家乡看看，特别是安多人。所以我要把这里的赛马、草场及生活情况都拍了带回去，让他们看看，他们一定很高兴的。”我们因此决定都去看赛马。看到赛马场上飒爽英姿的藏族青年、龙腾虎跃的气氛和整个赛场上的欢乐情绪，深深感受到藏族人民伟大、勇敢、顽强和乐观的精神。

回程遇到冰雹和暴雨，公路上一片茫茫大水，分不清道路和河沟。扎西他们的车陷入沟里，后由牧民来帮忙才拉出来，晚上近9点才回到招待所，幸好有惊无险。拉车时，大家都被淋得透湿，好在没有人感冒。

玛曲县已建起了民族中学，将在今年秋季招生。现已办了两所寄宿学校，将来准备每个公社都办一所。学校一至三年级全上藏文课，四年级开设汉语课。

6月25日，星期三，晴

准备早餐后返回合作镇。有消息说从四川若尔盖、青海及甘南州的迭部县来了一千多藏民在郎木寺集结，他们是听谣传说郎木寺的格尔登活佛（在印度）回来了，还有嘉木样活佛和贡唐仓活佛也来了，所以专程赶来搭了帐篷住下，等候这些活佛来给他们摩顶。这可能是有人故意散布谣言。为妥善处理此事，我们向参观团通报了情况，并共同商量决定，让州里的车走在前边，做些必要的解释工作，把活佛的车放在后边，以便给群众摩顶。

郎木寺在甘、青、川三省交界处的甘南州碌曲县境内。“郎木”藏语为仙女之意，传说附近雪山中有石岩似婷婷玉女为仙女所化而得名。郎木与四川格尔底隔白龙江相望。郎木的溪流多，数十眼水泉，日夜不停地涌出清澈的泉水，穿过村头院落，形成河流，奔向远方。郎木寺的活佛对附近甘、青、川三地的藏族群众有较大的影响，还有嘉木样活佛和贡唐仓活佛对这一地区的影响也很大，在宗教生活正常的情况下，也会有大批的藏民来叩头求摩顶。这是千载难逢的机会，所以藏民有的骑马，有的乘坐拖拉机、大卡车，蜂拥而来。牧区地域辽阔，交通不便，但消息传递之快令人惊异。

出玛曲县城十多里，便陆续遇到三四十人或更多的藏民拦车要叩头，前面的车被拦住时，告诉他们活佛在后面的车里，群众都点头放我们的车过去了。这样大概遇到十七八起，活佛停车给群众摩顶，虽有耽搁，但也还算顺利。

到郎木寺附近，人群集结有五六千人，公路四周全是人群，有七八十岁走不动的老人被背着来的，有瞎了眼的老阿妈被扶着来的，有妇女抱着婴儿来的，还有相当多是二三十岁的年轻人。群众前后拥挤，我们整个车队被团团围住，无法行驶。同车的扎西和州里陪同的藏族同志都下车去解释，说活佛在后面车里，但无济于事，群众似乎什么也听不进去。

我最担心的是群众之间互相拥挤会出现意外，所以也下车想做点说服工作，但语言不通，无能为力。扎西对跪在车前叩头的一个老奶奶说：“老阿妈，车里没有活佛，汽车碰着你就不好了。”老奶奶说：“被活佛的车压死就升天成佛了，这是我的造化。”干脆就趴在车前了。

我和团长白玛同乘一辆车，两边的车门都被扯开了，有个年轻人抓住白玛的手求她给摩顶，把白玛吓坏了，脸色惨白，紧缩向车座，用藏语紧张地重复说：“我不是活佛，我不是活佛……”有一对年轻夫妇，抱着未满月的婴儿送到我的怀里，要我给他们的孩子摩顶，男子上身穿军棉衣，腰缠藏袍，估计参过军。我用汉语问他：“当过兵吗?”他点点头，“会说汉语吗?”他也点点头。我说：“你看我不是活佛，你也劝说一下围车的人，告诉他们活佛在后面，不要在这里挤了，会挤坏的。”他不仅不听，反而坚持要我给他的孩子摩顶。

有的人用瓶子装了水、牛奶，或者拿着毛线、布条、白纱布条、红绸带送到我面前，要我给这些东西吹气或用手抚摸一下。听说如果活佛给这些东西吹了气，就有了“神气”，就能保佑他们。他们把这些绸带布条拿回去，分给没有来的家人亲朋，系在脖子上，就能得福、免灾、避邪了。他们竟然把我也当成了活佛，我无可奈何，只有耐心地解释。

有很多人将一把把的银元和人民币往我们车里扔，还附着一张张写着藏文名字的纸条，据说这是要求活佛超度亡人的名单和香火钱。白玛将银元和人民币都捡起来又扔出去了，听说活佛和其他参观团成员则借此发了一笔小财。

我们的车被围了两个多小时，活佛的车被围了三个半小时，有的吉普车的帆布窗都被撕成条当做神物拿走了。到贡边大队时已两点多，才发现扎西掉车了，又派车沿公路去把他找回来，他无限感慨地说："我可怜无知的同胞啊！"

下午4点多启程返合作镇。我在北京时就患肩周炎，尽管采用了封闭治疗，但仍未治好，怕受风。玛曲下午的天气比较凉，车启动后开着窗子风很大，我就把车窗关上了。白玛在路上就借题发挥，又哭又骂，喊叫说："你关窗户就是不让我与群众接触。我们是中央请来的，是来看藏胞的。这里的藏人没有自由，没有文化，生活这么苦。我们被招待得很好，有肉有馍吃，但藏族同胞一年能吃上一次吗？我真痛心，我不参观了，回到兰州就回印度。"还说："这里到处都是汉人，汉人的大城市建设得那么好，藏族地区就只有这么一条公路，还天天在修。"她是用藏语骂的，扎西翻译给我听。我看她像个任性不讲理的小孩那么哭闹，觉得不能跟她一般见识，也让她自己冷静冷静，就没有搭理她。扎西用藏语劝解也没有用。白玛还说："世界大得很，哪里好就到哪里去，什么祖国不祖国的。"

到合作镇时已9点半，安排好住宿后吃饭，白玛闹情绪不来，派人给她送饭到房里。我找索南绕登（白玛的外甥女婿）谈话说："刚刚相处二十多天，就已产生两次误会，这是对我们工作的不信任，对你们这样无理挑剔我表示遗憾。从我们来说是欢迎你们来参观的，也真诚希望你们参观好。白玛说，到兰州后就要回印度，究竟回去还是留下继续参观，请你们自己定。”索南说：“这是小事，团长有些激动，我去劝劝她。”

6月26日，星期四

上午参观了甘南乳品厂，甘南州民族中学、师范学校。

下午开座谈会，参观团的主要论调是：“这里的教育与印度（藏民教育）相比，这里是小拇指，印度是大拇指”，“要定一个法规，藏族只许说藏话，教学只许教藏语文”，“要搞纯藏族的文化、歌舞、广播”。索南说：“看了4个县的学校，都是有名无实，教学都是藏不藏，汉不汉的，我们很痛心，为什么数理化不用藏语教学？要全部藏语化才能发展藏族文化教育。在碌曲看了藏族歌舞，也是不藏不汉的，应该是纯藏族的。安多的、拉萨的，应该让人一看就懂。西藏广播电台，播的是藏语，却有汉语调子，真难听。”

对此番议论，州里的藏族干部依据事实进行了反驳，指出民主改革使广大农奴翻身做了主人，这是谁也不能否定的。搞纯民族文化只能使民族孤立，封闭保守，倒退落后，是根本行不通的。中国是多民族的国家，只有在发展本民族文化的同时，吸收其他民族的优秀文化，互相学习，共同进步，才能使本民族发展繁荣，走向全国，走向世界。请问在国外取得硕士、博士学位的藏胞，哪一位是只学藏文而完成学业的呢？

6 月 27 日，星期五

在甘南州期间，了解到藏区不同领主间和不同藏区间的一些差异和矛盾。夏河藏人去印度、尼泊尔、阿拉伯等国家的有百多人，一种是很早就在印度、尼泊尔经商的，另一种是到西藏朝佛时遇上叛乱被裹胁出去的。第一批参观团来时，国内夏河藏人写了很多信，请参观团带回去给他们的亲人，但一封回信也没有收到。

早 8 点半离合作镇返兰州，在临夏州午餐，下午 5 点半到兰州，仍住宁卧庄宾馆。

6 月 28 日，星期六

早上，白玛主动找我认错，说：“25 日下午哭闹是因为看到群众围得多而激动，心情不好的缘故，不是为了关窗户的事，也说了些不该说的话。今后还要相处三个多月，我一定处理好关系，不会再哭闹了，有事好好商量。达赖给的任务还没完成，所以要继续参观下去。”我说：“你有这样的态度是很好的，你应该看到我们一直是尽力帮助你们搞好参观的，希望你调整好自己的情绪，今后互相多协调配合。”

下午由省委副书记杨之霖、副省长黄正清宴请欢送，有嘉木样活佛、贡唐仓活佛、夏茸教授陪同，宴前接见并交谈。白玛和索南又谈了师资差、学生水平低、学校设备差、群众生活苦等看法。贡唐仓活佛讲了一段话，大意是：甘肃的教育，包括民族教育受到“四人帮”的很大破坏，存在的问题不少，当时凡有“民族”字样的牌子和单位都撤并和取消了。但三年来已有很大的改进。解放前，甘南州就只在夏河县有一所在一个共产党员帮助下建起的藏族小学，藏民除了寺院外无处上学，现在的情况比起那时又好多了。现在要恢复到“文化大革命”前的水平还要经过很大的努力，但是大有希望。中央极为重视民族工作，胡耀邦总书记就任后亲手抓的第一件事就是西藏工作，甘肃也正在努力做，过几年你们再回来，就会大有改变的。

6月29日，星期日

早8时半离兰州，车队开往西宁。下午2时半到达，住胜利公园招待所。

下午与青海省负责接待的同志商谈参观日程的初步意向，随后与参观团共同商定。

青海之旅

（1980年6月30日至7月22日）

6月30日，星期一，晴

上午由青海省民委祁主任介绍情况。全省人口近400万人，少数民族人口占40%。藏族人口约占全省总人口的17.5%，有6个自治州、5个自治县。

下午5点，由副省长希候巴（藏族）、省人大副主任夏茸嘎布（藏族）接见并宴请。希候巴说："欢迎回国参加建设，欢迎达赖回来看看。"索南说："达赖回不回来，什么时候回来，要看时局的变化，要看条件。汉政府粉碎'四人帮'后情况有变化，我们才有机会回来参观，这是在一二十年前根本想不到的。任何人都不会忘记自己家园的，但能不能回来，还要看时局的变化。"

7月1日，星期二，晴

西宁气候凉爽，早晚还得穿毛衣。

早8点半送走甘肃陪同的贡布扎西等人。相处半月，多得他们的关照，工作配合融洽，学到很多知识，除了感谢外还有惜别。

上午参观青海民族学院。下午在民院与藏族师生座谈。民院的建筑布局很一般化，没有特色，工作作风散漫无序，座谈会来人稀稀拉拉，客人到后等了好久，主人才来。开会时没有人管，开完会要向院领导告别时找不到人。

晚饭后祁主任征求参观团的意见，问是否愿看电影，他们说："不看，都是骗人的。"卓嘎是临时调来当参观时藏语讲解的，她看到这些十分不满，生气地说："他们这么趾高气扬，不可一世，真让人看不惯。难道他们搞叛乱有功了？我们在家乡建设的藏人倒有罪了？"

7月2日，星期三，雨

今天虽有雨，但是忽断忽续，所以仍按原计划到湟源县参观畜牧兽医学校、湟源第一中学、完全小学、养貂场、地毯厂。

湟源地处海东地区公路及铁路的交通要冲，是青海工业较发达的地区，藏汉杂居。参观团到地毯厂时有400多人围观，白玛问他们："你们是藏人吗?"回答是汉人，白玛立刻情绪低落，看都不看一眼就走了。

在车上听到土登和汪清（翻译）的交谈，土问汪："你信宗教吗?"汪答："不信，你信吗?"土答："信。"汪问："唵、嘛、呢、叭、咪、吽，这六字真言是何意?"土不懂。汪说："你信宗教就要学教义，这六字

意为十万佛像，大概源出于此。

有四大扎仓（学院），研究显宗、密宗、天文占卜和医学。在九间殿有一块大石，上有一个脚印和手指印，传说是宗喀巴留下的。还有宗喀巴的塑像，旁边有一些喇嘛在辩经，形象生动逼真。在院内有并排的八座宝塔，据说是纪念释迦牟尼从生到死的八件大事。还观赏了酥油花，把鲜艳的颜料掺揉入酥油，塑成各种佛像、宗教故事人物、树木花卉以及飞禽走兽等，工艺细致精巧，形象生动逼真，是极为高超的艺术品。这里好似一座艺术宫，令人感叹藏族文化艺术的精妙绝伦。

湟中县是汉藏杂居区，藏族人口仅占全县人口的6%左右。参观团到塔尔寺门口时，围观群众有300多人，其中藏族有几十人。参观时由寺内住持却西活佛接待，他在拉萨大寺里念经10多年，得到格西学位，是位佛教造诣深的高僧。但参观团对他缺乏应有的尊重，甚至表现得有些狂妄。

在小金瓦寺，喇嘛们正在念平安经，照规矩，拉贡活佛应该和他们一起念经，并要等念完经后再走，可是拉贡并未念经，而且没等念完就走了。拉贡还想考却西，结果反把自己考住了，拉贡只得承认他自己不怎么懂经，文化程度也不高，在印度只是当了个小学教员。

在大金瓦寺的宗喀巴塑像前，连达赖、班禅都要把袈裟放下来，以示敬重，但拉贡却没放。喇嘛们很不满，说他到底是不是活佛，怎么连起码的规矩都不懂。拉贡见却西活佛时，应行合掌礼，他也没有做。看来拉贡是个不懂佛教规矩的活佛。

7月5日，星期六，晴

参观团到平安县三合公社冰凌山大队彭措扎西家探亲。彭措扎西是十四世达赖的姐夫，又是索南的岳父。该大队47户中有藏族27户，但都不会说藏语，通用汉语，据说在清朝时就讲汉语了。彭措扎西的妹妹一家人也住在冰凌山，他妹妹以前去拉萨住过，能讲一些藏语，勉强可以跟白玛他们对话。

晚上，白玛去西宁宾馆看望从尼泊尔回国探亲的女藏胞，遇见中央民族学院藏学专家王尧教授。王尧用藏语和参观团交谈，发现他们对藏族的古典文化和宗教竟然一无所知。

7月6日，星期日，晴

今天前往十四世达赖的家乡探亲。

十四世达赖的出生地是平安县石灰窑公社红崖大队，[1] 在一个光秃秃的山包上，自然条件比较差。全队43户，藏族27户。他家汉姓祁，其父

① 十四世达赖父藏名祁却才仁，母德吉才仁，达赖乳名拉木登珠，他家住地原名祁家川，藏名当采。

经商，是村里生活条件最好的，生有5男2女。达赖上有1个姐姐，3个哥哥，从男孩排行老四。他的大哥当才活佛（还俗后称诺尔布）早年在塔尔寺当住持，较有地位。传说当十三世达赖圆寂，要寻找十四世达赖转世灵童时，青海就找了4个，其他藏区也选找了一些人，在众多的灵童候选人中，选中了当才的四弟作为十四世达赖灵童。

藏传佛教宗教权力的转移，是通过活佛转世的特有方式来达到的。它是用来维护寺庙的经济独立和宗教特权，巩固政教合一统治的一种手段。凡是转世活佛，尤其像达赖这样的大活佛，实际上是权力巨大的统治者，所以人们都希望活佛转世在自己家里，从而获得至高无上的权力和相应的经济地位，因而出现了舞弊现象。清朝皇帝建立金瓶掣签制，除显示朝廷对西藏行使的中央权力外，也为了防止活佛转世的舞弊。当然，在政教合一的制度下，想打破这种贵族与僧侣的联盟是徒劳的。

十四世达赖4岁进藏时，全家人和亲友都跟随去了拉萨。白玛是在拉萨出生的，这还是她有生以来第一次回家乡。红崖这里只有她的一个堂姐，因为这里的藏族都不会讲藏语，白玛与堂姐交谈时还要翻译。

7月7日，星期一，阴

早8点半离西宁赴海北藏族自治州。

途经大板山，号称海拔3800米，实高3578米，但深谷峭壁，云海飘荡，使人颇有目眩心悸之感，有的人已出现头涨心跳的高原反应。

到青石咀，距州府所在地门源回族自治县还有20公里，州委马部长来接。路上尘土极大，车尾卷起滚滚烟尘。住州委招待所。

门源是个相当大的坝子，开满了金黄的油菜花，中间点缀着一块块青稞地。红青稞抽出紫芒的穗子，我还是头一次见到红青稞。

下午由藏族副州长农确及文教局长介绍情况，全州4个县，刚察县是以藏族为主的纯牧区，祁连、海晏是藏、蒙、回、汉多民族杂居的农牧交错区，门源县是以回族为主的农区。全州藏族人口占17.5%。解放前，藏、蒙古族地区没有任何学校，在教育上是空白。解放后，在各县建立了民族中学、牧区中学、寄宿小学和牧区定居点小学，还建立了州民族师范学校、州卫生学校等各类学校。

7月8日，星期二，晴

参观州民族师范学校和州卫生学校。州卫校的学生宿舍里一切都是新的，新的床单、被子、口缸、毛巾，都是统一的，有的还挂着新的布帘，可能是为了接待参观团由学校统一购置的。学生都来自民族地区，学校除了补贴伙食费及文具费外，再补贴一些卧具。这本来合情合理，无可指责，但参观团竟对此表示不满。拉贡说：“这比印度（藏校）还好，是故意做给我们看的。”

还参观了门源回民女子中学。这里的回族仍然封闭保守，女孩 13 岁后要带面纱，不许与男子来往，大多十四五岁就结婚了，所以普通中学里没有女生。为此特办了女子中学，培养回族女中学生。

7 月 9 日，星期三，阴

早餐后赴祁连县，中午到达，县府在祁连山下。祁连山主峰海拔 5561 米，终年白雪皑皑，绵延千余里，雪峰起伏矗立，云雾飘忽缭绕其间，如同银龙在云海中飞舞。雪山总是给人一种神秘莫测而又圣洁伟大的感觉，也许是我从小就在雪山下成长，所以看到雪山，备觉亲切。雪线以下，郁郁葱葱的森林拔地而起，组成了绿色长城。一块块牧场的绿草上散落着白色的畜群，潺潺河水从牧场边淌过。这里充满了宁静安详，与世无争的气氛。

祁连县藏族人口占 25%，大多数在牧区。现任县人大副主任的加木措，原是阿里克达寺的活佛、寺主，已还俗结婚。该寺僧人阿卡棱之布要求重建，自已买了袈裟穿上，还准备搭建帐篷寺庙，以满足群众宗教生活的需要。

7 月 10 日，星期四，下午小阵雨

介绍情况和参观学校时，参观团最关心的问题是有多少藏族学生？上多少藏文课？甚至关心藏族教师中有多少共产党员？县城所在地有多少藏族？等等。

在介绍情况时，白玛和索南多次指责县干部，彼此争论起来。在安排参观时，也是愿去这里，不愿去那里，乱变动，乱指挥。县长卓玛对我说：“这哪儿是来参观呀！是故意找茬挑刺来了，把这些人当上宾，我作为藏族就不情愿、不欢迎。”安排参观团去参观鹿场，索南说“故意消耗我们的时间”。

这里是民族杂居县，县府所在地主要是回族，藏族大多在牧区，所以在县城及公路边，藏民来请活佛摩顶的极少，参观团的旺堆和土登自行活动，到帐篷里拉藏民来摩顶。

7月11日，星期五，雨

从祁连县返回西宁，在青石咀吃午餐。上路前就下着雨，到大板山时，雨已变成飘飘扬扬的雪花，山路上白茫茫一片。早知这里天气冷，已在西宁借来皮大衣，但也没有想到竟然在7月天里下起了鹅毛大雪。停下车来，在雪地里体会一下夏天遇雪的心情，平生第一次，好奇而又激动。

下午4点到达西宁，给北京打电话，说北京气温高达35℃，极热。

7月12日，星期六，晴

早上，白玛、索南找我谈道：“参观西藏的路线仍按在北京所商定的基本不变，如路不通，可能多呆几天。”又说：“在祁连见藏民少，是因为有人事先威胁，不许群众接近我们，群众害怕所致，以后不要发生类似事情。”我很客气地说明了我们绝不会这么做的，请他们放心。为了给他们留点面子，也没有挑明他们拉群众摩顶的事。

索南已两次向翻译益西措说：“我是副团长，以后介绍时，要把副团长的身份说清楚。”我就此事请示了主管参观团事务的同志，答复说：“达赖那边送来的参观团名单里，索南只是一般团员，不必理他。第二批参观团也闹过排名次的问题。”

上午青海省领导扎西旺徐、夏茸嘎布及统战部长、民委主任听取参观团的意见。

参观团谈的中心意思是说介绍的情况和藏族教育的实际情况不相符，介绍的数字多，实际学生少，藏文教的少，藏文水平低，学校中藏族学生少，等等。说有的父母不愿送孩子上学是因为他们有宗教要求，学校上宗教课就会送孩子来上学了。还说，青海没有得力的藏族干部管教育，对藏族的教育重视不够。还指责扎西旺徐身为青海民族学院院长，但没有重视使用藏族干部。

扎西旺徐说，青海解放 7 天我就到这里了，当时全省只有一所学校。现在6 个自治州，每州都有民族师范和民族中学，牧区 27 个县都有民族中学，149 个公社都办了寄宿学校，所有学生的食宿都由国家补贴。关于藏文、汉文的学习，只学藏文不学汉文是不行的，为了民族的进步和发展，为了培养大批人才，既要教藏文，也要教汉文。“文化大革命”时取消了民族学校，也不教民族文字，不许过宗教生活，寺庙被破坏。现在拨乱反正，已恢复民族学校和民族文字教学，正在贯彻宗教信仰自由政策，逐步修复寺庙，过宗教生活。扎西还说，有一条原则，我们是中华人民共和国的藏族，这个看法要一致，其他的看法可以不同。

7月13日，星期日，晴转雨

早8点半，离西宁赴刚察。从西宁沿青藏公路西行50公里，公路边有座山，就是著名的日月山，立有日月山的石碑，海拔3500米。山两边景色迥异，是青海省农业区和牧业区的分界岭。相传唐太宗李世民把文成公主嫁给藏王松赞干布时，送给她一面日月宝镜，说能从镜中望见长安。公主进藏路经这里，登山远眺，只见群山起伏，草原茫茫，知道离长安越来越远了，她把日月宝镜放在山顶，以示纪念，自此称为日月山。此山古称赤岭，是黄土高原和青藏高原的分界线，过了日月山，海拔逐渐升高，便进入了“世界屋脊”——青藏高原。

到了日月山，我们停车让参观团浏览，当他们听到文成公主进藏的故事时，似乎对这段汉藏友好的佳话不感兴趣，说光秃秃的山，没有什么好看的，扭头上了车。

从日月山往西，就到了青海湖——我国最大的咸水湖。湖面积4600

多平方公里，周长360公里，海拔3196米，有甘子河、泉吉河等七八条河流汇集湖中，它像一面巨大的宝镜镶嵌在茫茫草原和隐约可见、绵延千里的雪山怀抱中。

牧区的气候变化无常。汽车沿湖向西行驶，天气晴朗，湖面碧波荡漾，湖畔的沙浪和湖边金黄色的油菜，黄绿相衬。水草肥美，草原平坦辽阔，雪白的羊群在绿茵上，有的低头吃草，有的嬉戏相斗，构成了一幅如诗如画的美景。仰望天穹，碧空万里，漂浮着片片白云，倒影湖中，浩瀚的湖面，水天一色，一望无垠，辽阔、深远。忽然，天气骤变，乌云密布，狂风大作，“哗哗”下起雨来，真是天有不测风云。司机说，如果明天还下雨就去不了鸟岛了。祈望天遂人愿，明天能转晴。

在甘子河公社午餐，酥油糌粑，手抓羊肉。下午2点抵达刚察县，住县招待所，介绍情况，参观民族中学。这里是牧区，全县23000多人，以藏族为主，由19个部落组成，地广人稀，人口密度每平方公里20人。

7月14日，星期一，晴

朝霞映射在西山顶上，云层很薄，看来是个晴天。扎西德勒!

吃罢早点就往鸟岛出发，途经泉吉寄宿学校，停车参观。学生都是藏族，老师正在给二年级上藏文课，他是青海师范学院毕业的大学生，参观团听了也都表示藏文水平很好。学校是1972年建的，校舍整洁。

刚察到鸟岛75公里，有60多公里的路是在草原上沿湖西行的。据说这里原来也是湖，因湖水干涸，变成了草原。

从鸟岛管理站到鸟岛还有15公里，没有路，在沙浪泥滩边行驶。鸟岛在青海湖的西南部。浪花拍打着鸟岛，群鸟嬉水、喧鸣，天上飞的、地面跑的、水里游的，全都是各种各样的候鸟，有数百种之多。它们呼唤鸣叫，飞翔跳跃，充满了生机和自由。这是鸟的乐园，鸟的世界。

鸟岛面积不到1平方公里，据说鸟最多时是在五六月份，约有10万只候鸟，密度为世界所罕见。有信守爱情、白头到老的斑头雁，美丽高贵的白天鹅，捕鱼能手鸬鹚（鱼鹰），飞行健将鱼鸥，还有纤巧敏捷的棕头鸥和赤麻鸭。现在7月份，斑头雁已南飞，其余的鸟还有很多。岛上鸟尸甚多，有大有小。小的多是刚孵出不久的幼鸟，爬出来走散，找不到鸟妈妈，被其他鸟啄死的。大的多是相互殴打而死的，也有被黄鼠狼咬死的。

我们在岛上捡到一些鸟蛋，有大有小。据说斑头雁下蛋时先在沙地上挖一个坑，下5～8个蛋，用沙土盖上做窝底，在上面筑巢后再下五六个蛋，才孵小雁的，所以可以挖出不少的蛋来，比鹅蛋大，重约半斤。我从未见过这么大的蛋。

下午5点多抵达天峻县，县领导远行20多公里来迎接参观团，似乎盛情太过。

住县招待所。虽是盛夏时节，可我们都穿着毛衣毛裤仍有寒意。早晚气温在6℃～7℃，屋里炉子生着熊熊的火，当地不少人还穿着棉裤。这里长冬无夏，6—9月份是无霜期，其他时间都是冬天。这里农作物生长不好，在刚察往天峻的布哈河边种了一些青稞，苗棵出土约3寸，没有拔秆，更看不出能否抽穗。树木稀少，更见不到森林，招待所前有几株垂柳，手臂粗细，听说已种了好几年，年年不见长。

7月15日，星期二，晴

天峻县原名野马渡，因在天峻山下而改名。全县13000多人，藏族人口占77%，纯牧区，历史上由18个部落组成，曾有1个"千户"，18个"百户"，海拔高，气候寒冷，但草场很好，全县80多万头牲畜，牧民人均80头，生活较富裕。天峻县城是1954年在一片荒无人烟的草原上建起来的。布哈河是青海湖的主要水源，从县城边流过，国家投资建了大桥，交通方便。

上午到民族中学和快日马寄宿小学参观。小学食堂煮了一大锅肉，白玛说："学生过年了。"意思是专门为他们来参观而煮的。卓嘎当即说："这里是牧区，以肉为主食，学生天天过年呢！"当参观女学生宿舍时，看到摆着藏文版的《毛泽东选集》，拉贡说："到现在还摆这些红书？"

下午参观官确寄宿小学和牧民帐篷。第一户牧民家收拾得比较整洁，老阿妈没有求他们摩顶。第二户摆设得也整齐，看来生活条件不错，挂着毛主席像，还有一支枪。一见毛主席像，他们就反感，不愿再参观了。

遇见两个骑马路过的藏民，拉贡给他们摸了顶，送了十四世达赖相片，问道："你们有饭吃，有衣服穿吗？"这两人穿着很好，马鞍也很讲究，笑着说："你看看我们穿的，看看我们骑的马吧！"又问："你们有信仰宗教的自由吗？"年老的藏民把念珠从怀里掏出来说："你看看这个，这不是宗教信仰自由吗？"弄得拉贡很尴尬。

土登专门找破的镜头录像，他不拍学校整齐的校舍，专拍官确小学边的一间小破房；不拍几百只的大羊群，专拍两个小孩赶着的十来只自留羊。在参观机器剪羊毛时，他专拍已剪完羊毛，躺在地上的秃毛羊。机剪羊毛是牧业生产上较先进的技术，一分多钟可以剪一只，但他根本不拍这种镜头。对此，县里对他提出抗议，指出这是不友好的行为。

在招待所门口有百多人围观，有少量的藏族牧民，其余是职工，虽有一些人要求摩顶，但大多数只是看热闹而已。旺堆和土登就动员群众去求活佛摩顶，并宣传十四世达赖。

7 月 16 日，星期三，晴

离天峻赴都兰县。沿途草场广阔，绿野如茵，草地上点洒着一簇簇野花，十分鲜艳夺目，一群群白色的牛羊，与蔚蓝天空中漂浮着的白云相映成趣。这里是柴达木盆地的边缘。

离天峻40公里处有一蒙古族生产队，在此停车稍事休息，蒙古包十分整洁，摆设的家具及物品也比较阔气。我们进去后，主人立即送上奶茶和油香等点心，还有酸奶，看来他们很会安排生活。

柴达木，蒙古语，意为盐湖。这里是盐的世界，公路上铺的是盐，铁路有些路基也是用盐块铺成的。中午在茶卡盐场就餐，“茶卡”，藏语意为盐湖。午饭后坐上小火车去茶卡盐湖参观机械采盐。茶卡盐湖是柴达木盆地中最小的一个盐湖，面积105平方公里，积盐厚8～15米，可供全国10亿人口吃几百年，全国大部分食盐由这个盐场供应。这里产的是天然结晶盐，盐块晶莹剔透，有的像有机玻璃，有的像珍珠。机械采盐速度很快，一铲就是上千斤，采出的盐在湖边堆成了山，在阳光的照射下闪闪发光。

下午6点半到都兰，县府所在地叫察哈乌苏，原是海西州委所在地，后州委迁往乌兰县德林哈，这里的房子留给了县府，所以房子比较宽敞，周围种了不少树，环境还不错。

7月17日，星期四，晴、风

都兰县以蒙古族和藏族为主，牧多农少，面积广阔，人口稀少，人口密度每平方公里不到1人。海拔最高有5000米，最低2900米。东部是盐碱地，基本上没有铺满绿草的草场，山上光秃秃的，没有草也没有树，原野平坦，视野开阔，还有起伏的沙丘。造物主好像特别吝啬，给了丰富的盐碱矿藏，就不给青山绿草了。

上午参观了民族中学、热水塘公社小学、皮革厂。天气虽晴，但刮起大风，到处灰蒙蒙的，灰沙像雨，也似雾，遮天盖地，体验了青藏高原飞沙走石的天气。

到热水塘公社路过一个河滩，见到滩里长了很多红柳，这是沙漠地带特有的植物，耐寒、耐旱，适宜在沙漠生长，可以为改善沙漠环境发挥极大作用。

下午到香日德。香日德是从西宁去西藏的必经之路，又曾是九世班禅的行辕，在藏区颇有名气。这里是柴达木盆地边缘的绿洲，气候较温和，日照长，属沙漠性气候，昼夜温差大，刺激农作物生长良好，颗粒饱满。

下午参观香加公社小学时，谈到该公社 3800 人中有 1000 多汉族，他们是在“文化大革命”期间从湟中等县迁来的，现与当地的蒙古族通婚，一两代之后，可能就会逐渐同化为蒙古族了。

7 月 18 日，星期五，晴

早离香日德赴格尔木。车驶出 30 多公里，翻过一座叫坨坨山的小山，便进入戈壁滩了，眼前是一望无际的旷野。过去对沙漠和戈壁滩在概念上总是搞不清，到了这里才知差别很大。戈壁滩平坦辽阔，下面有很厚的沙土层，表面覆有大小不等的砂石，只要有水，便可变成良田。这里一片枯荒，没有人烟和村庄，一眼望去，很像冬天的华北大平原，远处一条条的沙包，高低错落，像是几百户大村庄的围墙，隐约似有人从“村”里走出来。远处绿茵茵的红柳似村边块块的麦地。这可能是海市蜃楼的一种景象和幻觉吧！

公路笔直，似乎与天相连，走向天边。路况很好，都是柏油路，一小时可驶百公里，简直闭着眼开车都可以。

在诺马洪午餐。此地因诺马洪河由此流过而得名，因有水源，在这戈壁滩里生长着各种蔬菜水果，粮禾也长得好。

从都兰经香日德到诺马洪这片在柴达木盆地边缘的广阔绿洲，它有诺马洪河和其他水源的滋养，是适宜于人类居住的地方。据记载：早在商周时期就已有先民在此繁衍生息，在西晋时立国的吐谷浑，曾在青藏高原活跃了约 400 多年，都兰到诺马洪河一带，一直是它的活动中心。

下午 3 点多到格尔木。西宁到格尔木 779 公里。

7 月 19 日，星期六，晴

格尔木原是一片荒滩，蚊子孳生，据最初来这里开拓的人说，那时出门要戴面罩，否则密密麻麻的蚊子会铺天盖地扑上来，能把人咬死。蚊子的个头也出奇地大，流传着“格尔木蚊子大，四个蚊子一盘菜”的说法，虽属夸张，但也可见那蚊子确是与众不同。

在这荒无人烟的戈壁滩上，已建起一座粗具规模的新兴工业城市，有飞机场、火车站，公路四通八达，是通往西藏、南疆和河西走廊的交通枢纽。供应西藏的物资经这里运输进去。

全市人口11万多，城镇人口10万，来自全国各地，参加这里的开发和建设；农牧人口1万来人，主要是蒙古族和哈萨克族，也有一部分藏族。

格尔木河由此流过，是城镇的水源。在市南有一排不高的山峦，属于昆仑山脉，据说冬天有积雪。戈壁滩外是沙漠，这里属于沙漠气候，干旱，这几天白天的气温32℃以上，很热，早晚凉爽，还需穿毛背心。

西藏接待参观团的工作人员已到格尔木，桑结拉姆是门巴族，强巴曲杰是西藏师范学院的讲师，白玛朗杰是自治区接待办的工作人员，和他们交谈了情况，初步商议在西藏的参观日程。他们的意见是，去阿里地区要过无人区，住宿问题解决不了，而且现在是夏天，有几条大河发水，河上没有桥，根本过不去，只能放弃。初定的参观路线大致是：安多—班戈—那曲—当雄—日喀则地区—山南地区—拉萨—林芝—昌都。

中午，西藏接待人员和参观团见面，并商谈参观路线。他们同意不去阿里地区，但要求到当雄后先去拉萨住两天，然后再去日喀则等地区。为此特与西藏统战部联系，拉萨方面答复说，目前正是旅游旺季，所有宾馆招待所都已排满，实在难以临时安插。

7 月 20 日，星期日，晴

格尔木海拔 2800 米。早上起来恶心，头疼，四肢无力，有明显的高原反应征候。奇怪的是，曾走过 3000～4000 米的高海拔，也没有高原反应，这里并不算高，怎么会有反应呢？坚持不吸氧，以便适应往后要经过的四五千米的高海拔。

上午市领导来，介绍了情况，主要谈了这里蒙古族、哈萨克族、藏族的情况。哈萨克族的收入比藏族的少，但会安排生活，日子过得很好，家家都有多余的七八套被褥，客人去了会受到很好的招待。牧民最时兴买望远镜，有时买一付要花六七百元，用来在帐篷门口守望放牧出去的牛羊。藏族在沱沱河公社，收入较高，但安排生活差些，不善于购置家具，不讲究穿着，喜爱喝酒，有时为了挡雨，竟会把花七八十元买的毛毯盖在牛粪上。

参观了飞机场、火车站、水电厂以及哈萨克族牧区。

晚餐加菜，欢送青海、欢迎西藏的接待人员。

7 月 21 日，星期一，晴

进藏工作已准备就绪。下午 4 点离格尔木，驶上赴西藏之路。

这段青藏公路正在铺柏油路，所以汽车只得走临时修的便道，颠簸厉害。本来专有行李车，但白玛不愿用，非要把她的箱子放在她自己坐的车座后。箱子颠落在白玛身上，她用藏语破口大骂司机，说这红汉人故意颠车砸她，夹杂着不少恶毒难听的话。益西措劝解说，是路面坑洼不平，不是司机有意的，她就骂益西措是红汉人的走狗。益西措忍无可忍，为维护自己的尊严，不客气地反驳了她。司机也提出要白玛赔礼道歉，否则就不开车。白玛理亏词穷，最后只得认错，车队继续前行。

出了格尔木就是一片荒原，进入冻土地带，这里没有草，没有树，也没有鸟，似乎没有任何生命存在，是极为荒凉的不毛之地，但据说地下都是宝，有石油和其他矿藏。

晚上 8 点到达西大滩，从格尔木出来后走了这么远，总算见到了房子和人。这是政府修的食宿站，接待过路人员，海拔 4100 米，就在昆仑山下。这里已进入生命禁区，因高原反应，整宿未曾入睡。呼呼的大风刮了一夜。

7 月 22 日，星期二，先晴后雨

天亮，看清了连绵起伏、白雪皑皑的昆仑山就对着我们住房的窗户，似乎离得很近，其实是昆仑山的巍峨高峻缩短了视觉的距离。巍巍昆仑山使我激动，使我兴奋。啊！我终于亲眼看到了这座中华民族的神山。昆仑山雪峰连着雪峰，像一堵巨大的银屏，连绵数百里；峻峭的冰峰似晶莹剔透的擎天柱，直插蓝天，好似寒光闪闪的宝剑，刺向苍穹，又似瑰丽壮观的白玉宝塔，显出庄严、圣洁、宁静与平和；群山肃立，充满了浩茫、原始和纯净，使人的精神得到净化和升华。

走出20多公里，下起雨来。再往前走，雨变成雪，雪粒飘洒。到了五道梁，海拔4800米，缺氧43%～47%，电影《昆仑山上一棵草》拍的就是这里。这里是生命禁区中的禁区，高原反应强烈，头疼、恶心，午餐一口都吃不下去，有明显失重感，好似在月球上走路，觉得头重脚轻。我还是坚持不吸氧。

下午6点到沱沱河，住运输站。这里是唐古拉公社的地界，有藏族牧民在沱沱河边游牧。沱沱河是金沙江源头的主流，水流量大，发源于唐古拉山脉各拉丹冬雪山西南侧的冰川，汇入当曲后称通天河，向南流到玉树县巴塘河口，以下称为金沙江。汽车驶过长江源头第一桥——沱沱河大桥，滚滚的江水向东流去，还可听到声声牧笛。遥想金沙江从家乡丽江流向中原，不禁想起那首千古流传的诗歌，只是要略作修正，改为“君住长江头，我住长江腰”方可。

半夜下着大雨，来往的汽车声及人的嘈杂声汇成一片，给这渺无人烟的百里荒原增添了生气。

又是高原反应，一夜不能入睡。

西藏之旅（上）

（那曲、日喀则、亚东，1980年7月23日至8月11日）

7月23日，星期三，晴

早8点，离沱沱河食宿站，往西藏安多县进发，按正常车速计算，应在下午3点左右到达。

从格尔木出来后，深感在“生命禁区”行车之不易。因为海拔高，气压低，温度不到70℃水就开了，汽车行驶三四十公里就得停下来打开车盖，给开了锅的水箱降温，或者掺冷水降温，一路上都是走走停停的。

因为主路铺柏油，走临时便道，坑洼不平，无法加快车速。昨晚下了大雨，便道已成泥滩，行车更是困难，这种困难是在低海拔地区行车所难以想象的。沿途有不少大卡车已陷入泥滩，我们只能左弯右拐地绕行，根本没有道，车辆剧烈颠簸，车里的人也被抛上抛下，有的说闪了腰，有的说脑震荡了，有的说扭弯了脖子，最惨的是臀部被颠得如同裂开一般。好在整个地势比较平缓，虽有些山丘，但都不是高山深谷，沿路都是平缓的草原或荒滩。

沿途都有部队在修路，海拔这么高，气候忽雨忽雪忽冰雹，变幻无常，没有蔬菜吃，做饭都得用高压锅，否则熟不了。很多修路官兵的手裂开了口，嘴起了泡，工作之艰苦可想而知。公路边竖立着许多墓碑，都是在筑路中牺牲的烈士们。他们这种无私奉献精神真是可歌可泣，令人肃然起敬。但是白玛在前天无理辱骂司机时，竟然诅咒说："你们这些汉人，要统统送去修公路惩罚你们。"这种话不仅刻薄恶毒，简直连最起码的人性都丧失了。她似乎没有想到，如果没有这么多无名英雄修出的路，她怎么可能享用到现代交通的便利，乘汽车周游西藏呢？对那些为西藏发展进步而献身的人们，难道不应该有哪怕一点点的尊重吗？

午餐在雁石坪，海拔 4725 米。这是我第一次在海拔这么高的地区吃饭。附近有大小河流，都是从唐古拉山脉的各拉丹冬雪山流出来的，其中叫布曲的河水流量相当大，是沱沱河—金沙江—长江的上游。长江源头离雁石坪的直线距离大概只有五六十公里。这里除了河水，大多都是沼泽地。

从雁石坪出来不远，车队有一辆车的油管被便道上的石块压扁了，油供不上去，抛了锚，只得停下修车，修了 3 个小时才修好。好在是夏天，虽然也冷，但不至于被冻坏。据说在冬天曾发生过车抛锚后，司机被冻死的事。所以，一般都要结队行车，单独行车很危险。

车继续行驶，但不是跑，而是"乌龟爬"，50 公里的便道"爬"了 4 个小时，可见路之难行。终于到了唐古拉山口，已是晚上 9 点半（从西宁到唐古拉山口有 1398 公里）。

唐古拉山海拔 8098 米，山口海拔 5150 米，这里可能是地球上最高的通车公路，大家都下车体验这“生命禁区”中的禁区风采。

今天是农历六月十二日，上弦月已出现在天空，唐古拉山雄伟巍峨的风姿和皑皑白雪仍清晰可见。山体清冷皎洁，浑厚静穆，山顶上有一抹柔和的余光，弄不清是月光还是夕阳的余晖。西边天际隐约有一抹淡淡的红霞，大地笼罩在迷茫的月光下，四周静悄悄的，充满了神秘和凄凉之感。站在海拔 5000 多米的高度看海拔 8000 多米的唐古拉山，山势平缓，减弱了这名震世界的高山那种高耸入云、“唐古拉伸手把天抓”的气势。

从唐古拉山口到小唐古拉山，在月光下看似乎都是沼泽地。通过生命禁区，全体人员都平安无事。到安多附近，有那曲地区的副专员索南丹增和工作人员来接，到安多县时已半夜 11 点半。从沱沱河到安多 270 公里，行车 12 个小时。

从格尔木到安多有 690 公里，这大片地区除了运输站、兵站外，仅有哈萨克族和藏族的约几百人在此生活。这里有大片的冻土地带，几乎不存在任何“生命”。

7 月 24 日，星期四，晴

早饭后参观团去牧区参观，我留下与副专员商谈参观那曲地区的日程。

安多县地处青藏公路交通要冲，1959年7月才开始设县，由多玛和其他7个部落组成，人口21000多人，纯牧区，海拔4800米，是世界上海拔最高的人类居住区。这里空气稀薄，气压低，导致不同程度的缺氧。据说冬天最低气温达到-40℃，风很大，经常有八九级风。长冬无夏，现在是最热的季节，仍要穿毛衣。县城有3000多人，全是在这里工作的职工及家属。没有蔬菜，没有树，更没有花木。昨晚下了大雨。听说那曲地区去年旱，今年涝，不少地方的公路和桥梁被大雨冲坏，有的县长到专区开会要骑马来。

那曲，藏语意为黑河，地处羌塘高原，北有昆仑山，西邻阿里，南依念青唐古拉山，东以唐古拉山与青海为界。平均海拔4000米以上，是世界海拔最高的地区之一，号称“世界屋脊”。地域辽阔，人口密度每平方公里1.9人，丘陵起伏，以高山草原和荒漠为主，气候极其干冷，没有夏季。湖泊众多，水源充足，发源于巴青县境内的昂曲是澜沧江两个主要源头之一。澜沧江流到国外叫湄公河。怒江发源于唐古拉山南麓的安多县境内，它流到国外叫萨尔温江。

青藏高原被称为千山之巅，它丰富而庞大的雪峰冰川提供了巨大的水源，所以又被称为万水之源。亚洲许多重要河流都发源于此，是亚洲的水塔，也是亚洲多国重要的生命水源。这些水源孕育了古代中国的文明和古印度的文明。黄河、长江流域的中国古代文明来源于这里的水源。雅鲁藏布江流到印度叫布拉马普特拉河；发源于阿里地区的许多河流，如象泉河、狮泉河、孔雀河是印度河和恒河上游的重要水源，这些水源创造了古代印度的文明。

到了安多，气短、心慌、心率过速、头疼、肚胀、脸发青、嘴发麻的不适感使我很难受。早上起来，反应更厉害，恶心呕吐，头昏脑涨，烦躁，四肢无力，走路好像踩在棉花上，有失重感。估计除高原缺氧的反应外，也是连续几夜睡不着觉，路不好走，过分疲劳所致。我仍坚持不用氧气，要努力顶过去。好在其他人的身体状况都还可以。到中午反应症状减轻，晚饭后还去看了一场电影。

那曲地区有那曲、安多、班戈、巴青等 9 个县，只有沿公路的安多和那曲通电话，其他县的一切通讯联络全靠电报。

7 月 25 日，星期五，晴

早 8 点半离安多赴班戈县。该县由 27 个部落组成，纯牧区，海拔 4700 米。沿路都是一片连一片的草原，人烟稀少。远看去草场泛绿，近看却寸草稀疏，盖不住地，这样的草场载畜量不可能大。夏天尚且如此，冬天靠什么呢？草原上散布着一些白色的羊群，黑白的牦牛。

牦牛是藏族的神物。藏族传说，白牦牛是神的坐骑，它能驱魔伏妖，在藏区的很多山岭上、玛尼堆上、房屋的门槛上，都摆放着牦牛角，人们祈求借用牦牛的神力祛除魔妖。

牦牛是生活在高原上的一种野牛，经藏人世代驯化成了今天的牦牛，它适应“世界屋脊”的生存条件，是高原上主要的役用畜和食用畜，牧民的衣食住行都靠牦牛：用牦牛的奶制作酥油、奶渣；牦牛肉是藏民的主要食品；用牦牛毛织毯子、做帐篷；牧民的黑色帐篷是用牦牛毛编织的，据说要用十多头牦牛的裙毛来编一顶帐篷，牦牛毛有油脂，所以帐篷不透水，既能防雨雪，又能挡风，冬暖夏凉，最适于青藏高原的特殊气候。藏人还用牦牛的头皮做菜板，头皮有几寸厚，非常结实耐用；用牦牛粪做燃料。一块块黄褐色的牛粪对牧民来说是不可缺少的生活依靠。在高原上，根本找不到煤和柴等燃料，“逐水草而居”的牧民把牛粪拾来垒成比人高的墙，既储备了燃料，又可用来圈牛羊。在牧区，隔一段路就能见到一堵牛粪墙，给人一种安全感。运输也靠牦牛。

牦牛是高原人民的生活依靠，被称为“高原之舟”。据说藏北的野牦牛是最有气魄的动物，它体健硕大，有的体重达2000斤，差不多是家牦牛的两倍，肚下长着厚厚的长毛，更增添它的凛凛威风。它常年住在山坡，山坡草稀，夏天用牙啃，冬天用舌舔。野牦牛多刺的舌头特别厉害，也是它的武器之一，它在防御或进攻时，采用角抵、脚踩的办法，如果无法抵、踩时，就用舌舔，它舔一下就能让敌人皮开肉绽，连皮带肉揭掉一层。牦牛十分耐寒、耐饥饿，它能耐住长期冰天雪地的高寒和呼啸的狂风，能耐住连续多天不吃东西的饥饿。它以顽强勇敢和大无畏的精神生存在这艰苦的自然环境里，也反衬出藏族的顽强勇敢的精神。牦牛被藏族当做神、当做图腾来崇拜也是必然的。

这里大小湖泊众多，沿途见到的有那错、巴木错、达如错、班巧错及一些不知名的湖。其中巴木错藏语意为碱湖，冬天结着厚厚的碱。与这些湖泊相伴的是终年积雪的山峰，山上没有树木和青草，只有裸露的青石，把身影投到湖面，构成一种特有的情趣，还有蓝蓝的天、漂浮的白云倒映在清清的湖水中，增添了大自然的美景。真是风云突变，刚才还晴空万里，忽然间乌云密布，暴风骤雨夹杂着冰雹倾注而下，一会儿就把草原变成白茫茫的一片。这使我想到冬天时，这里将被白茫茫的冰天雪原和呼啸的寒风所笼罩，令人生畏。

安多到班戈 290 公里，下午 6 时许到达。县府是近年才迁来此地的，都是新盖的房子，有 10 余栋，每栋 10 间平房。县机关原址离此地 3 公里（原江隆宗的治所），因那里地下水位高，冬天冻得地面隆起，夏天冰化后又陷下去，房子两三年就坏了，只好搬家来到这里。班戈是去申扎县的必经之路，听说冬天经常是八九级风，加上漫天大雪，公路没有养路队维护，交通特别困难。

在这里很难吃上蔬菜，只在七八月间可种点小白菜、菠菜之类的小菜，职工在门口撒了一畦菠菜，才长出两三片叶子。没有树木，没有煤，没有燃料，烧的全靠牛粪，要向牧民去买，运输也很成问题。在这里工作的职工确实相当艰苦，很不容易的。在如此艰苦的自然环境下世代繁衍生息的藏族人民，更是令人叹服和尊敬，这是一个勇敢顽强、富有生命力的民族，一个了不起的民族。

7月26日，星期六，先雨后晴

早晨一阵大雨，下了一个多小时就停了，天气转晴。班戈海拔与安多差不多，虽然早上仍觉气短，走路吃力，走快了气喘，但到这里两三天，已基本适应。坚持不吸氧是对耐力和毅力的考验，基本上通过。

上午听县里介绍情况后，参观东方红中学。民主改革前，这里的教育是一片空白，正式开办学校是在1963年，现在以公办学校为主，还有民办学校和巡回学校。巡回学校有名无实，仅存形式而已。还有11个公社没有学校，未入学的适龄儿童占71%，牧区分散，办学很难，尤其在这高海拔地区更难。

东方红中学的前身是在1960年建的帐篷小学，当时只有1名老师，5名学生。1963年由政府建校，逐步办成中学，现有学生200多人，住校，不收学费，由国家补贴伙食费。去年由教育部、国家体委、卫生部授予“全国体育、卫生先进集体”的奖旗。每天上6节课，一周的藏文课8～18节不等，教学质量也不错，是全县最好的学校。存在的问题是，学生住宿没有床，睡地铺，铺下垫了一层羊粪，这可能是全国最独特的寄宿学校了。由此可见，这里的办学条件多么艰苦。

下午参观普保公社生产队，该队有32户150人，牲畜11000头，人均约68头。参观团的索南问牧民：“你们要交税吗？牲畜要全部交公吗？是否要把牲畜全部卖给公家？”牧民回答：“过去要交少量的税，现在胡耀邦指示五年不收税，牲畜是牧民的，愿不愿意卖给公家，由牧民自己定，自由的。”参观团不相信，说：“不可能吧，既然这样，国家投资了这么多，什么利也没有啊！”

进入西藏后，参观团沿路不断在闹的“独立”性更高涨起来。参观牧民家时，他们把陪同的县干部给撵出来，说：“有你们陪着，群众不敢讲话。”他们走家串户，专门拍破帐篷、生病躺着的老人、光屁股的小孩。

他们也对陪同的藏族干部展开宣传，什么“神圣的宗教是真理，达赖的光辉普照全世界”，“我们能回来参观是由于达赖在全世界的威望很高，而不是汉政府的恩赐”，“我们回来参观不是白来的，是为了要达到一个目的才来的”……还宣扬印度制度如何优越、民主，等等。

晚上观看中学业余演出队演藏族歌舞，原汁原味，很不错，一个叫央金卓嘎的9岁小女孩，唱得很好，很有培养前途。

7月27日，星期日，早雨后晴

夜里下了大半夜雨，刮大风。清晨时，雨基本停了。

早餐后离班戈去那曲县。沿路有很多湖泊，夜雨积水，公路两旁水汪汪的，有些低洼的路面积满了水，汽车要涉水而行。行程 270 公里，下午 5 点到达。

那曲地势平缓，海拔约 4700 米，是青藏公路的交通要冲，牧区县。

7 月 28 日，星期一，晴

上午参观那曲公社，下午参观地区中学、小学。

中午有 100 多位群众到参观团住的招待所来要“神药”。“神药”是一种用纸包的白药片，据说都是用淀粉压制的，所谓“神”就是曾被活佛吹

藏族舞蹈（摄影 车文龙）

过“神气”之类的。前一段都是暗地里悄悄发放，今天竟公开排队发“神药”，还散发了十四世达赖穿着袈裟、坐在地球仪上的照片。索南还把招待所的大门关上，让土登录相，大概是想制造我们不让群众进来的假象。地区的干部当即向他们提出抗议。

晚上由专区文工团演出歌舞，演得还可以。

7月29日，星期二，晴

上午休息，附近有温泉，已好长时间没有洗澡了，大家去温泉洗澡。那曲长冬无夏，四季都要穿棉袄，但有日复一日往上冒的温泉，实为奇观。

中午得到消息，第二批国外藏胞参观团在拉萨参观期间，由于他们的言行不利于祖国统一，不利于民族团结，不利于西藏发展，已被西藏自治区政府宣布为不受欢迎的人，离开拉萨回北京。

下午1点半，我请参观团的全体成员及陪同的工作人员参加，向他们通报了上述消息，并向参观团提出：“请你们也注意，希望不要发生类似的不愉快的事情。”还提请他们注意，凡从国外来的药品都要经过卫生部药政司的检验，未经检验的药品不能发放，听说第二批参观团在昌都发的“神药”，服用后已发现有拉肚子的事。参观团听后表示很突然，并流露出要考虑是否继续参观之意。我表示，我们是欢迎你们参观的，至于是否继续参观，由你们自己决定。

地区女干部格桑向我谈及西藏农奴的过去和她现在的感受，她说：

我是一个农奴，共产党把我解放出来参加了工作。我深知农奴主的可恶。过去，我们村农奴所种的地和几间破烂不堪的住房、畜圈都是领主的，农奴要长年在领主的土地上为领主耕种收获，除此之外，还要为领主服无偿的乌拉差役达三十多项，每年还要交人头税等很多苛捐杂税。秋收粮食还未晒干就被领主拿走了，农奴只有靠借债来生活，高利贷，利滚利，背着一身世世代代都还不清的债。

三大领主不仅占有土地、牲畜、草场和河流，而且掌握着对农奴的生杀予夺的权力，有挖眼、割舌等惨无人道的刑法，有的被农奴主活活打死，鞭打是常事，农奴活了多少年，就挨了多少年的皮鞭。农奴没有一点人身自由，还要严守各种禁律：不准抬头看主人、不准穿戴与主人同样的服饰、不准穿鞋进主人的屋里、不准与主人同住一幢房子、不准与主人共用一个厕所、不准农奴夫妻住在一起、不准在劳动时间给小孩喂奶、死了亲人不准哭、不准学文化、不准大声说话，等等，有四五十条之多。农奴只是会说话的生产工具，过的是牛马不如的生活。是共产党毛主席让我们翻身解放，过上人的生活。

农奴主不甘心，总想恢复他们失去的天堂。1959 年他们在比如县搞叛乱是打着维护民族和宗教这两面旗闹起来的，当时许多藏族干部和共产党员被杀害，他们甚至连怀孕妇女也不放过，杀死后还把肚子划开，真是惨无人道。现在达赖派来的这些参观团又捡起民族和宗教这两面旗，妄图兴风作浪，卷土重来，他们这是痴心妄想，我们绝对不答应！

那曲河又称黑河，源头是安多的错纳湖，是怒江的上游，另有很多条支流汇成那曲，流到八宿称怒江，由云南流入缅甸。

7月30日，星期三，晴

早8点离那曲去当雄。下午1点到。午饭后到附设初中班的县小学、人民公社、兽防站参观。县里介绍教育情况，时已7点半。

白玛找我谈，说："第二、第三批参观团都是达赖派来的，第二批已提前回去了，我们继续参观也不是个味，因此要向达赖请示是否继续参观，是否可让我们派两人到拉萨给达兰萨拉（十四世达赖在印度的驻地）打电话或发电报？"我说："从你们二、三批被达赖派来参观的角度讲是一样的，但是你们没有做出第二批所做的那些过分举动，从这个角度讲又不一样。所以，我们先按预定的日程参观，至于去拉萨之事，因事先没有和拉萨商妥，还是先去日喀则再说，好吗？"白玛表示同意。

晚上看当雄县文工团的演出。

当雄县是纯牧区，海拔4300米，草场很好，草长得很高，牧民都定居，有居住八九十户人家的农牧民大村庄。这是我们从青海香日德出来后，1000多公里的路途中所见到的最大村庄了。住房是藏式的二层楼，窗户大，走廊宽，向阳，很有民族特色。

纳木错，藏语意为天湖，离当雄40多公里，因路不好走，时间紧，未能去参观，颇遗憾。

7月31日，星期四，先晴后雨

离当雄往日喀则。

途经羊八井，这里是有名的地热区，辽阔的草原上散发出一股股浓浓的雾气，弥漫在四周，有60℃～70℃水温的沸泉不停地从地下往上冒出滚烫的热水，据说一两分钟就能把鸡蛋煮熟。正有大批工人在忙碌地钻井，试验、开发和利用地热。

离羊八井约50公里就开始翻越雪格拉山，海拔5300米，略高于唐古拉山口，但山势陡峭，在视觉上给人很高的感觉。山上开满了很多种不知名的野花，鲜艳夺目，在海拔这么高的山上它能傲然开放，可见其生命力之强盛，我们都摘了一些留作纪念。

翻过雪格拉山就进入山谷区，已看不到平缓的山坡和广阔的草原。从那曲出来直到雅鲁藏布江边，基本上是沿着念青唐古拉山脉走的，沿路都可看到皑皑雪山。

到了雅鲁藏布江边，在大竹卡渡口用汽船过渡，再沿江南岸顺江而上，到雅江与年楚河的汇合处，就到了后藏的中心城镇日喀则，海拔3880米。

进入市区，首先映入眼帘的是绿柳成荫的“林卡”（公园之意），有的柳树已很粗大，可能有百多年了。远看扎什伦布寺的金顶金碧辉煌，在阳光照耀下闪动着肃穆的光环。

住第二招待所，新修的，条件不错。

从西宁到日喀则，边走边参观用了20天的时间，其中参观8天，行车12天，行程2700多公里，平均每天行车约250公里。虽说路况不好，但比起没有公路时却是天壤之别了。

据曾护送十世班禅返西藏的知情人士讲，那是1952年初，当时没有公路，全靠骑马步行，为护送班禅，组织了几千峰骆驼、几千头牦牛的运输队，还有上千匹马和骡子当坐骑。有些地方是无人区，没有前人走过的固定道路，只能凭方向朝前走，沿路没有村庄或牧民帐篷，只能自己搭帐篷，山上没有树，没有燃料，一到宿营地就全体动员去拣野牛粪当燃料做饭，剩下的野牛粪还要带上，因为不是所有地方都有野牛粪的。河水结了冰，牲畜吃雪，人员喝的水靠融化冰雪。过唐古拉山走了六七天，全是雪地，高寒缺氧，饭做不熟，只能以干粮充饥。牲口没有草吃。牦牛习惯高原生活，几天不吃草还能挺得住，骆驼就不行了，死亡约一半。从西宁到西藏走了三个多月。

现在，等沥青路面铺好后，从西宁到拉萨只要四五天的时间，如乘飞机，从北京到拉萨只要几小时。过去由于交通的阻塞和西藏的特殊自然环境，外人很难进入西藏，很少知道西藏的真实情况，一提到西藏都有一种神秘和生疏之感。如今交通发达了，改变了西藏过去与世隔绝、自我封闭、闭关自守的状况，逐步揭开了西藏神秘的面纱，使西藏迈进了现代社会的门槛。在日喀则就见到一批批来自世界各地的旅游者，他们走遍了西藏的各个角落。

8 月 1 日，星期五，先晴后雨

早饭后和参观团商谈在日喀则的参观日程，他们同意地方的安排。白玛到邮电局给在印度达兰萨拉的十四世达赖发电报，请示是否继续参观。

上午参观黄教六大寺之一的扎什伦布寺。扎什伦布寺是历世班禅的住锡地，也是后藏最大的寺院。扎什伦布，藏语意为“吉祥须弥”。该寺位于日喀则西北郊的日照山下，于 1447 年始建。寺院依山而建，层楼高耸，寺宇重叠，错落有致，建筑规模宏伟壮观，巍峨庄严，一派肃穆神威的宗教气氛，金顶熠熠闪烁、金碧辉煌。据介绍，全寺建筑面积 30

多万平方米，大小经堂50多个，有脱桑林、夏孜、吉康、阿巴四大扎仓（僧学院）。

扎什伦布寺（摄影 李琳）

大经堂殿堂阔大，据说可容3000多喇嘛诵经。经堂内的壁画、唐卡、经幡都很生动，色泽鲜艳，是精美的工艺品，各个佛殿的佛像造型优美，千姿万态，栩栩如生。大经堂中间塑有释迦牟尼佛的镏金像，两侧为他的八大弟子，正中有历世班禅讲经论法的法座，雕刻精美，庄严华丽，显示着一代神王至高无上的权势和威严。

大经堂左侧是未来佛（强巴佛）堂，右侧是度母佛堂。未来佛堂供有一尊11米多高的强巴佛像，两侧塑有观音和文殊菩萨像。度母佛堂中间塑有白度母，两旁有绿度母铜佛像，佛像体态优美，形象秀丽生动，堪称一流的艺术精品。

扎什伦布寺西侧有一座高大的大强巴佛殿，殿内有一尊高大的强巴铜佛，据说总高26米多，佛手长3米多，中指粗大，肩宽11.5米，耳长2.8米，面部宽4.2米，脚长4.2米，鼻孔可容纳一个成年人。不仅在中国，在亚洲也是最大的铜佛。据说这尊铜佛用了约9000两黄金，23万多斤黄铜，使用了大小钻石、珍珠、宝石、琥珀、松耳石等无数珍宝装饰其上，眉间白毫所用的金刚大钻石，直径约3厘米。铜佛造型庄严生动，工艺精湛绝伦，体现了藏族人民高超的工艺水平和艺术才能。

寺院还有汉佛堂，陈列着历代皇帝赠给各世班禅的礼品，有清乾隆皇帝的画像；有“道光皇帝万岁万万岁”的牌位；有清朝皇帝封赐各世班禅的金册金印、玉册玉印；还有明朝皇帝赐赠的永乐古瓷、织品等，说明了西藏在明清时对朝廷的隶属关系。全寺喇嘛600多人，最年轻的30岁。下午参观制药厂和农业科学研究所，到农科所后下起大雨来。该所的任务一是种植高产试验田，二是培植适合西藏自然环境的优良品种，也是个种子供应站。这里青稞、小麦，还有蚕豆、豌豆、油菜等品种的高产试验也获得好成果。黄瓜、西红柿、柿子椒等的蔬菜试验也获得高产，一棵洋白菜重达30多斤。这里日照长，雨水充足，适宜种植农作物。

遇到农科所两位藏族工人举行婚礼，邀请我们参加，很热闹。亲友一人送一坛青稞酒，有三四十坛，摆满一屋子，还有用暖水瓶装的酥油茶、甜奶茶作为贺礼。亲友围坐一圈，歌手唱祝酒歌劝酒，并祝福“扎西德勒”。听说要连唱带喝三天三夜婚礼才结束。

8月3日，星期日，雨转晴

下了一夜大雨，听说附近的一些公路被冲坏了。

上午参观班禅新宫。新宫建于1955年，新宫周围是一个很大的林卡，树木葱郁，绿草如茵。今天是星期天，有不少藏民成群结队，带上好吃的食物及青稞酒，穿着整洁，来这里过“林卡”，边玩、边吃、边喝、边唱、边跳。

自治区告知，十四世达赖的大哥诺尔布到拉萨了。吉尊白玛和诺尔布通了电话后，提出要去拉萨看望她大哥。我们安排了汽车，并由桑结拉姆陪同，准备明天送她去拉萨。

8月4日，星期一，雨转晴

这几天连续下夜雨，早上仍未停，中午转晴。

吉尊白玛去了拉萨。

上午参观专区医院，印象不佳，脏、乱、差，疏于管理。听说大批汉族干部内调后，医生及护理员走的也不少，看来比较混乱，整顿好可能还需要一些时间。

下午参观团接到十四世达赖从印度达兰萨拉发来的电报，大意是“继续参观”。所以与地区的接待人员商量具体的参观路线和地点，因连日大雨，西线的公路被冲坏多处，只能取消原定去昂仁、定日、定结、聂拉木等地的参观。世界最高峰珠穆朗玛峰就在定日，不能前去瞻仰，真是一大遗憾。

8月5日，星期二，阴

原定今天上午由地区介绍情况，索南要求等白玛从拉萨回来后再说，所以上午无事。

当地的藏族干部群培来闲谈，话匣子一打开，谈了很多，当然更多的是谈西藏的情况，他说道：“我们这里最好的时期是1959年民主改革后到‘文化大革命’前这一段。封建农奴制度被废除了，百万农奴翻身解放了，农牧民分得了土地，极大激发了生产积极性，生产力得到很大发展，农牧民有吃有穿，中央执行‘慎重稳进’政策，宗教信仰自由，藏人可以随意去寺庙烧香念经拜佛，大家都感谢毛主席、共产党，那真是西藏的黄金时代。”

群培还说：“现在中央调整了对西藏的政策，政策放宽了，五年内免征一切税收，使藏民休养生息，执行适合西藏实际情况的特殊政策，这一切都是为了要使西藏人民努力发展经济，过上富裕的日子。但是，西藏的生产力还很原始，文化素质低，科学技术落后，交通还很闭塞，极‘左’路线的后遗症还要清除，任务艰巨啊。”

8月6日，星期三，晴

这几天参观团等待白玛从拉萨回来，所以在日喀则边参观，边休息。

在日喀则的街上经常可看到手转玛尼轮的藏民，口中反复念着“唵、嘛、呢、叭、咪、吽”的六字真言。传说佛教经书庞杂，很难为平民所接受，便创六字真言叫信徒诵念。真言言简意深，佛教认为只要日积月累，反复念诵，则能积无量功德，可利今生，造福来世，成就一切，普度众

玛尼石（摄影 祁继先）

生，最后达到成佛的愿望。玛尼轮为铜制圆形筒，镶有玛瑙、松耳石、珊瑚等饰品，筒周刻着六字真言，筒内装有印着经文的纸条。可持手柄使筒转动，转一周就等于念了一篇经，以此积德修来世。另外，在藏区的路边常可见到用石块垒起的玛尼堆，石块上刻有经文，石堆中竖着许多印有经文的经幡，随风飘扬，认为风吹经幡就等于念经行善积德，减轻罪孽。

穿喇嘛袈裟的参观团成员洛桑丹增是日喀则人，家有妻子，回家住去了，已提出想将其妻子带去印度。

白玛去拉萨看她大哥，回来时还从拉萨带来一些鲜桃给大家吃。

在日喀则工作的丽江纳西人王大同来访，他于1950年进藏，已在这里工作了30年，与藏人结婚，子女都已长大成人。他介绍了西藏的一些情况：在西藏，“前藏”和“后藏”的概念是对达赖和班禅统治所属而言，不完全是地域的划分，在一个地区、一个村也可能有前、后藏之分。给达赖出乌拉差役称前藏，给班禅出乌拉差役称后藏，农奴自己很清楚他是给谁出的乌拉差役，而且官员也是各派各的。大致上拉萨和那曲部分地方属达赖管辖，称前藏，但也有一些属班禅管。日喀则地区一般属班禅管辖，称后藏，但也有部分地方属达赖管。

8月7日，星期四，晴

早9点离日喀则去拉孜县。

我们沿中尼（泊尔）公路行驶，翻过海拔 4500 米的扎西岗山就进入拉孜县，这里海拔 3900 米，在一个略宽的山谷里，是中尼公路必经之地，据说是日喀则的三大粮仓之一，但看上去庄稼长得很一般，路两边山上光秃秃的，寸草不生。

12 点多到拉孜，县府所在地是一个 2000 多人的小镇，过去以织地毯和其他手工业为生，"文化大革命"不许搞手工业，只靠很少一点土地种粮食，生活贫困。据县领导说，粮食产量还是可以的，但过去征购任务重，现在不搞征购了，会慢慢好起来。再是想恢复手工业。

下午去萨迦县。距拉孜县 43 公里，路况不大好。晚住县招待所。招待所是一座旧房子，年久失修，走在楼梯和楼板上嘎嘎作响，踩重了有塌陷下去的可能。屋顶是用树枝柳条铺上再抹泥巴，上面的蜘蛛网和烟灰一缕缕地挂着，随时会掉到床上，看样子这里从来不打扫。房子阴暗潮湿，墙已发霉变黑，一股霉臭味使人窒息。被子脏得已看不出白布里的颜色，汗臭味让人不敢贴近。

在街上见到几个做小工的藏族妇女，看来都是二十来岁，她们用锅烟把脸抹得黑黑的，颇觉奇怪，询问当地人，一说是这里紫外线强，是为了避免日光把脸晒坏，同时也有防冻作用；一说是迷信，认为抹黑了脸可以避邪。

萨迦县城坐落在四周有山的一块平坝上，海拔 4100 米，有说 4300 米的。南面有丹增雪山，终年积雪不化，坝子里常下雨雪和冰雹。

8 月 8 日，星期五，晴间雨

昨晚下了一夜雨，早晴，下午又有雨，还夹杂着冰雹。

“萨迦”，藏语意为灰白土，是因城北有一片灰白色岩石风化似土而得名。萨迦派是藏传佛教的教派之一，因其寺庙围墙涂有象征文殊、观音、金刚手菩萨的红、白、黑三色花条，故称花教。

萨迦寺（摄影 祁继先）

1260 年，元太祖忽必烈即位，封萨迦派的第五代祖师八思巴为国师，加号大宝法王，并命其兼领总制院事，掌管全国佛教事务和西藏地方行政事务，自此建立了政教合一的统治集团，统治着整个西藏。700 多年前，萨迦曾是西藏地方政治、经济、文化和宗教的中心，人事沧桑，只有萨迦寺来佐证一切了。

参观萨迦寺。该寺是萨迦派的主寺，有北寺和南寺。北寺建于1073年，已破败，只剩废墟。南寺兴建于1268年，是八思巴所建，也是西藏萨迦王朝鼎盛时期的标志。它在我国历史以及西藏发展史上占有重要的地位，它是祖国统一、民族团结的象征。它也在藏传佛教的发展史上占有重要的位置。

萨迦南寺建在萨迦河南岸平坝上，寺院规模宏伟，是座面积5500平方米的长方形的平顶大建筑，寺墙上有红、白、黑三色的寺徽，显得庄严淳朴，没有黄教寺院那种金碧辉煌的金顶，一眼就可看出教派的不同。外围有6个碉堡式的建筑，并以红色围墙相连接，有点类似北京紫禁城的外墙角楼，整个建筑类似内地的城池，融藏汉建筑风格于一体，是藏式平川式寺庙建筑的代表。可想见八思巴受元朝重任，多次到内地，寺院建筑融合了藏汉蒙的建筑文化。

寺内大殿有四根很粗的大柱子，传说为元朝皇帝忽必烈所赠。寺内除有佛教的众多神佛塑像外，还有萨迦班智达、八思巴塑像。萨迦班智达是《萨迦格言》的作者，殿墙上有他与印度佛学高僧辩经13天而大获全胜、名扬四海的壁画，也有八思巴到内地朝见皇帝，回来建萨迦寺，又到各地讲经传法，为元朝创造了蒙古文字母，被皇帝封为“帝师”等的壁画。

寺内的经书楼藏经典4万多部，都是用金汁、银汁、朱砂和墨汁精工缮写的珍品，据说大多数都珍抄于八思巴时代，还藏有稀世珍品贝叶经。

寺内还珍藏着大量的宋、元古瓷艺术品，包括佛像、花瓶等。还有元代的盔甲、法器，元朝皇帝钦赐的法衣、织锦等。寺内有个海螺，据说是释迦牟尼用过之物，还有一座玉钟和一块长方形的玉板，据说都是无价之宝。

萨迦派法王可以结婚生子，其王位是父子世袭的，至今已传到二十一世，现任法王目前居住美国。萨迦王宫分正宫和副宫，正宫由执政的法王居住，已有一部分遭到破坏；副宫已完全倒毁，只剩断墙破壁。

8月9日，星期六，晴

萨迦县是萨迦派的势力范围，这里的群众对黄教似乎不感兴趣，所以没有人对参观团表现出任何热情，没有人请求他们摩顶。原计划上午还在萨迦参观，但他们提出要提前返回日喀则。

早餐后返日喀则，离日50来公里处遇到白玛的嫂子（诺尔布的妻子），她是萨迦王的后裔，从美国回来，去萨迦接收退赔给她的财产。

晚观看日喀则歌舞团的演出，内容多样，有藏族、门巴族、夏尔巴人、僜人等的节目，这又是个敏感的民族问题。白玛他们不承认门巴、珞巴是单一民族，在安多县，桑结拉姆曾为此与索南绕登争辩过。

8月10日，星期日，晴

早9点离日喀则往亚东。

从日喀则到江孜县是长100余公里，宽20余公里的狭长平川，土质肥沃，庄稼长得好，是日喀则的粮仓之一。进入康马县后便是峡谷或多沙漠的小长形地带，不久见到了喜马拉雅山脉的组成部分帕里扎康峰，拔地而起，巍峨神圣，使人肃然起敬。峰顶海拔7314米，山体气势磅礴，白雪皑皑，高耸入天，似可伸手摘星辰。晴空无云，熠熠生辉。据说这是珠穆朗玛峰群的第六峰，主峰在定日县。珠穆朗玛峰和冈底斯山都是藏族人民的神山。未能亲眼目睹，甚觉遗憾。帕里扎康峰边有多庆错湖，湖水晶莹碧透。康马与亚东县以湖为界。

康马与亚东交界处是嘎拉检查站，这里已进入边境，要持边防通行证方能通过。

到了帕里镇，这里位于喜马拉雅山分水岭南侧，海拔4300米，空气稀薄，没有任何污染，大气透明度高，气温比同海拔地区显著偏低。帕里东接不丹，西连锡金，是不丹、锡金和尼泊尔商人来做生意的国际贸易市场，曾经繁荣一时，有世界最高城镇之称。手工业织卡垫（地毯）占西藏第三位（第一江孜、第二拉萨）。居民的生活来源主要靠手工业，现已萧条，导致居民生活水平下降。现靠种地为生，海拔高，无霜期短，虽然早熟青稞栽培成功，但颗粒不饱满。

亚东全县人口7000多人，离帕里50多公里，原属帕里宗。从帕里去亚东走峡谷的下坡路。亚东河沿着峡谷湍急而下，奔腾咆哮，清澈的河水碰撞出层层雪浪，浪花激出轰隆的巨响，使峡谷充满欢腾的喧嚣。

亚东县府坐落于方圆不到两平方公里的小山沟里，海拔3000米，印度洋的季风从山口吹入，气候温暖湿润，生长各种水果和蔬菜，四周山上有茂密的森林，虽大多都是幼林，但也是我们到西藏后看到的第一片森林。无霜期8个月，是西藏的“小江南”，又是西藏去印度的重要通道之一。不丹在亚东的东面，翻山两个小时就到了。

清朝末年英国侵略中国西藏，强行在亚东开设商埠，不丹、锡金、尼泊尔及各地商人云集，西藏地方政府也在此设商务总管，形成国际贸易的重要口岸。

亚东在历史上曾是英国租借地，印度独立后，英国交给了印度。1950年，十四世达赖受亲帝分子的挑唆，跑到亚东，准备伺机外逃，中央代表张经武从印度进入亚东，将其劝回拉萨。1954年，我国正式收回亚东租借地。现在已形成有前后两条街，居民两千多人的集镇。临街房屋均为二层木质楼房，形式独具特色，镇里有商店、学校、银行、医院、邮电所等各种生活服务设施。

这里原住民甚少，居民多来自各地，有不少人经此地去印度朝佛，回来后流落此地，也有少量的不丹、锡金、尼泊尔的商人定居于此。当地居民宗教观念淡漠，未发现有人给参观团的活佛叩头或请求摩顶的。

这里原有董嘎寺和嘎久寺，均已毁坏，土登特意拍了废墟。

居民生活水平还可以，家家种有苹果、蔬菜、花木，房屋整洁明亮。

8 月 11 日，星期一，晴

上午听县里介绍情况，由副县长次仁玉珍和教育科长曲尼分别介绍，这两位藏族女将英姿绰约，头脑清晰，不卑不亢，对答如流。当曲尼谈到过去穷人没有权利上学时，索南很反感，强辩说：“过去没有权利上学吗？我们对过去也是有所了解的，情况并非如此。”曲尼当即反驳说：“过去英国人在亚东办了一所学校，学生三十来人，学费很贵，穷人连饭都吃不上，谁还上得起学？这情况你大概不了解吧！”

参观县中学、县医院、县小学。正值暑假，学生已放假离校，看看学校环境而已，学校设备都比较好。

下午参观团去街上游玩，白玛要给群众拍照，群众不让她照，弄得很狼狈。群众说：“他们回来不安好心，有什么好照的。”他们还讥笑参观团是娇小姐、假喇嘛，说旺堆留一头长发，穿喇叭裤，上下都是外国的，中间套了件藏袍装模作样。

晚上看县业余宣传队的演出。从业余角度看，演出还是很不错的，其中一首亚东的古老民歌十分动听，伴舞的舞蹈动作和服装也颇新颖，曾在地区文艺会演时得过特等奖。

西藏之旅（下）

（山南、拉萨、林芝、拉萨，1980 年 8 月 12 日至 9 月 5 日）

8 月 12 日，星期二，先雨后晴

下了一夜雨，清晨仍细雨蒙蒙。早 9 点离亚东往康马县，从原路返回帕里镇，这段路都是爬坡，雾很大，看不清 10 米以外的地方，车队在雾海中行驶，就像在大海里飘曳的小船。到了帕里镇，细雨仍不停。参观帕里卡垫厂。卡垫厂除了正式工人外，还有若干十二三岁的童工，大概是学校放暑假了，这些小孩来学点手艺，同时赚点零花钱。参观团大肆拍照。

路经帕里扎康峰时，云雾将整个雪峰笼罩，一片朦胧迷茫，有种神秘莫测之感。没能看到它的风姿，留下无限的遗憾。

中午到康马县，由县长平措介绍情况，他是当地人，熟悉情况，谈到该县海拔 4300 米，自然条件差，部分群众生活贫困，但没有像旧社会那样去要饭或饿死人的事。话还没说完，参观团的索南、洛桑、旺堆、央莫等人群起而攻之，质问说："西藏历史上没有饿死过人，要饭的人都是懒汉。过去什么地方饿死过人？你指出来。"平措笑着说："你们当中除洛桑外，都在西藏生活过多久？你们离开西藏时还不到10岁，对这里的真实情况又了解多少？尤其对农奴的悲惨生活又知道多少？"问得他们哑口无言。

觉得有些奇怪，为什么参观团变得如此不讲理，突然发难？后来土登泄露了天机，原来在亚东时，白玛批评他们说："开会时你们也不帮腔，只是索南一人说，以后都要帮腔。"所以今天大家要竭力"表现"一下。这就是为什么他们总要把自己放在对立的地位，总要挑剔找麻烦。

参观东风公社牧业生产队。这里牧民粮油肉充裕，生活用品齐全，身上穿着整洁。对此，参观团认为是故意做样子给他们看的，央莫说"二十年了嘛"，意思是说，这么多年了，过好也是应该的。

参观了县中学后，参观团就自己走家串户去了。走进第一户，一看是书记家，没有说什么就退了出来。他们对干部有一种莫名其妙的抵触。

在拉孜、萨迦、亚东、康马这些县都没有群众给参观团的活佛叩头或请求摩顶的，来看热闹的人不少。

康马县水位高，山上都有水源，但山上都光秃秃的，连草也不长，虽在夏天也见不到绿茵，满目荒凉。这里海拔比安多低多了，但高原反应却比那里厉害，头疼、恶心、四肢发麻发抖，不知何故。

8月13日，星期三，晴

今天在江孜县参观。县城是已有六七百年历史的古城，又是曾经使英国侵略者闻风丧胆的英雄城。江孜城地处雅鲁藏布江支流年楚河中游北岸，海拔4020米，河流在冈底斯山和喜马拉雅山脉之间冲击出一块大河谷，藏族人民就在这高原谷地创造了辉煌的古代文明，万佛塔就是这伟大文明之一。从萨迦、日喀则等地前往拉萨，或者从拉萨去亚东、樟木口岸，这里都是必经的交通要道。

在宗山顶上屹立着一座古城堡，这就是名闻中外的宗山堡。1904年，英国侵略军占领了江孜，江孜人民据守宗山堡，奋起反抗，打击侵略者，写下了可歌可泣的英雄史篇。今天炮台仍依稀可见，城堡已倒塌，只剩下残垣断壁。望着挺拔屹立的褐色岩石，可以想象当时藏族人民在弹尽粮绝的生死关头，抱起石头，居高临下与敌人拼杀的威武不屈的英雄气概，敬佩而激动，热泪不禁夺眶而出。

参观白居寺。这是一座建筑风格独特的寺庙，尤其是它共属于西藏各个教派，聚各个教派于一寺，因而在藏传佛教史上占有特殊地位。这里几乎有着藏传佛教世界中的一切佛和菩萨，原始苯教的图腾，红教、花教、白教、黄教的祖师、著名喇嘛和历史人物等，都分别有专门的经堂供奉，充分体现了各教派和平共处于一寺的独特关系。如此独特的聚合寺庙，这可能是藏区唯一的一座。主寺有三层，挂满各种风格的唐卡和经幡。有一尊高大的铜佛坐像，据说用去28000多斤紫铜。寺内所塑各种佛像的工艺水平都很高超，形象生动逼真，个个栩栩如生。

江孜白居寺（摄影 祁继先）

寺旁的万佛塔也叫白居塔、菩提塔，塔形建筑非常奇特，它集佛塔的各种建筑形式于一身，不落陈套，独出心裁，立意创新，成为佛塔建筑中独树一帜的精品。塔高32米，有12大门，96小门，共108道门。塔身分塔座、塔瓶和塔顶，以白色为主，塔层的接合部用棕红色装饰，层次鲜明，简洁明快的色调别具一格。佛塔共13层，取意是修成正果的13个阶段；5层以下是四面八角八门的塔座；6层以上是圆形的塔瓶，有四面八门，据说这取意为菩萨的四对慧眼，代表佛力无边；塔顶即为13层天，用紫铜铸成13瓣莲花的金顶在半空中闪耀着圣洁的佛光。塔内有泥塑、铜铸和金银佛像几千尊，还有壁画和唐卡上的佛像总计达万尊，万佛塔之名由此而来。万佛塔是世上少有的艺术珍品，与布达拉宫和萨迦寺并称为西藏的三大艺术宝库，藏族雕塑艺人的高超艺术才华实在令人叹为观止。

来白居寺朝佛、游览的藏民和外国人络绎不绝，显示出白居寺的重要地位。

江孜是著名的卡垫之乡，有三分之一的人口从事织卡垫、氆氇、藏被等手工业，相传已有600多年的历史。江孜卡垫厂建立于1973年，有300多名工人，生产地毯和壁毯，全用手工编织，结构紧密，工艺精细，经久耐用，色彩鲜艳，图案绚丽多彩，有浓郁的民族特色，在国内外享有盛誉。看到图案为“布达拉宫”、“万里长城”等壁毯，显示出高超的艺术水平。在这里参观是一次极好的艺术享受。

8月14日，星期四，先阴后晴

昨夜是在“哗哗”雨声的催眠下进入梦乡的。早离江孜往扎朗，路经打隆大雪山，云遮雾障，无缘见到雪山全貌。山脚有昨夜刚下的新雪，晶莹白柔，好似铺满了白糖，这是第二次在夏天看见新雪，也只有在这神奇的雪域高原方能见到如此奇特的盛夏雪景。下山后，天放晴。

羊卓雍湖是西藏的三大圣湖之一，藏语意为天鹅之湖，在浪卡子县境内。为了瞻仰圣湖，大家都踊跃前往。湖散布在岗巴拉山与卡惹拉山之间，面积约 638 平方公里，是喜马拉雅山北坡湖盆带中最大的淡水湖，呈不规则的扇形，又似展翅的天鹅，有一些湖汊伸入群山，形成大小不等、形状各异的岛屿和水面。阳光明媚亮丽，湖水清澈晶莹，蓝天白云映入湖中，天水一色，现出明丽多姿的湖光山色，映衬着湖边的松树林和洒着野花的草地。野禽和鱼群在自由翔游，周围一片宁静安详，仿佛进入了仙境。湖面海拔 4446 米，湖西和湖北屹立着皑皑雪山，可惜被云雾笼罩。传说羊卓雍湖是仙女变成的，湖畔的雪山是热恋她的勇士，当清晨太阳出来云开雾散时，勇士披着银白盔甲向仙女献情，他的英姿投入湖中，与碧蓝洁净的湖水相融拥抱。湖的南面有桑丁寺，属噶举派（白教），是西藏女活佛多吉帕姆的驻锡寺院。

离圣湖继续前行，开始翻越海拔 5000 多米的岗巴拉山，这是后藏通往拉萨的必经之路，山势陡峭险峻，车子从谷底向山顶盘旋而上，到了山顶，犹如到了天空云端，往下一看，谷深不见底，唯见云雾缭绕，其险可知。下山不久，到了曲水，海拔 3700 米，曲水桥是雅鲁藏布江上的主要交通桥梁，过桥就可达拉萨。我们不过桥，沿江东驰，路经贡嘎县，西藏的飞机场就在这里。

下午5点多到达扎朗县，该县属山南地区，海拔3300米，虽然地处雅鲁江边，但还没有条件利用江水灌溉，土地比较干旱。这里以织氆氇为副业的很多，且工艺水平高，在西藏甚有名。

8月15日，星期五，晴

扎朗县副县长丹增介绍情况比较客观，既谈到“文化大革命”时的破坏，也谈到在执行政策中的失误，实事求是。参观了几户群众家，大多以织氆氇为副业，家里收拾得整齐干净，生活安排有序。

午饭备有青稞酒，大家边喝边跳藏族舞，非常高兴。

下午2点半离扎朗，3点达山南，住地区招待所，环境安静，设备不错。

参观团提出要参观桑耶寺。桑耶寺在雅鲁江北，目前正逢雨季，近期连续大雨，江水暴涨，无法渡船，从山南这里过不去。该寺建于8世纪中叶，为藏王赤松德赞所建，是藏传佛教中开始有僧侣剃度出家、念经修行的第一座寺庙。从这里开始，僧人们组织起来翻译佛经，在西藏推广佛教教义，弘扬佛法，1000多年来，使藏区全民信佛，虔诚至斯。无缘参观这座寺庙也是憾事。

8月16日，星期六，阴转晴

山南地区海拔3400～3800米之间，桑日县和朗县在雅鲁江中游北岸，其余11县在江南岸，洛扎县和错那县与不丹及印度交界，处在喜马拉雅山麓。大多数地区气候温和，雨量充足，是主要产粮区，主产青稞、小麦、豌豆、油菜等，一年一熟，此时正是收割季节，农民正忙于收割庄稼，看来今年收成不错。

泽当属乃东县，是山南地区所在地。据说在1959年以前，这个小镇只有200多户人家，主要为达赖织毛哔叽和氆氇，除农奴主的房屋较好外，其余都是破旧不堪的土坯房。如今座座高楼和藏式建筑群掩映在绿柳和白桦树中，街道整齐有序，交通四通八达，一切文化、卫生设施和生活设施齐全，已成为山南地区政治、经济、文化、交通的中心城市。

今天参观乃东县的学校和生产队。

8月17日，星期日，晴

去穷结县参观藏王墓。地区陪同的扎西顿珠是日喀则格桑群培的同学，谈起来就自然熟。我觉得藏族干部热情坦诚，很好相处。同样，他们也认为我这个人很好共事，性格接近。说起性格相近，可能因为青藏

和云贵都是高原，有高原人的共同特点吧，我们在工作上配合协调得很好，这次周游藏区，交了很多朋友，也全靠他们的支持和帮助，心里十分感激。

穷结是藏王松赞干布的出生地，古吐蕃王朝的故都。这里前有雅砻河，后靠群山，依山傍水，风沙难侵，是个进可攻、退可守的好地方。半山腰有西藏最早的宫殿雍布拉康，宫殿和城墙的遗址依稀可见。在1300多年前，吐蕃赞普能够选择这个山水相依，气候温和，土质肥沃的风水宝地作为王都，是相当有眼光的。难怪吐蕃王朝能最终统一全藏，成为世界屋脊的统治者，并进袭到长安附近，使大唐下嫁公主，和亲友好，从而开创了唐蕃会盟，藏汉友好往来和文化经济交流的先河。

参观藏王墓群。据说有13个赞普埋葬于此，现在能看到的只有七八个圆顶形的土丘，没有什么标志。土丘大小高低不一，但都像小山丘一样，据说最高大的土丘是松赞干布之墓。在一座土丘前面立有高大石碑一块，碑侧有蛟龙花纹，与内地的石碑相似，碑上刻有古藏文，已斑驳难认。据说此墓是金城公主的丈夫藏王赤松德赞之墓，从碑的造型受汉族文化影响、仿照内地树碑的情况看，这是极有可能的。藏王墓群的存在，表明在吐蕃时期的丧葬习俗是崇尚土葬，而不是现在的塔葬、火葬、天葬和水葬。

参观穷结中学。新建的校舍，教室桌椅及一切设备都是新的。学生住宿条件差，没有床，睡地铺。校方解释，由于是边建校边招生，还来不及安排好学生的住宿。

这里的农业生产在藏区属于好的，气候好、土质好，拖拉机不少，脱粒大多靠机械。但看来干部不从当地实际出发，不照顾民族特点，生搬硬套外地经验的做法比较严重，因而人民的生活水平提高得慢，部分人生活还比较贫困。现在，中央对西藏实行休养生息，放宽政策，五年内免征一切税收，如果改变工作作风，群众应该能在较短的时间内逐渐富裕起来。

群众的宗教热情高，有三四百名群众给活佛叩头请求摩顶，还有十多人请求给孩子取名。

晚上观看地区文工团演出，民族文化味浓郁，演得好。

8 月 18 日，星期一，晴

早 9 点向拉萨出发。沿雅鲁藏布江南岸逆流而驶。正是雨季，江水暴涨，波浪汹涌，江面宽阔。12 点多到曲水。

雅鲁藏布江是西藏的主河，拉萨河、年楚河、尼洋河……都是它的支流；拉萨、日喀则、江孜、泽当、八一镇等重要城镇分布在它的流域内；在中国境内全长 2000 多公里，在国内各大河流中，长度居第五位，流量居第三位，水能蕴藏量居第二位。它似一条巨龙，从西向东滔滔流去，流到喜马拉雅山东段，在海拔 7756 米的南迦巴瓦峰绕了个马蹄形的大弯，向南流入印度，形成闻名世界的雅鲁藏布大峡谷；流域平均海拔 4500 米左右，是世界海拔最高的河流。面对这世界第一高河的雄壮气魄，怎不令人产生敬畏之情呢？

南迦巴瓦峰（摄影 李琳）

过曲水桥沿拉萨河驶往拉萨。河水流量很大，有的路段被河水淹了。离拉萨市区七八公里，远远望见布达拉宫和药王山。传说红山和药王山原来是一座山，有个神仙发怒将山劈开了。如今两山对峙，中间通公路，方便了交通。郊区的青稞、小麦等庄稼长势很好，长得很高的油菜结满了籽。

望见了布达拉宫，参观团下车，在路边玛尼堆上垒石头，烧柏枝（藏话叫“煨桑”），叩头祈福，这是藏族风俗。

下午 3 点多进入拉萨市区，住第二招待所。

拉萨，藏语意为“圣地”，因海拔高，日照长，又有日光城之称。海拔 3650 多米，四面环山，山势陡峭，多是石头，不长树木，南靠拉萨河，平原广阔，气候温和。拉萨始建于 7 世纪初，相传古时这里是一片荒草沙滩，如今古城方圆四五十里，街道纵横，各种建筑星罗棋布。整齐有序的街道、民居、商店、学校、工厂、医院、林卡（公园）、银行、邮局等各种建筑物连绵错落，一片繁荣景象。交通四通八达，方便对内外的友好往来和经济文化的交流。这里是西藏自治区首府，是西藏的政治、经济、文化中心，也是与邻国尼泊尔、不丹、印度经商的国际贸易市场。

雄伟的布达拉宫俯瞰着古城，金碧辉煌的大昭寺、色拉寺、哲蚌寺的金顶在日光下流光溢彩。我们终于到达了拉萨，这名扬中外的神佛圣地“小西天”，世界闻名的高原古城。

8 月 19 日，星期二，晴

上午参观大昭寺。“先有大昭寺，后有拉萨城。”它是西藏最早的建筑之一，已有1300多年的历史，拉萨城是围绕着它发展起来的。传说，文成公主与松赞干布成婚后，因公主信佛，遂修建大昭寺供放公主从长安带来的释迦牟尼佛像，以后逐步扩建至此规模。这里是佛教徒到拉萨朝佛首先要去的地方，也是达赖喇嘛讲经的地方。

大昭寺（摄影 拉杜）

在八廓街，藏式建筑的街道环绕着大昭寺，商店林立，街上人头攒动，热闹非凡。有的绕着寺庙转经，有的磕长头。磕长头时，他们以十分虔诚的神态，两手合掌过头，自顶至额胸，共揖三次，再匍匐于地，双手伸直，平放于地，划地为记号。如此再三。他们的衣服，脸上全是灰土，鼻眼模糊，手、膝盖及额头上长了老茧。他们一丝不苟的磕着每个长头，可能已磕了几十里、几百里或更多。他们对佛的无限虔诚，令人震撼。他们不知疲惫，洋溢着因信仰而焕发的幸福光环。有的手持玛尼轮边转边念经，大多数人带着酥油香烛来寺庙拜佛。朝拜者脸上一片虔诚而肃敬的神态，男女老少均有，从穿着看，来自不同地区，有的来自卫藏、安多、康巴等藏区，也有专来参观的外国人。

大昭寺位于拉萨市中心的平原上，是一座规模宏伟的方形建筑。寺分三层，面积广大，富丽堂皇的圆形金顶熠熠生辉。寺前的石围栏内立着一块高大的石碑，上刻藏汉文，这就是甥舅会盟碑，亦称“唐蕃会盟碑”，记载了汉藏自古友好交往的历史。

寺内香烟缭绕，几百盏佛灯，一排排地照亮了已被香火熏黑的佛殿，发出特有的酥油香气。拜佛的信徒甚为拥挤，有的排队给佛灯上酥油，有的三拜九叩、虔诚膜拜，用头顶碰摸佛龛上能碰到的地方，大概是取菩萨摩顶之意，上面已留下黑黑的油汗渍印，说明已有千万人的头顶碰过。

大殿正中的佛龛内供奉着释迦牟尼镀金铜像，相传是当年文成公主从长安带来的。两侧塑着运送佛像的四力士，西侧殿内有松赞干布和文成公主塑像。墙上绘有很多反映文成公主到西藏后的情形和佛教故事的壁画，画面栩栩如生，色彩明快，许多画面具有汉族风格，武将的形象和装束与古时汉将军相似，体现了汉藏民族间的文化交流。

参观完即将返回时，吉尊白玛和索南走到二楼平台向群众发表了煽动性的讲话，这是在两个多月的参观活动中首次发生此类事件。

晚上，自治区领导在招待所设便宴招待参观团，院子里聚集了三四百人，白玛和索南又走上阳台宣讲了一通在大昭寺所讲的话，显然这都是事先安排好了的。看来他们正在重蹈第二批参观团的覆辙，我们不希望发生这样的事，因为这对客人和主人都不好，为此，与吉尊白玛谈了几点要求，总的是说，她是十四世达赖的妹妹，一切言行要考虑影响和后果，要有利于民族团结和祖国的统一。

8月20日，星期三，晴

上午参观哲蚌寺。该寺位于拉萨西郊更培乌孜山脚，寺随山势而建，殿宇层叠，群楼错落耸峙，由众多的佛殿、扎仓、僧房组成了一座小城镇，寺宇上闪烁着光芒耀眼的金顶，这就是藏传佛教格鲁派（黄教）六大寺之一的哲蚌寺。甘丹寺、哲蚌寺、色拉寺合称拉萨三大寺。

黄教六大寺的特点是集进行宗教活动与培养宗教的高层僧侣于一寺，所以除有佛殿、僧房外，还设有扎仓（学院），传授佛教经典，培养宗教的高级知识分子。哲蚌寺设有佛殿、4个扎仓，培养显宗、密宗的僧侣人才，还设有29个康村（僧房）。据说，僧人多时可达七八千人。康巴、安多地区的黄教喇嘛，有能力的都要来这里进修、深造、学经典，经过多年苦读、辩经，可取得格西等相应的宗教学位。

哲蚌寺于1416年由宗喀巴的徒弟嘉央曲杰所建，具有藏族宗教建筑艺术的特色，是西藏地区最大的寺院，也是二至五世达赖居住的寺院，历代达赖都以此寺为驻锡寺。三世达赖索南嘉措，原来只是该寺的赤巴（住持），后因讲经传法有功，被蒙古人俺达汗封为“达赖喇嘛”，从此有了“达赖喇嘛”的尊号，他又追认了前两世，遂有了达赖转世排列世系。二至五世达赖均任哲蚌寺赤巴，驻寺主持西藏政教。五世达赖扩建布达拉宫并迁驻该宫，以后历世达赖都以布达拉宫为冬宫，但哲蚌寺在西藏政治、经济、文化等方面仍处于特殊的重要地位。

哲蚌寺（摄影 祁继先）

哲蚌寺是国家的重点文物保护单位，规定游客一律不许拍照。索南绕登坚持要拍照，并提出不让拍照就拒绝参观，文物局负责人作了让步，同意他们拍照。

吉尊白玛和索南绕登对自己的贵族身份和地位总是耿耿于怀，自视高人一等，来到拉萨后表现更甚。回来路上，索南一上车就气势汹汹，无理找茬，先与强巴吵，益西措好心劝架，他又骂益西措是“狗屁不懂的饭桶”，强巴打抱不平，说索南说话要有礼貌，不要自视高人一等，要放下贵族的架子。最后互不相让，大吵一通。

下午参观罗布林卡，先到达赖新宫，在贵宾室用茶，接待的是自治区文物局副局长和一位女科长，都是藏族。他们很热情地介绍了情况，最后提到“为了保护文物，规定有些地方不能拍照，但是……”，话还没说完，索南就跳起来，指着副局长大吵大骂：“这是我们的地方，你有什么资格不让我们拍照……”副局长耐心地解释：“我接着正要说，但是对你们特殊照顾，允许你们拍照。”索南歇斯底里大发作，根本不听解释，借题发泄。白玛也插进来，用贵族训斥农奴的口语无理谩骂。女科长忍无可忍，也毫不客气地反驳：“收起你们那套贵族的臭架子吧！别来这里耍威风，我们是这里的主人，你们竟然还用农奴主的口语骂我们，还想像在旧社会时那样欺压我们吗?”索南嚣张地说：“将来谁是这里的主人还不知道呢!”

彼此吵得很激烈，我只好劝解双方停止争吵，继续参观，随意拍照。土登也想收场，提起摄像机要去参观，但索南不让，拒绝参观，我再三劝说也不行。副局长也没有发火，忍下气来，主动请他们参观，还是不行。本来吵架是因索南无理挑衅而引起的，为了顾全大局，我们一再忍让，但他们胡搅蛮缠，仍拒绝参观。我只好表示，要参观就参观，不参观也不能勉强，那就回招待所吧！就这样没参观成，返回住地。

吉尊白玛和索南绕登虽属旧西藏贵族，但基本上没有在藏区生活过，从小就在印度、欧美读书，这次是他们成人后第一次回藏区。真没有想到，他们竟顽固保留着如此浓厚的贵族意识，毫无“平等博爱”之心。

晚上白玛和索南找我谈话。索南说：“我是中央请来参观的，今天他们骂了我，侮辱了我，骂我就是骂达赖，侮辱我就是侮辱了达赖。”我驳斥了他的谬论：“中央并没有请你来吵架骂人的，达赖也不会让你来骂人吧，尊重是彼此的，只有尊重别人，才能得到别人的尊重，希望以后不要再发生此类事。你们到拉萨后的表现实在令人担心，希望以后不要在群众中发表演讲，以免激动起来说了些不利于民族团结和祖国统一的话，造成不愉快的后果。”索南狡辩说是群众要求他们讲的，我说：“什么人要求你们演说我们清楚，但我不愿深谈这个问题，总之希望你们自重。”

8 月 21 日，星期四，晴

今天参观色拉寺。该寺位于拉萨北郊山麓，是黄教六大寺之一，由黄教创始人宗喀巴弟子释迦益西遵师命建于 1419 年。他曾两次进京朝见明朝皇帝，先后被册封“大国师”、“大慈法王”等尊号。

因地势不同，色拉寺的建筑格局与哲蚌等寺颇有差异，但金碧辉煌的装饰和庄严肃穆的宗教气氛是相同的，寺内的机构设置和佛殿、经堂的装饰布置也大同小异。这里有佛殿、扎仓（学院）、康村（僧房），据说僧侣最多时达万人，所塑的佛像也是释迦牟尼、文殊、弥勒、度母等，塑得十分精致生动，比较高大。也有大量的壁画、唐卡等。寺内有上万个金刚佛像，珍藏着大量的珍贵文物。

藏传佛教各派寺庙的共同特点是：所供奉的佛都是相同的，都有大批的壁画，上面描绘着各种佛教故事和该教派的创始人及历代法王。

色拉寺的外墙全用石头砌成，结实而美观，高达六七层，墙面水平笔直，可见其建筑工艺水平之高超。

寺里的接待人员从果园里摘来桃请我们品尝，在这佛教圣地能吃到如此鲜美的果品，似有赴王母娘娘蟠桃会之感受。

色拉寺后山上有天葬场。这里藏族盛行天葬，认为这样能升天到极乐世界。听说天葬在清晨举行，有人专职从事此行业。

藏族还有塔葬、火葬、土葬和水葬的习俗，因人而异。

8月22日，星期五，晴

早9点出发去林芝县，该县属拉萨市管辖，距市区430多公里。

出市区过拉萨河大桥，沿河往东。拉萨河源头在念青唐古拉山南麓，从东北流向西南，流经拉萨到曲水汇入雅鲁藏布江，水流量大，是拉萨地区的主要河流之一。到墨竹工卡县境就与拉萨河告别，继续东驰，翻越米拉山，尼洋曲（河）的源头就在路旁，到工布江达县城附近，尼洋河已由多个支流汇成了一条水流量大、水质清澈的大河，流到林芝汇入雅鲁藏布江，河流长约400公里。

地处“世界屋脊”的西藏自治区，海拔最高，又是河流和湖泊最多、水资源最丰富的地方。据统计，西藏有大小湖泊1500多个，总面积为24000多平方公里，约占中国湖泊总面积的30%。

米拉山以东是略为开阔的峡谷地带，山高陡峭，汽车行驶在下坡路，缓缓而下，到林芝县境，眼前一片碧绿，山上的松树、青冈树成片成林，郁郁葱葱，这在藏北和拉萨附近是看不到的。田野平坦开阔，尼洋河也因流淌在平原上而显得稳健和有耐性了。公路两旁有幢幢新的建筑，形成一个小城镇，这就是八一镇。此时已是晚8点，再往前行驶约20公里，就到了林芝县府所在地，时8点半，天已灰暗。住县府招待所。

西藏公路有川藏、青藏、新藏、滇藏等主要干线，青藏公路正在重修，铺柏油路，修成后情况会好得多，川藏公路路况不大好。我们本来计划参观拉萨后走川藏公路，经林芝到昌都再到四川甘孜州，但现在因公路被雨水冲刷而塌方，无法通行，只得改变原计划，参观林芝后返回拉萨，再乘飞机去四川。今天出来时路上坑坑洼洼，车闯过一个大坑时把我颠撞到车窗上，不仅把玻璃撞破，头也撞出一个大包，到晚上仍红肿疼痛。

8 月 23 日，星期六，雨转晴

下了一夜雨，早晨仍是小雨淅淅沥沥。

林芝县城在一个山沟里，三面环山，有成片树林，南面有约千亩的一片田地，麦子金黄，还未收割完，还有水果、蔬菜。招待所院子里的鲜花竞放，雨露滋润，更显得娇艳可爱，这在藏区并不多见。海拔约 3000 米，气候温和，真不虚西藏江南之称。

参观八一镇，该镇位于林芝县境内，尼洋河畔。据说在 1965 年以前这里只是一块乱石遍地、野兽出没的荒凉河滩，以后部队在这里披荆斩棘，开荒拓野，用汗水开发出这一片新土地，故取名八一镇，表达了藏族人民对金珠玛米的崇敬之情。这个新兴工业城镇有人口 15000 多人，建有西藏农牧学院、八一中学、小学、医院、书店、银行、邮局、商店、影剧院等文化设施和其他生活服务设施，还有毛纺厂、印刷厂、火柴厂、粮油加工厂、木材加工厂、汽车修配厂、发电厂等各种企业。林芝全县人口 4 万人，其中企业职工 2 万多人。

参观西藏农牧学院。该院于 1974 年筹建，校舍布局合理，整齐有序，北依尼洋河，南靠青山，环境优美，空气清新，是求学的好地方。建校不久，一切还需逐步充实完善。教师中藏族较少，藏族学生占一半。旺堆说：“学校条件很好，可惜汉族太多，应该只招藏族学生。”

近年来也有一些内地人到西藏来开拓、做生意等，而藏族人也开始到全国各地去开拓发展，这是由社会经济发展的动力在推动的自由交流，是任何人都无法阻挡的自发行为。各民族间的自由交流和人口的自然流动，千百年来在全中国以及全世界都在不断进行着，历史上如此，在科学发达的现代更是如此。各民族间的友好交往和文化交流是促进各民族共同繁荣进步的积极因素，闭关自守只能使一个民族故步自封，落后于时代的潮流。索南绕登他们到处宣扬民族自我封闭的观点，强调所谓“一切要纯藏族的”，这是与社会发展总趋势背道而驰的，是不利于藏族发展的，而且在客观上也是根本行不通的。

从另外一个角度讲，要发展藏族文化，保持藏族文化的特点，在西藏高等教育中还要逐步充实藏族教员，培养更多的藏族学生，这也是很重要的。但是，这需要努力创造条件，“十年树木，百年树人”，要西藏的大学教师主要由藏族来担任这并不是在短时间内能做到的，要长期努力。

八一中学是地方所建的完全中学，现正在扩建。藏族学生占绝大多数，大部分住校。这就是输送藏族大学生的源泉，是西藏建设人才的源泉所在。

下午参观林芝毛纺厂。该厂于 1967 年建成，是由上海、天津、北京联合支援建设的，职工1600多人。工人大多是旧社会的农奴，送到内地培训，回来后在重要的生产岗位上操作。机械设备是全国一流的，生产毛呢、毛线、毛毯，行销全国，多次在广交会上获得优秀产品的荣誉，部分产品出口国外。工厂有幼儿园和小学。在企业里培养藏族的高级管理人员和高级技术人才也同样重要，让他们能自己管理好企业。

8月24日，星期日，晴

上午参观林芝的生产队和果园。到第一生产队时，因正是夏收农忙季节，今天又是近期难得的晴天，农民清早就下地抢收去了。白玛很不满意，抱怨说："请我们来参观又锁着门，跟开玩笑似的，是故意整我们的。"生产队长抱歉地说"没有想到参观团来得这么早"，并立即通知群众回家迎接参观团。不到10分钟，群众就从地里赶回来了，但白玛他们却不愿参观了。

这里虽属拉萨市，但穿着服饰自有特色，女子戴简易便帽，与喇嘛帽相似，长袖短袄上罩黑色粗呢长坎肩，没有什么剪裁，在一块布中间挖一个口子，镶了边，肋下两边缝合起来套头穿，系各色腰带，显出古老和朴实无华。

下午参观红卫林场，原来没有这项安排，是应参观团的要求而临时增加的。林场离林芝75公里，离米林大桥只有十多公里，从伐木到木材粗加工均可完成。汽车驶过林芝、八一镇、尼洋河大桥，顺河东行，然后折向南，这里多少有点像家乡的金沙江边，但地面狭窄，没有成片的田地，也没有大的村庄。这里森林茂密，多是松树，郁郁葱葱像无边的绿浪，远处的山巅云雾缭绕，近处是蜿蜒流淌的尼洋河，风光明媚。林场工人伐木用电锯，比较先进。参观团看后又是满腹牢骚，说："电锯有什么稀奇，我们在印度家里劈柴都用它的。"又说："这么远的路累死人了。"

强巴益西县长对参观团的无理挑剔很有意见，说："一、二、三批参观团都来这里参观过，就这第三批最难伺候，左也不是，右也不行，说到底就是这里的群众没有向他们叩头求摩顶的原因。"

晚上看县文艺班的演出，都是 12 ~ 15 岁的小孩，十五六个孩子演了一台戏，很有特色，有培养前途。

与强巴县长聊天时谈到西藏的另一个"江南"——墨脱县。该县与林芝隔雅鲁藏布江相望，直线距离近，但要去墨脱也不是易事。他介绍说，墨脱是雅鲁藏布江进入印度前流经的最后一个县，它深藏在喜马拉雅山东端南麓，海拔 1100 多米，该县的巴昔卡海拔只有 155 米，气候温和，有"西藏江南"之称。但特殊的地理条件，使它封闭在大山深处，与外界的来往困难重重。

去墨脱的路上，山林险峻，坡峭水深，气候变化多端，有"一天有四季，十里不同天"的说法。多雄拉雪山常年积雪，是喜马拉雅山的支脉，海拔4800米，它是墨脱与外界来往的必经之路。这里最高气温只有几度，天气变化无常，冷风刺骨，经常会在中午气温升高时因积雪融化而发生雪崩，不少行人被无情的雪崩吞噬。每天中午以后，山口经常大雾弥漫或雨雪交加。所以行人都必须在中午以前翻过多雄拉雪山。这里有八九个月都是大雪封山，只有三四个月的融雪期可以通往外界。因经常发生雪崩、泥石流等原因至今不通公路，一切物资都靠人背马驮运输，而且都要抢在大雪封山前将物资运进墨脱。

墨脱与外界来往的道路有些路段是在峭壁悬崖的半山腰上开凿出来的。道路狭窄，最宽的只有1米，窄的不到40厘米，两人不能并行。每年都有一些人和骡马失足跌下300多米深的悬崖而粉身碎骨，有人把这地段称为“老虎嘴”。去墨脱要穿越一段原始森林。森林遮天蔽日，长满青苔，阴暗潮湿，蛰伏着很多旱蚂蟥。当人一走过便会爬到人身上吸血，一条原来细如丝的蚂蟥钻入腿中很快吸血变粗，这也令行人视为畏途。从西藏米林县翻多雄拉雪山，经多雄河、雅鲁藏布江边背崩乡到墨脱县城，全程计135公里。

8月25日，星期一，晴

早8点半离林芝往工布江达县，路上见到背着行李三五人结队步行往拉萨的几批人。据说他们来自昌都地区，要去拉萨朝佛，两地相隔千余里，步行两个月可能也走不到目的地，但他们仍满怀虔诚，边走边要饭，可能到拉萨附近还要叩长头，以这种自我吃苦受难的精神来表达对佛的虔诚，祈求减轻自己在世的罪孽，以求来生的幸福。宗教的影响力由此可见一斑。

中午到工布江达县，该县在一个峡谷间，海拔虽然只有3500米，但附近的米拉山海拔5700米，山高日照短，庄稼生长期长，属高寒区。听说冬天大雪封山，汽车难以通行，曾冻死过人。我们路过时，山脚下雨，山上下雪。去年遭受旱、虫、霜灾，粮食减产，国家拨给160多万斤粮食及一批救济款和衣服、被褥，帮助群众度过灾荒。

这里过去是隶属西康的康巴地区，但西康的统治势力一直管不到这里，此地仍由西藏地方政府管辖，有帕巴拉活佛的寺庙，还有阿沛庄园，居民不少人是从康巴地区去拉萨朝佛后流落定居此地的。清朝和国民党时期派遣的驻藏官员就住在此地。

下午参观县中学、朗曼生产队和民办小学。

8月26日，星期二，阴转晴

一夜大雨，早仍阴，离工布江达回拉萨。夜雨将尘土冲刷干净，行车时免去了扬尘路的烦恼。车行到昨天参观的生产队时，看到有夫妇俩带着一个小孩在路上烧柏树枝，大概是给参观团祝福的。到墨竹工卡的巴洛区时，有300多人集结在路边，烧柏枝的有10多处，还有附近牧民送来酥油，停车让活佛给群众摩顶。

白玛要去直贡区参观天葬场，因雨季路被冲坏，无法坐车去，步行太远，只能作罢。

下午6点多回到拉萨。

8月27日，星期三，晴

上午参观藏医院、制药厂和藏医研究所。

藏医和藏药是藏族人民在特定的自然环境下总结发展起来的民族医药。据说，在3世纪初或更早时便有了藏医藏药，这是祖国医药学的重要组成部分。藏医在发展过程中吸收了其他民族及国外的医药知识，尤其与中医联系密切，文成公主及金城公主都带来中医书及中药，中医所讲的五行及号脉都被运用到藏医中。

藏医院的新楼房是1976年才建起来的，藏式的建筑风格，很美观。副院长贡巴平措介绍情况说：全院有职工200来人，95%都是藏族，117位医生中只有1人是汉族；有14个临床科室和辅助科室，分内、外、儿、妇、针灸、化验等科；在检查病情时，除用藏医的摸脉外，也用西医的检查手段，这样诊断病情更有科学性。治疗全用藏药，附设制药厂，将过去的手工制药改为机械制药，产量增长150倍，品种400多种，除本院自用外还供应地、县的藏医院。建立了藏医研究所，继承过去的藏医医学并发展和挖掘藏医藏药，对西藏的地方性常见病、高血压、高原性心脏病、风湿病、胃溃疡等都进行了专门研究并取得了较好的疗效。

藏医院的另一重要任务是培养藏医人才。培养来实习进修的藏医，打破了过去藏医不收女性的陈规，已有50多名女藏医。

群众到藏医院和其他医院看病治疗全部免费，费用全由国家拨款补贴，所拨经费逐年增加。已建立起自治区、地区、县、公社4级的医疗卫生机构，医护人员队伍逐步扩大，平均每300人有一名医护人员。

下午参观布达拉宫。车驶到前门，白玛坚持要从后门进入，听说这是过去贵族的习惯，从后面入宫，从前面出宫。还像往常一样，类似这样的事我们都满足她的要求，随她自愿。

布达拉宫建于拉萨市中心的红山麓，殿宇依顺山势蜿蜒而上，全部土石木结构，宫殿式的建筑群，是藏族古建筑的艺术精华。主楼13层，高117米，东西宽400余米。相传吐蕃赞普松赞干布与唐王朝联姻，为迎娶文成公主，于7世纪建成，共有999间房，加上他的修法洞共1000间，后毁于天灾及战乱。17世纪中叶，清顺治年间（1644—1661年），由五世达赖重建宫殿，称“白宫”。17世纪末，清康熙年间（1662—1722年）又扩建红宫，其外表区别标志是墙上刷白色土的称“白宫”，正中刷红色土的称“红宫”。群楼叠砌，殿宇嵯峨，巍然耸峙，气势雄伟，体现了藏式建筑的鲜明特色。它壮丽辉煌，名扬中外。

红宫的主体建筑是众多的佛殿和各世达赖灵塔。佛殿内有诸路佛的塑像、挂像，柱子上缀有经幡及各色刺绣飘带，悬挂着各种唐卡，墙壁上绘有题材丰富、内容多样、庄严优美的壁画，摆设着各种宗教法器，做工精细，生动别致，达到了很高的艺术水平。这是一座灿烂多姿的艺术殿堂。

布达拉宫（摄影 祁继先）

宫内有五世至十三世达赖的 8 座灵塔（缺六世达赖），其中五世及十三世达赖的灵塔最为高大豪华。

五世达赖灵塔占殿堂三层，高 15 米，塔身用纯金包裹，据说共费黄金11万两多，四周用珍珠、翡翠、珊瑚、玛瑙以及各种宝石镶嵌，金光灿烂，辉煌炫目，是世上少有的无价之宝，也是艺术珍品。四壁绘有五世达赖一生的传记壁画，其中突出他于1652年赴京觐见清顺治皇帝，被封为达赖喇嘛并受赠金册金印时的场面。这次册封对黄教有重大意义，自受封后，格鲁教派得以统治全藏区，排除了其他教派的争权。殿内有康熙所赐的锦绣幔帐，悬挂着乾隆御赐匾额，还珍藏有精刻的藏文经典。

十三世达赖灵塔占殿堂三层，高14米，塔身遍缀珠玉、玛瑙、宝石，绚丽夺目。塔旁有一座珍珠塔，系用20万颗大小不同的珍珠串编而成的一件价值连城的珍贵艺术品。殿堂的壁画中有他去北京拜见慈禧太后和光绪皇帝的情景。

自五世达赖始，白宫是历代达赖的冬宫，也是黄教在西藏政教合一的统治中心。自清顺治皇帝金册金印封五世达赖开始，历代达赖都必须得到中央政府的正式册封，代表中央政府的驻藏大臣在这里为达赖主持坐床仪式和亲政大典，同时这里也是举行重大宗教活动的场所。宫内保存着明清皇帝封赐西藏官员的诏敕、封诰、印鉴、罕见的佛经文典籍等大量珍贵文物。

日光殿在白宫的最高层，是十四世达赖的住所，有会议厅、经堂、寝宫、休息室。陈设豪华，珠光宝气，金盆玉碗，绫罗绸缎，如同是人间天堂。卧室内外供着多尊白度母、绿度母塑像，挂有多幅度母画像，造型生动，形象逼真，是极为珍贵的艺术品。

宫内至高无上的庄严气氛与宫外的万千气象相呼应，从白宫阳台远眺，群山起伏，沃野、村庄、城郭、绿树尽收眼底，拉萨河似一条银龙在阳光下闪烁流动。

宫内还有松赞干布修法洞，传说洞内的松赞干布、文成公主及其大臣的塑像均为吐蕃时期所塑。

8 月 28 日，星期四，晴

上午参观拉萨郊区张让公社。这里过去是贵族庄园。200 多户 1100 人，全是藏族，以农业为主，以种植蔬菜、喂猪、养鸡、采石为副业。有拖拉机、收割机、脱粒机，农业生产机械化占 80%。社员生活富裕，藏式住房宽敞整洁。民主改革后建的学校，校舍整齐，教室明亮，适龄儿童入学率达 98%，中青年社员中能读会写的占 70%，是西藏农村中生活较好的。

既然过去是庄园，历史上就曾有农奴主和农奴，介绍情况时免不了就有新旧社会对比，参观团一听这些就恨得不行，一脸的不高兴。参观学校时，无精打采，对认真坐在课桌旁上课的班看都不看一眼，见到一年级的学生上藏文课坐在地上时就抢着拍照，其实一年级教室也是有课桌的，但学藏文写字一定要坐在地上才能练出好字。不拍社员舒适的住房，专拍旁边的猪圈；不拍收割机的收割场面，专拍手工收割。他们口口声声说，达赖的愿望是只要藏民生活过得好就行，可是这个公社的藏民生活富裕，索南却连一户都不去看，白玛也只敷衍地看了两户。他们的这种贵族情绪使当地的藏民极为不满，白玛主动与一个正在收割的藏民交谈，藏民不怎么理睬她。过后才知道，这人过去当过农奴，对欺压过自己的贵族当然不愿奉承。

下午由自治区教育局副局长达瓦介绍教育情况。达瓦思路敏捷，善于表达，谈情况全面客观，既谈成绩，也谈存在问题，开诚布公，有理有节，是个很能干的藏族女干部。事前我们以为一贯爱挑剔的参观团一定又要抓住机会挑刺的，结果却是风平浪静，看来他们也是无话可说了。

达瓦讲的主要内容如下：

我们实事求是地介绍情况，一切不能脱离历史，不了解历史，就不能正确对待现在，不了解现在，就不能解决将来。

西藏教育总的变化很大，但也有不足之处，甚至有失误。经济文化基础差、“文化大革命”中“四人帮”的破坏、我们工作中不切合西藏实际的作风、教育质量和师资质量较差，这些都是我们面对的问题，现正在逐步改善中。

和平解放以前，西藏地方政府办了两所学校，培养七品官员。拉萨有一所回民小学、一所国民小学、一所私塾，学生总共有七八十人，多为贵族、大商人子女，有极少数富裕平民的子女。在亚东，英国人办了一所学校，学生二三十人。日喀则、江孜、昌都也各有一所私人学校，但这些学校不是向劳动人民开的。藏民中文盲占人口的95%以上，有些地方甚至是百分之百，这是客观事实。另外寺庙也是培养藏族文化知识的“学校”，拉萨三大寺学习经文，有了知识可考上格西等学位。据1951年在哲蚌寺的调查材料，全寺喇嘛4000多人中，有文化的喇嘛只占20%，其余80%没有文化。从这里可看出，藏区的众多寺庙虽然属于藏族文化活动的重要场所，但广大僧众仍然是文盲。

和平解放后，劳动人民有了求学的机会，到目前，自治区办了三所大学，形成了地区有完全中学、中专，县有中学，公社有小学的教学体系，已有16000多人的教师队伍，其中藏族教师占72%，还选拔了一大批成绩优秀的学生到内地培养深造，从各方面培养人才。

8月29日，星期五，晴

上午参观拉萨第一中学。学校于1956年筹建，开始时在帐篷里上课，现在已建成校舍规模和教学设备比较完善的学校。学生1600多人，有高中、初中部，来自各县的学生住校。学校有电化教学室、图书馆、校医院及其他教学设施，还有温室菜地，供应住校学生的蔬菜。学生不交学费，看病看电影免费，生活困难的学生有助学金。这是一所在国内也属于条件较好的学校，但参观团仍是百般挑剔。有个英语教师上课时，他们认为发音不够标准，还录了音，难道他们的印度英语发音是标准吗？女学生宿舍有双鞋晒在窗台上，他们也如获至宝地拍了照，真是“鸡蛋里挑骨头”。

下午开知识分子座谈会，介绍西藏的文化科学发展情况及今后的发展规划，参加者有自治区社科院院长彭措扎西及师范学院教师扎西仁增。扎西仁增过去是甘丹寺格西，还有洛桑贡嘎等9名藏族高级知识分子。

晚饭后随汪清一家人去转八廓街，这是极具民族特色的街道。据说古时大昭寺建起来后，朝佛的人逐渐多起来，有的人围绕大昭寺定居下来，建起民居和旅店，形成了八廓街的旧城区。在这里转经的人很多，当地人转经多是老人带着十来岁的小孩转，外地来转经的多是青壮年，有的搭帐篷居住，有的睡在屋檐下，有的席地而卧，大街小巷乱糟糟的。有些从四川、甘肃、青海来的香客，千里迢迢来到拉萨，一住就是几个月，不事生产，没吃没喝，要饭或偷窃的事屡有发生，还发生了个别康巴人与拉萨人械斗之事，出现了社会问题。

8 月 30 日，星期六，晴

到拉萨后，每天早晨都有人给参观团送酥油茶和包子等早点，他们把剩余的和根本就没有动过的早点倒在厕所里，堵塞了下水道，服务员很有意见。看着农民辛苦种出来的粮食就这么被糟蹋，心里很不是滋味。想起在山南时，有几个藏族老阿妈抓住白玛的手问候达赖，白玛嫌脏，抱怨她们脏兮兮的弄脏了她的手和衣服。他们对广大藏人究竟有什么感情？他们的行为与他们口口声声“关心藏人疾苦”的言论相差何止十万八千里！

修复后的甘丹寺（摄影 祁继先）

早 9 点，出发去甘丹寺。甘丹寺在拉萨东郊达孜县境内汪固山，建于明永乐七年（1409 年），由格鲁派创始人宗喀巴所建，是拉萨三大寺中最早建的，也是黄教六大喇嘛寺之一。

甘丹寺在“文化大革命”中被毁坏，只剩断墙残壁，但还能看出原来的建筑规模相当庞大，墙垣重叠，从山腰到山顶，俨然一座城镇。据说在全盛时期，寺内僧人达 5000 来人。它是黄教的重要宗教活动场所，也是一座具有极高文物价值的艺术殿堂，宗喀巴的灵塔也在寺内，现在已破坏殆尽。

现在正在修复甘丹寺，动工两月多，已修复了一个小经堂，虽然规模尚小，但有喇嘛念经，体现了信徒的意愿。参加修寺的约有百来人，来自拉萨、康巴、安多等藏区，全是义务自愿来的。见到那曲地区索县来的两个藏族妇女，30 多岁，各带一个五六岁的小孩，家里还有子女和父母兄弟。她们到拉萨朝佛已 5 个多月，先在拉萨当小工挣点生活费，到这里参加义务劳动已 1 个多月，准备再干 1 个月，把剩余的钱用完了才回去。在甘丹寺见到甘南州夏河县长的儿子热青诺布，他在这里当了喇嘛，18 岁，高中刚毕业，不愿升学，父母劝说无效，到拉萨当了喇嘛。

听说西藏自治区政府已准备拨款修复甘丹寺。

8 月 31 日，星期日，晴

今天休息，不安排参观，参观团成员 7 点来钟就出门访亲问友去了。

其实，他们在拉萨只是应付一下参观，主要时间都在各处串联访“友”，四处活动。

汪清回家了，益西措、吴肃民去做客，我正想出去散步，碰巧中央民族研究所的陈乃文从自治区社科院借来车，约我去罗布林卡参观，正中下怀。

10天前安排的参观被参观团的无理吵骂给搅黄了，过其门而不得入，不想今天竟有机会补回。罗布林卡，藏语意为“宝贝花园”，是达赖的夏宫，每年4至9月，达赖都住在这里处理政事，接见官员，举行庆典。林卡由格桑颇章、金色颇章和达旦明久颇章三大宫殿组成。格桑颇章建造最早，是由七世达赖格桑嘉措建于18世纪，并以他的名字命名；20世纪初，十三世达赖扩建了金色颇章；1954年，十四世达赖丹增嘉措扩建了新宫，即达旦明久颇章。三组建筑错落有致地分布在罗布林卡，主体都由宫殿和林卡组成，同时又有许多雅致的亭、台、池、榭，曲折相依，构成罗布林卡的整体。

我们参观了新宫。新宫的建筑风格既有寺庙的宗教色彩，又有宫殿、别墅的格局。宫顶有铜质镀金的法轮幡幢，光芒四射，门楼腾龙飞凤，显得神威庄严。宫内有佛堂、卧室、讲经堂、朝拜殿、堪布室及其他设施，建筑金碧辉煌，富丽华贵，显示出政教合一首脑的无比威严和至高无上的权力。陈设有栩栩如生的神像，还有欢喜佛、刺绣精致的唐卡、佛塔、佛前供器，显示出浓郁的宗教气氛。绘制精美的壁画十分引人注目，有释迦牟尼与八大弟子图；有藏族简史，包括藏族起源、吐蕃兴亡、佛经传入及喇嘛教各教派的兴衰史；有松赞干布派大臣禄东赞入唐求婚的经过情景；有金城公主所生的赞普赤松德赞盛宴唐使认舅图；有黄教创始人宗喀巴及一至十三世达赖的传记连环壁画；还有描绘十四世达赖于 1954 年参加全国人大代表会并在各地参观的情景。琳琅满目，真是一座品位高超的艺术宫。

林卡别致幽雅，集宫殿和园林于一身，宫外苍松和翠柏掩映，林木葱郁，有牡丹和芍药等名花，有绿茵如毯的草坪，还有供人休憩的石桌、石凳。

如今林卡已向大众开放，正值星期天，有很多藏民携家带上美酒佳肴来此游憩。遇到汪清一家在林卡游玩，还请我们品尝他们带来的美食。

9 月 1 日，星期一，晴

参观拉萨市第一小学和东方红小学。

第一小学于 1952 年创建，现有 42 个班，2500 多名学生，以藏族学生为主，也有汉、回族学生。110 名教师中藏族占大半，藏汉两族老师团结友好，互相协作，教学质量较好。分藏文、汉文班，一至三年级藏文班教藏文，汉文班教汉文，四年级后藏文班教一部分汉文，汉文班教一部分英文。

东方红小学于1958年创建，学生800多人，16个班，学生多为附近藏族居民子女，藏族学生占绝大多数，主教藏文，三年级后教一些汉文。

晚饭后，陈乃文、张国英约我去拉萨河边散步，见有三个汉族职工在河边钓鱼，有个藏族中年人走过去制止他们。藏族是不吃鱼的，也不允许别人钓鱼，这是尊重少数民族风俗习惯的问题，我们也劝说这三人不要钓了，这几位也很识趣，收拾起钓竿走了。

拉萨河边的铁丝上挂满了很多白的东西，远看像是洗过的羊毛条，近看是经幡。在横跨拉萨河的铁索桥栏杆上也挂满了经幡，因为佛教徒相信把经幡挂在被风吹动的地方，风吹经幡就等于念经了。拉萨河边也有一些叩长头的人。

由于藏族全民信仰藏传佛教，群众的许多习俗，如饮食、服饰、居住、礼仪、禁忌、节日、祭神、转经、堆玛尼和丧葬等各个方面都与宗教有密切的联系。如何正确执行宗教信仰自由政策、尊重民族风俗习惯，是个需要慎重对待的问题。

9月3日，星期三，阴转晴

这两天晚上连续下雨，高山顶上白茫茫的积了雪，但拉萨并不冷，听说冬天也不算冷，可能是这里海拔高，日照长，四周有山挡风的缘故。一般来说海拔高的地方因紫外线强，人的皮肤较黑，但拉萨人长得很白净的也不少，不知何故。

自治区政协开座谈会与参观团交流。政协方面参加的有政协副主席、秘书长等7人，其中5人发了言；参观团全体参加，主要由白玛和索南说，洛桑也说了一些。

参观团对自治区的工作全盘否定，他们重弹一路上的老调，言辞汹汹，咄咄逼人，一付救世主的面孔。政协方面语言客气，但在原则问题上针锋相对，谈了西藏工作的成绩和存在的问题及今后的方针。主要内容是：西藏在1959年以前的工作，成绩是主要的，局势稳定，人民生活有提高。1959年平叛，对封建农奴制度进行改革是正确的，成绩很大，虽然在平叛中有扩大化的倾向，在执行宗教信仰自由政策中也有失误，但绝不能以此否定平叛改革取得的巨大成就。“文化大革命”十年，西藏与全国一样遭到浩劫，有的寺庙被拆毁，宗教生活被禁止，有的宗教人士遭到批斗，制造了不少冤假错案，伤害了广大信教群众和宗教人士的感情，破坏了民族团结。当前的工作重点是认真执行区域自治政策，按藏族人民的意愿办事，平反冤假错案，落实宗教信仰自由政策，逐步修复被破坏的寺庙；坚决执行中央对西藏的休养生息政策，五年内全部免除各种税收和负担，努力发展生产，提高人民生活；大力发展科学教育，办好西藏大学，努力提高藏族适龄儿童的入学率。

9月4日，星期四，晴

在西藏共参观了46天，明天就要离开拉萨去四川。上午托运行李。

下午自治区领导听取参观团的意见并举行欢送宴会。参观团除了重弹昨天政协座谈会上的老调之外，又在拒绝参观罗布林卡和林芝农村的两件事上大做文章，胡搅蛮缠，还要自治区领导作出答复，弄得自治区领导莫名其妙。明明是他们自己要贵族脾气，恣意妄为，拒绝参观，现在反而倒打一耙，硬说别人的不是，找茬也没有这么个找法，真是既可气又可笑，也不知他们是幼稚还是有什么别的目的。我只好说明情况："罗布林卡事件是参观团无理骂人引起互吵，最后是参观团自己坚决不参观的。林芝事件是正值农忙，农民下地抢收，回来稍晚了些，参观团闹意气，拒绝参观的，这是极不礼貌的行为，当地干部为此还向参观团提了意见。"听完我说的这些实情，白玛理屈词穷，哑口无言，一句话也说不出来。

晚饭后又有几百人聚集在招待所院子里，显然是有人特意动员来的，白玛又在阳台上发表了演说，老调重弹。

9月5日，星期五，晴

清晨离拉萨往贡嘎机场，飞机从成都来，误了点。11点起飞，结束了难忘的西藏之行。上飞机后，有一种彻底的释重感，心情轻松愉快了许多。拉萨，再见！

起飞不久就到桑耶寺上空，一片巍峨建筑显现在平原上，金光闪烁，尽管是从空中远眺，总算也圆了参观桑耶寺的心愿。土登也拿起摄像机从飞机上抢拍。从高空看寺庙又别有一番情趣，寺庙全景就像一座散发着宗教神秘感的精雕细琢的模型，令人兴奋不已，也引发我对宗教问题的思考。

这次到藏区，领略到了宗教狂热的含义。为了宗教信仰，可以把仅有的钱、酥油送给佛，可以不顾父母子女和家庭，可以自虐赎罪，一切为了佛，佛就是一切。然而宗教问题有其特殊的长期性和复杂性，绝对不能简单处理，对宗教信仰，只能引导，不能强迫，否则会适得其反。妥善处理好宗教问题，是一种至高至善的领导艺术，古今中外对此都有着深刻的教训。

飞机越过一片雪山群，白皑皑的雪山群连绵不断，一山连着一山，约有几百里，好似千万座银宫高耸，似要与天比高，飞机似乎擦峰顶而过，群峰巍峨，银雕玉琢，在阳光照耀下更显得纯洁灿烂。面对雪山群的雄浑、肃穆、神奇，面对那令人震撼的美丽，我情不自禁地欢呼起来。它似神话中的极乐世界，洁白无瑕的天堂。雪山群的神圣、伟大，又使人倍觉渺小、苍凉、孤弱和无助。雪山上有生命吗？这童话般的冰雪世界，人能生存其间吗？这片雪山群大概是念青唐古拉山脉在昌都的段落，但飞机上没有谁能确切说清它的名字。

下午到达成都机场，飞行两个半小时。住锦江宾馆。

四川之旅

（1980年9月6日至28日）

9月7日，星期日，阴雨

在拉萨时每天精神很好，头脑清醒，没有困乏的时候，但睡眠少，一夜能睡四五个小时算是好的。到了成都，头沉胸闷，困倦迷糊，有点昏昏然之感，可能是从高海拔到低海拔的身体反应。

吉尊白玛昨天一到成都就睡倒了，说是头疼，晚饭也不吃，我们要请医生给她看病，她不愿意，说没什么事，休息休息就好了。

在藏区走了三个月，大家都要休整一下，在成都，除适当安排一些参观游览外，主要是休息。这两天参观了西南民族学院、蜀锦厂、杜甫草堂和宝光寺。还安排去都江堰，但参观团不愿去，也就算了。蜀锦厂给参观团成员都送了锦缎被面，参观团也买了一些绸缎，说又好又便宜。

从一件小事上可看出参观团内部等级森严。在蜀锦厂买绸缎时，央莫也想买一块，但带的钱不够，她便以佣人对贵族的语气，谦卑地对白玛说："夫人，你能借我一点钱吗？回去马上还你。"平时，央莫很少说话，面无笑容，总是默默地跟在白玛的后面，像尾随在贵族夫人后面的女佣人。通过她们之间的对话方式，也能看出这种主仆关系。

联想到在甘南州时，路遇大雨，车陷在泥滩里，我们都下车，鞋子沾上泥，回来后，白玛命令土登给她刷鞋，当时只觉得看不顺眼。还有洛桑丹增等人叫索南绕登为老爷，开始我们也认为可能只是一种习惯的称呼。时间长了才逐渐发现，他们之间确有贵贱之分，"夫人"和"老爷"的称呼就代表着等级和地位。

白玛和索南以贵族自居，自视高人一等，对别人颐指气使。他们没完没了的不满、挑剔和指责，除了政治原因外，也有贵族的特权思想在作祟。比如对待陪同人员，我们尽最大可能为他们安排好参观和一切服务，他们不仅没有表示一点谢意，反而骂益西措是"红汉人的走狗"。他们多次与当地的藏族干部和司机吵架、谩骂，根本原因是这些人以平等的态度对待他们而伤了他们的贵族权威。在20世纪的今天，平等和民主的观念已深入人心，他们的所作所为却逆潮流而动，对人民争取平等和民主地位、参与公共事务、自己管理自己的事实表现出不满。

副省长何郝矩设宴招待参观团，吃的是四川菜，体现出麻、辣、油、烫四大特点。

9 月 8 日，星期一，先雨后晴

昨天与白玛商定了去甘孜州的参观日程。她提出：于 9 月 23 日返回北京，在京停留 4 天，要求中央领导人接见；要求见班禅、阿沛；9 月 28 日去广州，从广州去香港返印度。

今早 8 点 15 分离成都向甘孜州进发，沿川藏公路西进。在甘、青、藏时都是乘坐吉普车，现在四川派的是大轿车，坐得比较舒适，但车速相对慢一些。早上下雨，路有点滑，下午 1 点多到达雅安市，住市招待所。

雅安曾是西康省会，现为专区所在地，青衣江从市旁流过，市容整洁清秀，街道两旁的法国梧桐，长得高大挺拔。雅安又有雨城之称，每到雨季，每晚必下一场雨，由此得名。全市人口 10 多万人，与拉萨市的人口差不多。

四川农学院设在雅安，我的堂祖父杨凤在该院任教授，是著名的动物营养学家。1942 年他从西南联大化学系毕业后赴美国留学，专攻动物营养学。1951 年他不顾美国导师的挽留和将获得的博士学位，毅然回到祖国，先后在西南农学院、四川农学院从事教学和科研工作，取得重大成果。虽然在我们家族中他的辈分比我大两辈，其实年龄只比我大十来岁。我们已有很长时间没见面了，这次路经雅安，当然要去农学院看望他，他乡遇亲人，彼此都分外高兴。他的妻子也是纳西族，是在他出国留学前结的婚，和我母亲交情很深，见到我也高兴得很，一谈就没完没了。留在他家吃饭，一直谈到很晚才由他儿子送我回招待所。

9月9日，星期二，晴

离雅安往康定出发，中午在天全县新沟兵站吃饭。兵站在二郎山脚下，原名烂石滩，修通川藏公路设立兵站后才改名为新沟，专为向西藏运输物资的汽车部队提供服务，为保障西藏的物资供应作出了很大贡献。白玛他们一听说是兵站，见有穿军装的人就表示反感，当兵站领导出来迎接时，他们故意不与兵站领导握手，实在太没有礼貌。

翻越二郎山。二郎山海拔 5437 米，山势陡峭险峻。公路弯曲狭窄，有的路段汽车只能单行，不见阳光的地段仍结着厚厚的冰块，光滑如镜。上有万丈悬崖，下有深壑狭谷，深不见底，稍不留意，就有坠落深渊、粉身碎骨的危险。汽车走在上面，令人胆战心惊，头晕目眩，这是我所经过的公路中最险的路段。我的耳边响起那慷慨激昂的歌声：“二呀嘛二郎山，高呀高万丈……”据说修筑公路时，平均每公里便有一个筑路者的英灵，他们用鲜血和生命，为西藏与内地，在这险峻的高山深壑架起了“金桥”，为西藏的兴旺发展作出了巨大的贡献和牺牲。令人愤慨的是，白玛他们不仅对此视而不见，无动于衷，甚至到连握个手都不愿意的地步。

川藏公路全长 3100 多公里，征服了二郎山、雀儿山、色齐拉山等 10 多座大山，跨越了大渡河、金沙江、怒江等 10 多条大河，通过了泥石流区、雪崩区和飞石区。修筑川藏公路之难，在路上行驶之艰辛，这些都是没走过这条路的人很难想象的。走过这条路后，自然会对筑路者和常年在此驾驶的司机们产生出无限的敬佩之情，他们是值得尊敬的无名英雄。

上二郎山30多公里，用了一个半小时。在二郎山顶，远望贡嘎雪山高耸入云，皑皑白雪在阳光照耀下闪闪发光，更显出它的巍峨壮丽。贡嘎山海拔7556米，是四川的第一高峰。

下二郎山40多公里，下山后顺山脚往北不远就到了泸定县，大渡河从北往南流来，这就是“大渡桥横铁索寒”的泸定桥所在了。

大渡河水流湍急，奔腾咆哮，桥对岸是陡峭的山峰，山下有红军纪念馆。铁索桥横跨大渡河上，桥身有九根铁链平行系于两岸的大铁柱上，上铺木板作桥面，桥栏左右各有两根铁链作为扶手，桥身很长，人走在桥上，左右摇摆，脚下有滚滚河水，使人头晕目眩，心惊肉跳。想当年，红军冒着枪林弹雨抢占泸定桥，多么英勇无畏。泸定桥修建于清康熙年间（1662—1722年），是四川内地通往康藏高原的重要通道，历史上的茶马古道正是从这里通过。清王朝通过边茶贸易，有效地加强了对康藏边疆地区各土司的抚治，密切了西藏与祖国内地的联系，促进了藏汉地区社会经济的发展和各民族间的文化交流。现在大渡河上另修了公路桥，泸定铁索桥已作为藏汉民族密切交往的历史见证而加以保护。

沿大渡河往北10多公里，再沿则多河折向西行，两旁是高峻陡峭的山岭，汽车在峡谷中行驶，转大弯时真有“山重水复疑无路”之感，则多河的奔腾声传递出前面有路的信息。顺峡谷走20多公里就到了康定，下午6点多，住州政府招待所。

康定旧称打箭炉，传说因诸葛亮曾在这里设炉造箭而得名，是川滇地区藏、汉及其他民族的贸易集散地，云南的中甸、德钦、丽江人也多来这里做生意，经营手工业。丽江纳西族的皮匠、铜匠到此谋生的很多，制作家用铜器和藏靴等，他们在这儿住上两三代，与藏民通婚，慢慢就变成藏人了。这里也是解放前西康省政府的省会，现在是甘孜藏族自治州首府。我小时候常听大人谈起打箭炉这个地方。

虽然这里名闻遐迩，但地方甚小，四周高山环抱，东有跑马山，北有哥达山，南有则多雪山，西边还是山，中间是方圆一公里多的“锅底”，也可说是一条河谷。跑马山就是有名的《康定情歌》中所提到的山了。哥达是蜀国将军的名字，传说诸葛亮征南时向土酋要求一箭之地，暗中派人将箭放在这座山上，以此山为界，并以哥达为山名。太阳早晨10点左右才能照到这河谷里，下午四五点就落山了，日照短。这里土地奇缺，大概是为了利用空间，居民和机关单位的房子都修在半山腰，大多是三四层楼。老街街面狭窄，则多河（旧称牦牛河）顺街道流过，水流量和落差大，轰鸣奔腾，使街面增加了一份喧嚣和热闹的气氛。除丽江的大研镇之外，这是我所见过的第二条顺街而过的河流。

9月1日是甘孜州30年州庆，州庆时的彩旗还挂着，路两旁搭的棚子正在拆除，各县来参加州庆的人还有一部分未返回，州庆气氛犹存。

9月10日，星期三，晴

上午由甘孜州副州长洛桑平措和孔萨益多介绍全州情况及教育情况。甘孜州北部地区今年闹虫灾，部分县减产约四分之一。政策放宽后，很多青壮年到拉萨朝佛，来回要半年或更多的时间，对生产有相当大的影响。巴塘、道孚等不少县都反映，劳动力都去拉萨朝佛了，地里庄稼熟了没有人收割。

参观康定中学、师范学校、民族干部学校和州卫生学校，校舍设备都比较好。师范学校是我们所参观的中专学校中比较好的一所，学生宿舍也不错，问题是缺少有较高水平的藏文教师，想从过去当喇嘛的人中选藏文教员，但他们只会照本念经，不懂藏文语法，无法教书，所以要解决藏文师资还要另外设法。参观团对一切都不满，说“中学还没有拉达克小学大”，“只教汉文，藏人都变成汉人了”，土登在录像时专拍破房子和正在拆除的州庆棚子。参观团甚至对省里派给他们大轿车也不满，说是故意整他们，把时间都浪费在路上了。

中午，白玛上街，有些小孩围过来看热闹，有一藏族青年用汉语说：“有什么好看的，这些都是搞叛乱跑出去又回来的人。”她可能听懂了，很生气地说："什么藏族，都变成汉人了。"扭头就回来了。

可能因为四周有山，地面狭小，使阳光聚合，这里的阳光显得特别炫亮、刺眼、灼热，让人睁不开眼，皮肤晒得似要爆裂。天空湛蓝，白云透明洁白，一片宁静，与则多河水的轰鸣形成强烈反差。

9月11日，星期四，晴

离康定往道孚县。过则多山口，远远能望见则多雪山上的积雪。这段川藏公路比较宽阔，土石路，尘土飞扬，当地人形容说："天晴扬灰路，下雨水泥路。"山上长满了青冈树和杉树，尤其在南坡阴面，森林长得特别茂盛，而阳光充足的北坡反倒树木稀少，颇为反常。山坡上有很好的草场，散布着一群群的牦牛和羊。平坝田地禾苗茁壮，不时可看到身穿大红色上装的人群正忙着收割青稞，红装耀眼，在阳光的照射下更显得明媚和鲜丽。用拖拉机收割和翻地的也不少。路旁村庄大多是新盖的藏式房子，显得整洁舒适，听说是地震后重建的。

下午6点多到达道孚县，住县招待所。这里海拔不到3000米，水源充足，土地还算宽阔，气候不算冷，是个有山有树、有水有地的好地方。城镇也在大兴土木，建房盖屋。

晚饭后，请参观团看电影。

参观团总是有一股不满情绪，似乎看什么都不顺眼。在甘南州参观时坐的北京吉普车，他们说应该派大车，派这么多吉普车太浪费汽油了，现在又抱怨派了大车把时间都浪费在路上了，无论怎么做都不满意。

9月12日，星期五，晴

据说这里有5种藏族方言，互相都不大听得懂。城镇的藏族都能说汉语，有时藏族之间也用汉语交流。道孚县长降策是当地的藏族，他用藏语介绍情况，参观团听不懂，只好改用汉语介绍，再翻译成藏语。

随后，参观了县中学。

午饭后离道孚去甘孜县。川藏路沿鲜水河西行，河水流量较大，水利资源丰富，可惜没有利用，白白流走了。途经炉霍县，准备回来时再参观。

下午6点多抵甘孜县，住县招待所。

9月13日，星期六，晴

早8点半出发去德格县，出了甘孜县沿雅砻江往西行驶。雅砻江在雅江县与鲜水河相汇，到盐边县流入金沙江，是金沙江的主要支流之一。翻过一座山，便进入德格县境。沿路都有清幽的河水，山上树木郁郁葱葱，听说德格是四川省保护森林的先进县。

路经新路海，名为海，实际上是个大水塘，是从雀儿山系的雪山上融化的雪水流到一块洼地里，水流不出去而形成的。水质清纯，透明见底，附近有翠绿的杉树林，北有雪山，蓝天白云和雪山的倒影在水面上相映成趣，风景优美宜人。

汽车翻越雀儿山口，海拔5200米。雀儿山海拔6168米，峰顶的皑皑白雪在阳光下闪烁。山路陡峭险峻，悬岩深谷，公路从山腰穿过。这是一段川藏公路上特有的飞石区，在这千丈悬岩上不时飞下石块，巨石砸坏车辆砸死人的事曾多次发生。为防止山上滚落石块发生危险，在公路上搭了木板棚子，这也是第一次见到的奇观。

州里的同志谈到，川藏公路地处喜马拉雅山脉和横断山脉的结合部，地质新构造运动强烈，有的路段飞石、泥石流、雪崩频繁，常发生车毁人亡的事故。泥石流塌方常发生在夏季，这里多是立体气候，温差极大，山顶积雪，山脚下雨，海拔高，太阳辐射强。发生泥石流时，响声如雷，以排山倒海之势从雪山顶直泻而下，可以冲毁跨度几十米的钢筋混凝土桥梁，转瞬间卷走大汽车和人，轻而易举地推走比房屋还大的巨石，淤塞大河，封堵湖水出口，是自然灾害中很可怕的一种。雪崩也是同样可怕的灾难，巨大雪堆从几千米高的雪山崩下，堵塞公路，阻断交通，车辆和人员被围困，有时一堵就是六七天通不了车。

下得山来，路边潺潺流水和青翠挺拔的杉树林构成了美丽壮观的风景，使人心旷神怡。快进入德格县城时，看到高耸笔直的山峰夹着一条蜿蜒的路，沿着一条清澈见底的河水，有的地方似乎两旁的山峰已连接起来，车要从山洞穿过，当汽车驶近前，却又看见两山间还有一条缝，能见到一线青天，是真正的“一线天”。

德格在金沙江东岸的峡谷中，与西藏昌都隔江相望，地处川藏交通要冲，自古以来就是茶马古道必经之地，是川藏间经济和文化的交汇中心，促进了德格藏文化的发展，成为藏区传播藏文化的三大文化中心之一。县城在一个山洼洼里，比康定还狭窄些，斯曲河从城关镇中轰鸣流过，湍急的流水声有似西藏亚东的再现。这里是川藏交界处，也是川藏公路的交通要道，再往前行20公里，就到川藏的界河金沙江边，江上有川、滇三座大桥之一的德格金沙江大桥（另两座是巴塘和奔子栏大桥）。

德格印经院在历史上与拉萨布达拉宫印经院、日喀则那塘印经院并称为三大藏文印经院，而且是保存得最好的印经院，已成为重要的藏文化宝库。

全县5万多人，藏族人口占95%，纯牧业和半农半牧人口各占一半。建了大小25个水电站，60%的公社已有电灯照明，7个区中已有6个区通汽车。

9月14日，星期天，晴

参观德格印经院和藏医院。

印经院坐落在县城中心的山坡上，占地1600多平方米，为坐北朝南，红墙平顶的藏式建筑。据说始建于清朝雍正年间（1723—1735年），是德格的第十二代土司却杰登巴泽仁为发展藏文化，传承藏传佛教，弘扬佛法而兴建，经四代土司，历时30年才建成。

德格印经院收藏有苯教、红教、花教、白教、黄教等藏传佛教的大量经典古籍，包括在印度已失传的《印度佛教源流》以及藏文化各科的著述，有藏文、梵文、乌尔都文的版本。它珍藏典籍830余部，包含了藏族的传记、历史、宗教、医学、哲学、天文、辞算、文学艺术等学科内容，著名的有《甘珠尔》、《丹珠尔》、《西藏宗教源流》、《卫藏神山志》等，体现了藏文化的博大精深，是藏文化的精髓，为研究藏族文化、历史、宗教、藏医以及文学艺术的重要资料，其中有些是德格的孤本。印经院保存藏文典籍书版20.7万多块，43万多页（两面刻字）。至今仍保持着300多年前的传统木刻印刷技术和工艺，采用当地桦木刻版，以桦木烧制的墨汁印刷。工艺流程古老完备，被称为“刻版印刷的活化石”。印刷经文是十分庄严而虔诚的工作，工人开印前要诵经祷告后才开始工作。印刷完全是手工操作，两人一组，相对而坐。印版放在两人中间，刷色、上纸。印好后要晾干，然后整理，装订成书。所印的藏文典籍除销行于西藏、四川、云南、甘肃、青海等藏区外，还远销于印度、日本、尼泊尔及东南亚、西欧等地。尼泊尔的学生曾来这里学习。看到西北民院、阿坝藏族自治州等许多单位也在这里印制资料。

院内还有德格土司的家庭经堂，菩萨塑像已在“破四旧”时被砸毁，挂了一些菩萨画像来替代，不过壁画还在，画有印经院创始人德格土司的生活场面：德格土司端坐中间，两侧有侍从二三十人，前呼后拥，气派非凡。当时的德格土司辖有德格、白玉、邓柯、石渠、江达5个县，只算是一个中等土司，但从壁画上可见其当时威风不可一世。他创建印经院，对保护和发展藏文化作出了很大贡献，值得敬重。藏式建筑的德格经院，还起着藏传佛教寺庙的作用。房顶上的金刚时轮，描金孔雀和金幢经幡，散发出浓郁的宗教气息。它成了藏族信徒心目中的拜佛之地。有众多的信徒手摇转经筒，口念六字真言，在印经院的墙外转经，祈求菩萨保佑降福；也有绕墙叩长头的。他们五体投地全身沾满了灰土，但在泥污的脸上却洋溢着幸福和满足的表情。

藏医院在这里负有盛名，附近各县来这里治病的人很多，治好了很多疑难病症和地方病。原德格土司的儿子和女儿都在藏医院任医生，医术甚高，深得患者的尊崇。政府已拨款新建了一所民族形式的现代化藏医院，附设藏医学校，培养藏医人才。

县小学建于解放前，规模和基础都不错，一直教藏文，也教英、汉文，教学质量较好。

参观德格金沙江大桥。看着金沙江滚滚南流，奔向云南，使我产生了无限的遐想，滔滔江水带着我的思绪飞向远方的故乡——云南丽江。

9月15日，星期一，晴

昨晚下了雷阵雨，雨滴敲打在招待所附近山林的树叶上，沙沙作响，更增强了雨势和大自然的喧嚣。早晨天已放晴，四周森林葱翠碧绿，使人心情平静轻松。

启程返甘孜。出德格时停车浏览路边的风景。路旁的山峰似刀削斧砍般笔直陡峻，岩石苍劲嶙峋，参差错落的岩石缝中长着高耸挺拔的杉树，点缀在千丈悬岩上，树形婆娑俊美，历尽风霜雪雨的洗礼而泰然屹立，用青翠的枝叶展示着生命力，保持着自己圣洁、宁静的美。悬岩顶上的杉树似要与天比高低，又似在支撑着这湛蓝的苍穹。灿烂的阳光给大地染上明媚的色彩，山坡上的森林被朝阳染得金黄，背阴处一片墨绿，山边的流水清澈晶莹，河底的每块砂石都显露无遗。风景秀丽，江山多娇，我们仿佛走进一幅浑然天成、巨大无比的山水画中，令人神往，使人陶醉。

雀儿山昨晚下了雪，山顶一片白雪茫茫，路比较滑，雾在山间飘荡，汽车在蜿蜒的公路上行驶，犹如大海中的小舟。转瞬间从炎炎盛夏变成凛凛寒冬，我们切身体会到了“一天有四季，十里不同天”的特殊气候现象。

下午4点半到达甘孜县，住县招待所。我们已走过35个县，其中具备洗澡条件的很少，甚至有些州、专区也没有洗澡设备，而甘孜县却可以洗澡，殊为难得。

参观团的拉贡珠古也是1959年去的印度，他是甘孜县下扎科公社人，是桑珠寺的活佛，现家里有母亲、兄、姊、弟、侄儿女等人，到甘孜后就安排他回家探亲。索南绕登也是甘孜县人，但他全家及亲友在解放前就已到印度经商。

一路走来，教育参观团已参观了甘、青、藏、川藏区的100多所学校，目前参观已接近尾声。

总体印象是，各个藏区的文化教育事业都有很大发展，过去没有学校的建了学校，自治区办了大学，每个州、地区、县都已建立起小学、初中、高中、中专的教育体系，已培养了一大批藏族的各类专业人才，这些成绩是主要的。

但是“文化大革命”对教育的破坏很大，大多数学校还没有恢复元气，没有恢复到“文化大革命”前的水平。普遍存在下列问题影响教学质量的恢复和提高：首先是师资缺乏，青黄不接，有水平的老教师年事已高，而年轻的水平差；再是学校的教学设备差，“文化大革命”前的教学设备基本上都遭到毁坏，现在虽在大力设置，但还需要一些时间才能恢复；三是藏文教材缺乏，至今没有一种统一的教材。一般来说，自治区、市、州、地区和县所在地学校的师资、设备和教学质量要好一些，公办寄宿学校也都不错，而民办走读小学或帐篷小学则大多有名无实，需要大力加强。

“文化大革命”留下的后遗症太多，百废待兴。目前，藏区人才缺乏是普遍现象。甘孜和甘南州好些，青海次之，最突出的是西藏，汉族干部大批内调后，有的医院缺少医生、邮电局缺营业员、水电局缺技术员、农牧部门缺畜牧和农业技术员……一句话，专业技术人员奇缺。解决这些难题的最根本办法就是发展民族教育。藏区的文化教育任重而道远。

9月16日，星期二，晴

甘孜县府所在地海拔3200米，坝子平坦宽阔，四周有山，北面是雪山。县城街道整齐，都是1973年地震后新建的房屋，新建的礼堂是县城里最显眼的大建筑。雅砻江从坝子中间流过，增添了一份亮丽的风景。

沿公路边都是农区，农田里有很多穿着鲜红藏装的妇女在收割庄稼，有些人戴着一种长形花帽子用来遮阳光，在清晨阳光的斜射下，青稞地里劳动妇女的身影显得特别苗条，婀娜多姿，充满着一种如诗如画的生活气息。

甘孜是通往西藏的交通要道，当地去拉萨、印度经商的人较多，前往印度的有千余人。

甘孜也是红军长征时建立过红色政权的地方。朱德总司令在这里建立了博巴政府，白利寺的格达活佛支持红军长征，担任过博巴政府副主席，他一直铭记着朱总司令的教诲。为维护民族团结，1950 年，格达活佛自愿前往西藏劝说十四世达赖，到昌都时遭到帝国主义分子和亲帝势力的谋杀。

开始在甘孜县参观，由曲珍副县长介绍情况。她谈到全县 4 万多人口，除城镇有部分汉族外，基本上都是藏族，农牧区都是藏族。30 年来，农牧民的生活逐步得到改善，全县有拖拉机 250 多台，电动机 151 台，各种农机 1600 多台，播种、收割、打场等基本上都机械化了，与解放前的原始耕作相比发生了天翻地覆的变化。索南绕登立即挑衅性地插话说："你们说有天翻地覆的变化，汉政府也这么宣传，但我们看到的却不是这样……"更旦活佛也参加座谈，他见此情景极为不满，嘟囔着说："这八字胡（指索南）真坏。"

介绍学校情况时，索南又质问："城区藏族学生为什么讲汉话，学汉文？"曲珍说："甘孜城区历史上就是藏汉杂居，藏族会讲汉语，汉族也会讲藏语，这是自然形成的，不可能依个人的意愿而改变，你我都阻止不了的。"说得索南哑口无言。由民族间的自然交往和文化交流而产生的民族间的自然融合和语言的变化是自古以来就不断发生的，是任何人为力量所无法抗拒的。十四世达赖的青海老家的藏人，在清朝时就通用汉语而不会说藏语了，原因就在这里。在印度的藏人为了与外界交流，也不可能只说藏语，实际上他们所受外界语言的影响更大，据说他们采取了回到家里只能说藏语的措施，但恐怕也难以持久。

当谈到藏文师资不足时，索南又说："过去学文化的地方是寺庙，宗教和文化是分不开的，你们要把在寺庙学了文化的人召集起来教藏文，……要很快恢复寺庙。"

甘孜州办了康定、巴塘及甘孜三所师范学校，在全州统一招生，全部住校，由国家提供生活费、助学金、寒衣费，三年毕业后到小学任教师。我们参观了甘孜师范学校，这里每周29节课中有13节藏文课，其余是教育学、生理学、美术、体育等，每年毕业学生100来人。还设有藏文专修班，只学藏汉文，不学数学。听了3位藏文教师讲课，我虽听不懂藏语，但从学生的情绪能看出课讲得不错，听说教师都是大学毕业生，藏汉文程度都比较高。

参观民族中学和第二小学。民族中学是有初中、高中两部的完全中学，于1957年建校，学生600多人。民族班住校，生活费和助学金都由国家供给，初、高中都有藏文课。第二小学于1957年建校，学生近600人，藏、汉文课时各占一半。

9月17日，星期三，晴

昨晚又是一夜大雨，早上放晴。

参观妥坝公社的生产队。这是农业生产先进单位，生产搞得好，水利灌溉面积达一半以上，基本实现农业机械化，社员每年人均可分到口粮1000斤，酥油5斤，肉20多斤，人民币400多元。白玛面对事实，总算说了句认可的话："你们的生产搞得好，我表示满意。"前两天参观时，索南绕登也说过："德格印经院和藏医院保护得很好。"这都是难得听到的好话，一路上我们都已听惯了参观团的抱怨、不满、牢骚，甚至谩骂和吵架。

参观二队的一个群众家时，白玛说："这可能就是他们认为生活好的家庭吧，只喝清茶，好造孽啊！"（藏族家庭都习惯喝酥油茶）。来到公社所在地，她也有话说："这是收税的地方，不管怎么说，老百姓还是要交税。"参观一个普通群众家，家里收拾得干净整洁，摆设也好，生活安排得井井有条，她又说："这可能是个干部家吧，应该家家都能这样才对。"一个戴着有色眼镜的人，看什么都走了样，白玛也是这样，从贵族的角度看问题，总是把事情看偏了。

在招待所遇到一位从德国波恩回来探亲的藏胞，约50岁，名叫白玛次仁，甘孜州白玉县人，现在波恩大学中亚研究所从事佛学研究工作。他原来是喇嘛，现已还俗结婚，有两个孩子。类似他这样从印度、尼泊尔及欧洲一些国家回来探亲的海外藏胞不少。

晚饭后到甘孜的老街散步。老街在城西北角，围绕着甘孜寺，街道狭窄破旧。在城中间建了新街，街道是三条整齐宽阔的柏油路，与旧街形成鲜明对比。

9月18日，星期四，晴

上午10点拉贡珠古探亲返回，我们一行离甘孜往炉霍县，下午2点到达。

在1973年大地震时，炉霍县的房屋已全部倒塌，死伤2000多人，牲畜死亡18万头，原来的旧城已不存在。现在的街道、房屋、学校和村庄全是由国家拨救济款新建的。群众的生产生活都已恢复，而且比地震前更好。

参观县中学、小学、幼儿园，都是新建的房子，设备不错，教学质量也可以。

县长吞召（藏族）介绍情况，他来自炉霍县卓地方，对拉萨藏语方言不太熟悉。当他谈到县文化馆的情况时，索南绕登用拉萨藏语插话，吞召听不懂，说了一句："你的话我没有听懂。"索南顿时火冒三丈，大声说："我走了这么多的藏区，还没有人说听不懂我的话，你这是思想问题……"最后引起争吵。县政协副主席若海益西多吉活佛插话解释说："我也听不懂你的话。"索南恼羞成怒，对活佛破口大骂："你给我住嘴！"若海针锋相对，说："你长的嘴，我也长的嘴，我为什么不能说话？我是中华人民共和国的公民，为什么不能说话?”白玛见此情景，不仅不加劝解，反而毫无礼貌地拂袖而去，参观团其他成员也跟着走了，不欢而散。县领导气愤地说：“这样的参观团我们不欢迎，他们不是来参观，而是来挑刺捣乱的，他们对我们这些藏族干部这么仇视的原因，我们心里很明白。”

9月19日，星期五，晴间阴

离炉霍返康定，行程309公里，下午6点多到达。翻越则多山时下了一点雨，海拔5100多米的山口雾海弥漫，白茫茫一片，能见度极低。浓雾减弱了山势的险峻，但在无边无际的迷茫中，令人产生出一种孤独无助，不知何处可依的感觉。

平措陪同拉贡珠古去甘孜县下扎科公社探亲，昨天返回，他谈到这次探亲的见闻，有些事简直令人难以置信。

在一些信众中，两个儿子中有一人、三个儿子中有两人要去当喇嘛。喇嘛是不从事生产劳动的，他们的生活全由寺院和家庭供养。没有了劳动力，生产如何发展？由少数人生产劳动供养多数人，生活如何提高？更重要的是，黄教规定喇嘛不能结婚生子，这个民族如何能够兴旺发展？有人把藏族人口下降归罪于共产党，事实上，由于宗教的影响、历史上长期以来藏族人口一直在不断下降，自进行民主改革以后才开始逐年增加。如果还继续执行“两丁抽一”和“三丁抽二”当喇嘛的宗教制度，藏族将会走向何方？这是最简单明白的道理。

藏传佛教有很多清规戒律和传统习俗，但在科学和通讯信息发达的20世纪，社会环境迫使他们不得不有所改变，不仅在国内的藏区是这样，在印度及国外其他地区生活的藏胞表现得更为明显。

据吉尊白玛介绍，藏传佛教的传统习俗在印度的藏人中已改变（或称改革）了很多。一是要年满18岁才能去当喇嘛，而且要自愿，改变了过去藏区孩子五六岁就由父母送去寺庙当喇嘛和两丁抽一、三丁抽二，摊派当喇嘛的制度；二是喇嘛结不结婚也凭自愿，这一条白玛说得比较含糊，但看来，喇嘛结婚已逐渐被接受；三是喇嘛要参加劳动，要靠自己的劳动获取生活资料和生存来源，而不可能像历史上藏区的喇嘛那样不从事劳动，全靠寺庙的财产和家庭来供养了。这些改革是客观生活环境所决定的。

随着20世纪社会的发展，国内藏区的佛教也在发生变化。1959年对宗教进行了必要的改革，废除了政教合一制度，取消了寺庙的种种特权。僧尼也开始参加必要的劳动生产，改变了历史上藏区僧尼占人口四分之一至三分之一，藏区的社会财富约有一半用在宗教上面，超越了藏区人民的实际承受能力的状况；再是，认真执行宗教信仰自由政策，有信教的自由，也有不信教的自由，当僧尼必须年满18岁，在其有判断和选择能力时，自愿作出自己的决定，这样可以让他们在学龄时受到正常的普通教育，获得必要的文化知识，逐步提高整个藏族的文化素质，改变了历史上喇嘛中80%左右是文盲的状况；另外，在培养宗教界高级知识分子（僧才）方面，采取多渠道的方法，除在寺院里培养“格西”外，还设立专门的学校进行培养。在拉萨时听说准备成立西藏宗教研究所和西藏佛学院，培养适应社会发展需要的宗教高级知识分子，除学习佛教知识外，还可学到许多科学知识，改变过去藏传佛教脱离藏区现实，脱离社会的状况。

9月21日，星期日，阴

结束在甘孜州的参观，返回成都。路经乐山市，离峨眉山也不远，建议参观团去参观一下峨眉山，他们不愿意去，说是不看汉族的寺庙。峨眉山是中国的四大佛教圣地之一，按说天下佛门为一家，凡是佛教徒都要设法去朝拜的。

昨早离甘孜州返成都，晚仍住雅安市。

今天上午11点到乐山市。大渡河、岷江、青衣江在这里汇合。参观了乌龙寺，该寺建于唐朝，风景十分优美。

还参观了凌云寺（又称大佛寺），乐山大佛就在这里。这是世界上第一大坐佛，建于唐朝，它是利用一座完整的石山雕琢的，听说雕琢了约90年方成。佛高71米，他的耳朵里可坐4个人，脚拇指盖可坐7人，身上长了许多青苔和杂草，有的地方已开始风化。大佛在青衣江边，据说佛脚与乐山市在一个水平面上，如果江水淹到佛脚，即所谓“佛洗脚”，乐山城也就要被淹了。

下午6点半回到成都，行程319公里，仍住锦江宾馆。

9月23日，星期二，阴

这两天在成都休整，明天回北京。

由四川省民委举行欢送宴会，仍由副省长何郝矩主持。晚饭后观看藏族舞剧《卓娃桑姆》。

9月26日，星期五，晴

参观团和我们陪同人员一行于24日下午2点30分乘飞机回北京，误点40多分钟，6点到达。有国家民委办公厅高主任、张处长等人来接，仍住国谊宾馆。

昨天下午国务院副总理杨静仁接见参观团全体成员，听取他们的意见，并在全聚德烤鸭店请客，给参观团饯行。

今天下午由阿沛副委员长接见参观团。

9月28日，星期日，晴

昨天中午12点30分，参观团全体人员及陪同人员由首都机场乘飞机到广州，下午3点到达，住广州迎宾馆。

今日上午10点10分，在火车站送吉尊白玛及参观团全体成员乘坐火车去香港，他们将从香港乘飞机回印度。

火车正点开出，祝他们一路顺风。

后记（一）

时光流逝，藏区万里行转眼间过了20年。

20年来，藏区以经济建设为中心，一切从实际出发，立足本地优势，引进先进科学技术，优化种植模式，建立了奶牛养殖、粮食加工、蔬菜种植、饲草料生产等基地，促进了农牧业生产的商业化，增加了农牧业的经济收入。藏区出现了经济快速发展，社会全面进步，人民生活水平提高的可喜局面。

交通、城镇、商贸、通信等建设也取得了可观的成绩。以青藏、川藏、中尼公路为骨干，辐射到地、县、乡的公路网已形成；航空事业得到发展；青藏铁路已列入国家建设计划。以拉萨为首、各行署所在地为中心，以县城和主要口岸为重点的中小城镇的建设快速发展，具有民族特色的建设拔地而起，城镇的基础设施建设迅速发展。商业贸易市场繁荣，商品琳琅满目。以加工当地特产为主业，兼营商业、购销、建筑、娱乐服务等的商贸集团已逐步形成，他们引进先进的管理体制，拥有一支专业化、知识化的企业管理人员。拉萨也已逐步成为交通、邮电通信、科技教育、金融服务、市场贸易、城乡联动等各种网络的枢纽。

20年来，政府对西藏的民族教育实行和完善了一系列特殊政策，在广大农牧区推行寄宿制中小学，实行助学金和奖学金制度，对部分藏族学生实行包吃、包住的政策，教育经费由政府全额拨款。高等院校在西藏招生坚持以当地民族为主的原则，对藏族考生采用适当降低分数线，择优录取的办法。这些政策使西藏民族教育事业发生了巨大的变化，使幼儿教育、中小学教育及高等教育体制日臻完善。适龄儿童入学率达81%强，15岁以上人口的文盲半文盲率已降到41%。科教兴藏的战略增加了对科学教育的投入，促进了教育质量的提高，建设多媒体电化教室和语音教室，闭路电视系统和教室投影设备等现代教育技术也已开展，已有一批现代化教学的学校出现。

藏族的传统文化得以保护和发扬。重达1000多公斤，目前世界上最长的卷轴画——《中国西藏文化艺术彩绘大观》于1999年创作完成。它包蕴了藏族的历史、文化、民俗、艺术等诸多博大精深的内容，是一部生动形象、丰富直观的藏族历史文化的大百科全书，是中华民族文化宝库的一件瑰宝。

藏医药也发生了深刻的变化，藏医院已从藏区发展到北京和其他城市。《藏区医药标准》颁布实施，培养了大批藏医药人才。国家投资建了现代化药厂并与国际接轨，在医药科研机构研究出多项达到国际水平的藏药列入中国药典，300 多种列入国家标准，藏药生产技术正走向科学化、规模化和标准化。

大批藏族干部素质不断提高，在各级领导岗位成为发展藏区经济和文化科技的骨干力量。各种专业技术人才在各行各业发挥着优势。

20 年来，藏区认真执行宗教信仰自由政策。信教群众开展正常的宗教活动得到尊重和保护，恢复了传统的宗教节日，修复了许多宗教寺庙，保证了广大信教群众进行宗教活动。政府拨款 3 亿元及大量的黄金、白银、珍宝等物资，用来维修、修复、重建寺庙。维修布达拉宫历时 5 年多，是几百年来耗资最多，规模最大的维修工程。此外对大昭寺、哲蚌寺、色拉寺、扎什伦布寺、萨迦寺、桑耶寺、甘丹寺也进行了维修和重建，藏区到拉萨朝佛进香的群众达百万多人次，在大昭寺周围叩长头的香客络绎不绝。信徒家中几乎都设有小经堂和佛龛，信教群众充分享受到宗教信仰自由。在西藏的地、市成立了佛教协会；在西藏建立了佛学院，在北京建立了高级佛学院，有一大批僧侣得到深造学习，为培养高层佛教僧侣创造了条件。

改革开放的20年是藏区各项事业获得很大发展，人民的物质文化生活得到提高的20年，在进入新世纪的历史时期，藏族人民将以更雄壮的步伐，积极进取，更好地将经济建设和文化教育、科技教育推向新的发展水平，加速走向富裕的道路。

2000年于北京

后 记（二）

2006年青藏铁路通车了，这是21世纪青藏高原的大事。青藏铁路的通车，使遥远的西藏变得不再遥远。它促进了西藏经济文化的全面发展。

儿媳叶晓南乘火车去西藏旅游，回来盛赞西藏浓郁深厚的民族文化和高原优美迷人的风情，动员我再次去看看西藏的发展变化。从主观上我是非常想重游西藏，30年前百废待兴的西藏仍历历在目，去看看30年后已欣欣向荣、日新月异、蓬勃发展的西藏该是多么惬意而又十分有意义的事，但我年近八旬，心有余而力不足了。我只有在这里深深地祝福西藏的兴旺发达，祈愿西藏同胞幸福昌盛。扎西德勒！

据新华社报道，到2009年底，西藏总人口为290.03万人，与1959年122.8万的总人口数相比，在50年的时间内，人口总数净增长1.4倍。西藏已属我国人口总量增加最为迅速的省（区）之一。现阶段西藏全区人均预期寿命为67岁，比旧西藏人均预期寿命仅为35.5岁增加了近1倍。人口总量的增长，首先得益于政府在西藏实行特殊的生育政策；也有赖于近几十年来西藏医疗卫生水平不断提高带来的人均寿命的增加和人口死亡率的下降，以及各种社会保障体制的健全及经济文化发展带来的人民生活水平的改善和提高。

2010年12月于北京

后　记（三）

2011年7月11日国务院新闻办发表了《西藏和平解放60年》白皮书。摘录如下：

西藏和平解放是中国人民解放事业的重要组成部分，是近代以来中华民族反对帝国主义侵略、维护国家统一和主权伟大斗争中的一件大事，是西藏社会发展具有划时代意义的历史转折点，是西藏从黑暗走向光明、从落后走向进步的起点。

和平解放以来，西藏废除了封建农奴制度，实行了民族区域自治制度，建立了人民民主的社会主义制度。昔日的农奴和奴隶从此成为国家和社会的主人……经过直接和间接选举产生的34000多名四级人大代表中，藏族和其他少数民族占94%以上……

全区干部队伍中，藏族及其他少数民族占70.3%……少数民族技术人员占76.8%左右。

和平解放以来，西藏走上了跨越式发展的道路。为推动西藏经济社会发展，中央政府根据西藏经济社会发展的实际，制定了许多特殊优惠政策……并在财力、物力、人力上给予大力支持和帮助。中央财政没有从西藏拿走一分钱，反而不断加大对西藏的财政转移支付力度，1952—2010年中央对西藏的财力补助达3000亿元……中央对西藏的直接投资超过1600多亿元，在不同时期相继安排了43项、62项、117项、188项等一大批关系西藏长远发展和人民生活的重大工程项目，相继建成了公路、铁路、机场、通信、能源等一批重点基础设施，极大地改善了西藏的基础设施和人民生产生活条件。

在中央政府的大力扶持和全国各地支援下，西藏经济实现了历史性跨越……1994年以来，西藏地区生产总值连续18年达到两位数增长，年均增速达12%。

1951年，西藏城镇居民人均居住面积不到3平方米；2010年末，西藏城镇居民人均居住面积达到34.72平方米……目前，乡镇通邮率、乡镇通公路率和行政村通公路率分别达到85.7%、99.7%、81.2%……2010年，西藏农牧民人均纯收入达到4138.7元，连续8年保持两位数增长，城镇居民可支配收入达到14980元。

旧西藏没有一所现代意义上的学校……青壮年文盲率高达95%……1951年至2010年，国家累计投入西藏教育经费407.3亿元……2010年，西藏拥有普通高等教育院校6所，各级中学

122所，小学872所，各类在校学生达50多万人。内地西藏班在校生总数2万余人……目前，西藏适龄儿童入学率、初中入学率、高中入学率和高等教育毛入学率分别达到99.2%、98.2%、60.1%和23.4%，青壮年文盲率下降到1.2%，15周岁以上人口人均受教育年限达到7.3年。国家对农牧民子女和城镇困难家庭子女实行包吃、包住、包学习费用的“三包”政策……科技事业从无到有，迅速发展。2010年，西藏共有各类独立科研院所34所、民营科研机构9所、农牧技术推广机构140个，各类专业技术人员52107人……

医疗卫生事业不断发展健全。和平解放前，西藏只有3所设备简陋、规模很小的官办藏医机构和少量私人诊所，从医人员不足百人。2010年末，西藏有各级各类医疗卫生机构1352个，床位8838张，卫生技术人员9983人……实现了乡乡有卫生院、村村有卫生室。

在西藏，各宗教、各教派一律平等。藏传佛教特有的活佛转世的传承方式得到充分尊重，寺庙学经、辩经、受戒、灌顶、修行等传统宗教活动和寺庙学经考核晋升学位活动正常进行。西藏各族人民群众的宗教信仰自由得到充分保障……目前西藏共有1700 多处宗教活动场所，僧尼约 4.6 万人……

森林覆盖率由和平解放时的不足1%提升到11.91%，保护湿地600 余万公顷。据最新环境公报显示，西藏的水环境、大气环境基本没有受到污染，西藏基本保持了较为自然的原生状态，是世界自然环境最好的地区之一。西藏已经初步走上了一条经济发展与生态保护齐头并进的可持续发展道路。

最近中央电视台播放了《远方的家》、《边疆行》摄制组摄制的100 集系列特别节目，其中摄制西藏地区的有 20 多集。他们从云南贡山县进入西藏的察隅，经墨脱、林芝……也就是从西藏东部经藏南、藏中到藏北的阿里地区，记录了拉萨、日喀则、林芝、江孜、萨迦、定日、聂拉木、亚东以及其他城镇和农牧地区浓厚的民族风情、教育文化的发展、宗教活动、人民的生产生活、自然风光……

1980 年我们去西藏走的是青藏公路，是从青海经唐古拉山口、那曲，从藏北入藏的，但片中很多地方我们都去过。30 年后的今天再来看那些地方，发展速度真是惊人，有的地区已有翻天覆地的变化，城镇和农牧区一片欣欣向荣。旧城改造一新，增添了大片具有民族特色的新建筑，各项设施有很大的改善和发展；农牧区到处是新房新路，多彩多姿的藏式建筑整洁舒适，透出浓浓的藏族风情；交通便利、田野碧绿、森林茂密、雪山圣洁，高原湖泊随处可见，广阔的牧场上牦牛、羊群正在低头吃草，放牧人正在欢快的歌唱；旅游业的发展促进了农牧业生产的发展，人民生活水平得到了很大的提高；科技、教育、文化全面发展，人民的文化素质有了很大提高；宗教各派的寺庙得到恢复和保护，还有新建的寺庙，信徒拥有自由的宗教生活并得到充分的尊重，无论是山川、河流或村旁到处经幡随风飘扬，玛尼堆随处可见，一片虔诚祥和欢乐的景象。

这就是今日的西藏。

2011年10月于北京

神奇美丽富饶的西双版纳

我爷爷是个见多识广的人，小时候常听他讲各种有趣的故事和见闻。他曾讲过“摆夷人”（其他民族对傣族的称谓）居住地区的独特自然环境和奇特生活习俗。说摆夷人住的地方气候热，没有季节之分，一年四季都可以种庄稼；那里用象耕地，骑着大象去打战；孔雀就像家里的鸡在院里戏耍；天天吃糯米饭，老百姓穿着像孔雀一样漂亮的衣服，说话慢声细语，像唱歌一样好听……好像他们生活在天堂里那么美好，在我心里引起无限的遐想。摆夷人的世界是那么的神奇和不可思议，梦想着能有机会去看看这与我所生活的环境完全不同的世界。

1959 年，我终于有机会圆了梦。那一年，我在西双版纳傣族自治州景洪县曼占宰寨住了半年，和傣族人民同吃同住同劳动，接触到傣族的历史和特殊的社会制度，独具特色的文化和风俗习惯，领略了西双版纳优美富饶的自然环境，看到了傣族人民淳朴善良的优秀品质。

一星 1959 年在西双版纳

傣族的“傣”意为酷爱自由和平的人。名副其实，傣族是一个具有悠久历史和灿烂文化的热爱自由平等的民族。

西双版纳，傣语意为 12 个管辖区。从元代开始在这里实行土司制，元代时期设立车里军民宣慰司，世袭土司为车里宣慰使即大土司，傣语叫“召片领”，意为“广大土地之主”。明朝时，“召片领”把辖区划为 12 个征收封建负担的行政单位叫“版纳”，原意为“一千田”，“西双”意为 12，西双版纳名称由此而来。各个版纳设有“召勐”即小土司管理。“召勐”意为“一片地方之主”。“召片领”是这里最高的统治者和占有者，这里所有的土地、山林、水源及万物生灵都属于“召片领”所有。凡在这里生活的百姓都要出各种负担，猎户猎物也要把倒地一侧的猎物“奉献”给领主，为领主提供各种劳役和负担是百姓的“天职”。

领主土地所有制的土地占有使用一部分为领主直接占有，其中包括宣慰田和土司田，这是世袭的土地，由农奴无偿地为其耕种。还有波郎田和头人田，这是领主赐给家臣头人的薪俸田，认官不认人，不能世袭，卸去官职就要将土地交给接任的官员。另一部分为农民的份地，包括寨田、负担田、家族田。份地的所有权属领主所有，各村寨集体占有使用。领主利用历史残存的农村公社分配土地的形式，通过村寨头人把土地分配给农民耕种，领种份地必须承担百余种负担或纳实物地租。村寨为对领主的负担单位，土司通过村寨头人向农民征收摊派各种负担，不与农民发生直接的关系。这就是建立在农村公社残余基础上的领主经济，是以领主土地所有权的高度集中和农民使用土地的高度分散为特征的。农民只有土地使用权，没有土地所有权，不准买卖土地。土地作为农民的主要生产资料和生活资料，农民没有买卖积聚土地的可能，消除了百姓间因高度积累资金而出现的贫富分化的基础。

所以这里的农民没有省吃俭用、勤劳致富、积累资金、为子孙买田置地的概念和需要。一是因为农民不能私有土地；二是可从领主手里分到一份可以赖以生活的土地。从而减弱了农民的生产积极性，他们求得温饱即满足。农民的私有财产是牲畜、农具、房屋及其他一些生活资料，但房屋又是易建易损的简易竹楼，没有太高的经济价值，所以没有买卖房屋的情况。村寨成员不能随意迁出或迁入，在“一切都是负担，一切为了平分负担”，村寨是负担单位这一制度的支配下，村寨集体占有、村寨成员使用的土地每年都要定期进行调整分配。凡是村寨成员结婚成家的都有权要求或被迫接受份地，承担村寨的公共事务义务和地租负担，村寨间的地界成了负担界线。

调整分配土地的分田会一般在每年傣历八月初，即犁田播种前召开，全寨各户都要参加。属于分家或招入外寨女婿新立门户的、经村寨同意迁入的外来户、过去分得坏地要求调整好地的、有人迁离本寨或不愿种地交回土地的等情况都要进行调整分配。主持分田会的头人在会上照列要问：“今年种田合心不合心？有无新立户要求分田的？”这种每年都必须进行的土地使用调整分配制度，使村寨的农民所使用的土地基本上平衡。也使农民产生了种地不施肥，不精耕细作，种下就等着收割，能收多少算多少的消极态度。由这种特殊的村寨公社制残余与领主土地占有制相结合的土地使用制度派生出特殊的文化传统、道德观念和社会习俗。这种领主经济占有和政治统治制度一直沿袭到20世纪50年代中期。1956年这里进行了和平协商改革，废除了封建领主的土地所有制和一切特权，农民获得了土地所有权，免除了各种封建负担，出现了新的社会面貌。

傣族在长期的历史发展中，根据自己生产生活的需要，创造了自成系统、独具一格的丰富多彩的傣族文化艺术。傣族有由拼音字母组成的文字；傣族的历史有傣文记载的可以上溯到1000多年前；傣族人民创作了优美的文学；制定了适应傣族社会制度和经济生活的法规；创作了适于傣族地区气候和自然特点的傣历，傣历将一年分为12个月，有寒季、热季、雨季，傣历已使用了1300多年；还有关于天文、地理、历史、数学、医药等方面的傣文经典著作；有独具傣族风格的音乐和舞蹈；傣族的民居文化更是适合这里气候特点的杰作；壮观的佛塔建筑，造型生动别致，是傣族雕刻、绘画、建筑艺术的综合体现，缅寺的壁画，贝叶经都充分体现了傣族特有的文化艺术；傣族的服饰及风俗习惯也具有鲜明的民族特色。

西双版纳没有春夏秋冬四季之分，由于地处北回归线以南，印度洋的西南季风和太平洋的东南季风的流入，气候高温多雨，雨量充沛，全年只有干季和湿季的区别。5月至10月是湿季（雨季），是这里最热的季节，气温高达41℃左右，一般也在35℃～38℃之间，在雨季几乎每天都会下雨。天晴时，正午烈日当空，晒得河水都发烫，能烫死河里的小鱼、小蟹。但下午3点左右总有一场阵雨哗哗而过，暑气消失，天气顿时凉爽。从11月到次年4月为干季，这时气候温和宜人，暖融融的，无丝毫的寒冷之意，更无霜雪降临。据说傣语的词汇中没有“霜雪”这个词，因为这里从未下过霜和雪，人们不知霜雪为何物。干季雨量稀少，但雾多露水大，空气仍然湿润。旧社会，这里高温多雨多雾的气候以及缺医少药的状况，使得恶性疟疾横行，人口死亡率高，被称为“瘴疠之区”，让人闻之恐怖。现经大力防治，疟疾不再肆虐。

西双版纳山川秀丽，土地肥沃富饶，四季常青。四周竹林环绕，绿树掩映的傣族村寨洒落在澜沧江及大小河边，显得分外的幽静和美丽。在高温多雨，干湿季分明的热带特殊的自然条件下，一年可三熟，不分节令，不论季节都可播种，随处都可看到地里的稻子有的正育秧、有的在栽插、有的已金黄成熟；玉米有的刚出苗、有的已开花结穗。其他如花生、黄豆也如此，这是我第一次见到的奇观。在滇西北或北方是见不到这样奇特的农田生产情况的。

西双版纳的农作物、经济作物和水果也是与内地不同。布满了稻田的原野里夹杂着一块块像竹林的甘蔗田，一片片的橡胶林；地头的剑麻，园边的香茅草；还有这里特有的椰子、香蕉、芭蕉、菠萝、芒果、菠萝蜜等水果。翠绿的油棕林，像绿色珍珠似的油棕，一串串挂满树干；木瓜树上结满哈密瓜似的木瓜，从树干外伸的树枝尖上顶着几片叶子，好似千手千眼菩萨；还有紫胶、砂仁、咖啡等经济作物，红绿相间的咖啡果，一串串的挂满枝头，压弯了树枝，晨露在咖啡果上闪烁；茂密的热带雨林里，有独树成林的榕树、樟树、椿树、柚木等珍贵树木；有高达三四十米的望天树，枝叶茂密的龙血树，挺立成行的团花木，还有国家重点保护的珍贵植物，这里被称为植物王国；远销国内外的著名的普洱茶就产在这里，珍贵的银针茶名闻海外，外国人也以能有银针茶而显示他富有的地位；这里有珍禽异兽：亚洲象、西双版纳虎是稀有动物，绿孔雀是仅产于西双版纳的一级保护动物。

洋溢着傣族神韵的曼占宰寨

曼占宰寨傍河而居，地处西双版纳傣族自治州景洪县景洪盆地中心，离自治州州府允景洪 10 公里，有一条从允景洪通往戛洒街的大路从寨边通过。1959 年时还不能通行汽车，行路靠双脚，运输靠肩挑马驮。我到曼占宰时带的行李是挑着去的，交通仍然闭塞。寨西有一大鱼塘，寨东有一条河，过河约半里路就是附近最大的集市——戛洒街。戛洒小学设在这里，其余四周是相邻的傣族村寨和广阔的田野。

1959 年，全寨 45 户 255 人，是属于“傣勐”级（意为建寨最早的本地人，亦即土著）的纯傣族村寨，是西双版纳地区建寨最早，保持着浓郁傣族特点的村寨之一。这里积淀着浓厚的傣族文化传统，还有在农村公社残余基础上的封建领主政治制度以及特殊经济结构影响下形成的民风民俗。

进入曼占宰寨，首先映入眼帘的是树木掩映、错落有致的竹楼群。盘根错节的大榕树在寨中像把撑天大伞，碧绿的树冠遮盖着方圆几丈的地方，树下有老人在休憩、聊天，小孩子在玩耍。寨中最显眼的建筑——缅寺上飘荡着经幡，呈现出一片肃穆的神圣气氛。寺旁的菩提树更增加了宗教的氛围。建筑布局分布合理的每栋竹楼旁有一块块大小不同的菜园，周围有各种果木树相围，中间夹有篱笆，以防禽畜进入。

这里的果木树有一年一生的香蕉树和芭蕉树，不仅树形相似，果实也相似，让人很难区分，人们不仅喜爱它们香软细腻的果实，大扇子似的叶子也被用作包裹食品的好材料。椰子树和槟榔树树干高而挺拔，远看树形相似，高矮有别，果实不同。椰子大如白兰瓜，椰壳坚硬，可制作各种器皿，椰汁清凉解暑，椰肉如核桃仁般鲜美，有热带水果之王的美誉；槟榔树略矮、子小，有防病、固齿、助消化的作用，傣族的老人普遍喜嚼食槟榔。菠萝蜜俗称牛肚果，树干高大，枝叶繁茂，椭圆形的果实大如西瓜，黄绿色的果皮密布颗粒，颇似牛肚，内有如蜂蛹似的很多黄色果仁，肉质软滑，味香甜，沁心润肺。椰子、槟榔、波罗蜜还有芒果和菠萝，是这里特有的果木。最有意思的是，波罗蜜不像其他水果结在树枝上，而是结在粗大的树干上，这也符合负重的原理；芒果也是别有奇状，它从树枝上长出一条约有一二尺长的线，在线的尖端结出一个像肾似的果实，吊挂在树枝上随风飘曳；菠萝（又称凤梨）是长在地里的草本植物，如果经过完全成熟的菠萝地时，金黄色的菠萝发出沁人心脾的清香，诱使你停下脚步，如遇地边有主人时，你定会买几个尽情享受品尝这种世上少有的美味，但这只有在菠萝地边现摘熟透的才能体味到，市场上出售的菠萝是没有成熟就摘采下来的，完全没有了其特殊的香味。菜园里种着白菜、萝卜、豆角等菜蔬，还有香茅草等香料。

曼占宰寨说的是十分纯正的傣语，属汉藏语系壮侗语族壮傣语支傣泐语方言，这里通用傣泐文字。由于与外界交往少，地域封闭，所以这里基本上没有会说汉语或其他民族语言的，有会说一点点汉语的也难以表达深层的意思。所以，我这个“少数民族”到了这里也成了聋子，幸运的是州妇联的何应芬也在曼占宰寨蹲点。何应芬长期在傣族地区工作，傣语说得十分流利，依靠她了解到很多情况，学到一些简单的

傣族集市（摄影 车文龙）

傣语，可惜离开久了，傣语已忘记了。傣族说话语调轻柔婉转，无论男女老少，说话都慢声轻语，娓娓动听。他们的性格大都十分温和可亲，无论老人、青年人和小孩之间都听不到吵架或谩骂之声，都是互相尊重和睦相处。这里没有大人打骂孩子的情况，孩子们活泼天真，自由成长。

曼占宰寨的经济来源主要依靠农业收入，居民中没有专职经商或专职从事手工业的，但因地处戛洒街边，农闲时做些米粉、米线到街上出售的比较普遍；也有摆小摊卖腌肉、腌菜、油米糕和炸牛皮的；也有从事屠宰，在街子天出售牛肉、猪肉的；有几家做手工造纸的，一天可以造十来张，主要是供应赕佛扎纸花的需要；养马的家庭，偶尔出去帮百货公司搞运输。上述种种副业、手工业或经商都是利用自产的农产品加工出售或是自养的牲畜，仍然依附于农业，充分体现了自给自足的小农经济的特点。

基于人民生产生活中贸易交换的需要，戛洒已形成五天一集的多个农村集贸市场。集市轮流开放，居民几乎每天都可去不同的村寨集市赶街。集市有统一管理，每街委有专职街长，负责管理集市和收税，定期祭祀街神街鬼，三年举行一次大祭。

戛洒街在区政府所在地，有邮局、供销社、百货公司、粮站、信用社、卫生所等国营机构，平时也有村民来购买日用品或寄信、看病等，所以这里就成了比较大的一个农村集市。附近农民为适应这种定期的集市贸易，在街上分门别类的建立了摊棚，有供出售蔬菜的小竹台，有供出售猪肉、牛肉的竹棚，有供卖米线、米粉的茅棚。这些摊棚都是临时用来销售货物的。固定住户只有区政府及邮局等国营机构，还有两三户外来的汉族商贩开店卖米线的，除街天外平时来往的人不多。

赶集在凌晨天刚亮就开始了。挑着自家农产品的人群从四面八方赶来，集市热闹喧嚣，有卖烤鱼、紫糯米糕、米粉等小吃的；有卖肉的；有卖鸡、小猪的；有卖竹器的；还有一些零碎的农村生活用品……集市到上午十一二点就结束。赶集的人很多，大多是来买卖所需要的用品，但也有不少年轻人是来凑热闹的，他们利用集市天来寻找异性伴侣或约好情人相会。

曼占宰寨的民居房屋是具有傣族特色的干栏式建筑，尖顶方形，上下两层的竹楼。全寨除有一座瓦木结构的房屋外，其余都是竹木结构、茅草盖顶的竹楼。这里多竹，小碗口粗的竹子很适合做建筑材料。竹楼的柱子及房梁、楼楞采用木料；楼板是将竹子劈成板块铺成的；门窗是竹子剖成篾条编成篾笆围起来又用竹篾条固定住的；楼梯多用木料，也有用竹子的。竹楼下层是敞开的，用来圈养牲畜或放一些农具等物件；上层住人。上了楼梯有一走廊，宽十多米，斜盖着草排，两头敞开，作为过道通向晾台。晾台也用竹子搭建，是露天的，作为晾晒衣服及其他物品之处。晾台上放有多只盛水的陶罐，放置饮用水，从外面进来的人上楼后要先到晾台用水洗净脚才能进屋。穿鞋的人要把鞋脱在走廊里才能进屋，穿鞋进屋是对主人的大不敬。

房宽一般有五六十米，有大有小，大的为八九十米，用竹篾笆隔成两间，靠里的一间为主人一家的卧室，父母和未婚子女以及从妻居未分出去的夫妻都同住在这间卧室里。卧室有两扇门，谁走哪扇门是有规矩的。卧室无床，每个床位有长五六尺，宽三四尺，厚五六寸的床垫，床垫用木棉或干稻秧铺絮，每块床垫上有自织自染成深蓝色的帐子罩着，以隔外边的视线。父母子女睡觉的位置也是有规矩的，如男主人应睡在作为房屋保护神的男柱旁。卧室禁止外人进入。靠楼梯的一间为炊事、用餐、接待客人的活动场所。房内没有正式的椅子、凳子，来人大都席地而坐。有一些自制的小竹凳供用餐时坐。大多数家庭在靠南安置火塘，做饭在火塘上。主人坐卧室一侧的火塘边，客人坐靠楼梯一侧的火塘边，客人住宿在外室靠走廊的角落里打地铺。

子女结婚后一般都要与父母分居，另建房自己住。盖房要向头人送一些礼物申请，经他同意后才能选地基准备盖房。盖房的木料一律要用新的。选地基和上山砍木料也有很多讲究，都要用酒、蜡烛、槟榔拜祭土地神和山神，祈求昌顺平安。砍回来的木材要在河水里浸泡一些时间，防止白蚁蛀蚀。盖房时全寨每家都要出来帮忙，有的送竹子、有的送草排，这是世代相传的互助传统，充满了绵绵的情意。全寨动手，出物出力，当天就把房子盖好。盖好房子，安火塘和三脚架、安梯子也有很多讲究。首先要请儿女双全、清白做人、有威望的人来安，主人要送些鸡蛋、槟榔等礼物酬谢。安好火塘点上火后，主人搬入新居，由头人祝福并吹牛角，放火枪庆祝。第二天，房主人杀牛宰猪，宴请邻里亲友，全寨欢庆，并请“赞哈”唱歌祝福。“赞哈”是傣族的民间歌手，他们熟悉民间故事和诗篇，能即兴而歌，是最受欢迎的艺人。在建房新婚等庆祝活动中，“赞哈”根据不同的庆祝活动内容演唱，祝福庆贺，增加欢乐气氛，这时也是青年男女寻找情侣的时机。这种全寨集体无偿援助建房的习俗应该是原始公社残留的余光吧！

在地处热带，高温多雨的曼占宰寨，竹楼是最理想的住房，它四面八方透风，空气畅通，没有任何污染，房顶上有厚实的茅草挡住烈日的高温，住起来舒适宜人。我在竹楼里住了半年，但还没有太多的热得难受的感觉。在最热的日子里，每天下午一阵雨过后，天气凉爽，晚上还可以盖棉被。它充分发挥了砖瓦房和水泥房所没有的优越性。竹楼是傣族人充分利用自然材料而又充分享受自然之福的杰作。

色彩绚丽，最富形体美的服饰

在傣族村寨的水井边、村路上、田野里，都可见到傣族妇女优美流动的身影。青年妇女黑油油的发鬓梳得纹丝不乱，松松地偏向一边，周围插满了色彩艳丽的鲜花或绢花。上身穿齐腰紧身的绣着彩色缤纷花边的背心，下身着各色筒裙，裙长齐脚面，背心和筒裙间露出一小段皮肤，筒裙由银腰带系住。银腰带是表示富有的程度，有的妇女系有四五条银腰带，所以衣长要在银腰带以上，以便将银腰带显露出来。外出时，上身再套一件尖领窄袖紧身卡腰下摆宽的短褂。这是最具有形体美而又绚丽多彩的服饰，最完美地显示了傣族妇女窈窕的身材。傣族妇女走路时由于受裙摆的约束，都是细碎的一字步，肩上挑着担子，抬头挺胸，体态优美，好似模特儿在展示出演。老年妇女上身着自织自染的深蓝色紧身卡腰窄袖短褂，下着自织的红黑相间的横条纹筒裙，头上包白色或黑色包头，雍容大方。男子服饰为无领对襟或大襟长袖短褂，下穿到小腿肚的裤子，多为自织自染的深蓝色。相对来说，服装色调比较单一，但有充满傣族特色文身的衬托，显示出傣族男子与众不同的魅力。傣族织锦“筒帕”（挎包）也是十分绚丽的工艺品，它又有很好的实用价值，无论男女，外出办事都要挎上“筒帕”，更增加了傣族的特色。

在炎热的天气里，傣族男女习惯包大包头，乍一看给人很不协调的感觉。原来包头是为了避免强烈的阳光直接照射而影响大脑的健康，是起脑部保健作用的，这是矛盾的统一体，是这里的特殊气候形成的。这种“穿着背心戴棉帽”与新疆的“抱着火炉吃西瓜”相似，一南一北，遥相对应。

纯天然的饮食，最爱洁净的民族

西双版纳傣族的饮食除盐外，其余全是自产的纯天然食品。这里主产稻谷，是傣族的主食，他们喜食糯米饭。每天清早蒸一甑糯米饭便吃一天，不再加热。糯米饭可以凉食，很适合在热带气候食用。吃时不用碗盛，而是攥成饭团食用，如外出需带饭时，便将糯米饭团用芭蕉叶子包好带上。喜吃紫糯米年糕，紫糯营养价值高，可作滋养品或药用。紫糯被认为是稻谷的祖先，栽秧时先在稻田中心插上紫稻，收割时也要先收它，把它作为稻之魂来祭拜。由于紫糯的产量低，紫糯年糕也只能在节庆日子或重大的赕佛活动时，才能作为点心品尝。他们也喜食用粳米加工的米线、米粉，一般人都会加工。由于不种小麦，当然也没有面食。这里种地是不上肥料的，所以是最洁净的纯天然食品。

肉食有牛、猪、鸡、鱼等，尤其喜食鱼、蟹、螺等菜肴。肉食多煮、炖，也有吃生酸牛肉的，这里叫腌肉，做法是将牛肉切成片或丝，放在陶罐里腌制发酵有酸味后食用。烤鱼是这里独具特色的佳肴，做法是将鱼剖腹洗净，肚中放上香茅草、盐、辣椒等调料，用竹片夹住，放在火上烤，边烤边抹油将其烤黄烤熟，味道无比鲜美。

蔬菜有白菜、萝卜、豆角等，都是自种自食，菜园中的蔬菜自食有余的家庭也有将多余的蔬菜拿去集市出售的，其特点是从不论斤计两，以捆数出售。种菜也是不施肥的，农家肥、化肥或其他任何一种肥料都不施，全靠自然的肥沃土质，因而也是最干净的纯天然蔬菜。竹笋是这里经常食用的菜肴，山上竹笋多而粗大，可随便挖摘。将竹笋切成片，放入陶罐里淹泡成酸笋，再加工成菜食用。喜食酸辣，有一种热带特有的野生辣椒树，虽是草本，树高一米多，可以连续几年结果，不加管理，随意摘吃，辣子个小，又叫“米米辣”。习惯上不吃剩饭剩菜，是最符合卫生要求的。

餐具多是自制的木竹制品，吃饭不用筷子，用木勺或竹勺舀菜吃，挑水盛水用陶罐，炖肉用土锅。陶罐、土锅在傣族生活中扮演着重要的角色，是傣族人民的生活必需品。过去有专为土司制陶器的徭役寨，至今还保留着原始的制陶工艺，制作出了许多富有民族特色的陶制品。傣族竹楼的晾台上排列的陶罐，灶上所用的土锅都是来自那里的杰作。暖水瓶、钢精条匙、搪瓷制品、丙铁水桶等工业产品在这里还未普遍使用。寨里没有电灯，家里点的是油灯。这里的物质生活虽有些清苦，但是一切都是天然的，没有丝毫的文明社会所带来的污染。

傣族水井（摄影 车文龙）

西双版纳的傣族大都住在河边，但他们不喝河水，都在寨边挖井喝井水。水井上盖有小屋，防止不净的东西掉入。有的盖成一个小佛塔，似在劝人积德行善。村寨里有保护水井清洁公约，村民都认真遵守执行，所以井水十分清净，清凉可口。井边有公用的竹水瓢供过路人喝水使用。

傣族习惯一天洗三次澡，尤其在雨季，更是每天必洗的。据我所知，每天洗三次澡，在中国56个民族中是仅有的，在世界民族中可能也是不多见的。他们每天早晨下地劳动回来时先在河里洗澡，洗干净了才回家吃饭，中午和傍晚劳动收工回来也要先到河里洗净身上的泥才回家。在河里洗澡，一般是青年男女分河段洗，男的在河上游，女的在河下游。五十岁以上的中老年人就不太讲究男女避讳了，男女都在一块洗，边洗边聊天，毫无所谓。青年男女在露天的河里洗澡，又要避免裸露全身，男的还好办，大多脱光上身，穿着裤子洗，洗完回家把湿裤子换下来。女的也有绝招，她们将筒裙提到腋窝处系住，盖住胸部及下身，脱掉上衣背心，下到河里慢慢蹲下，让河水遮住胸以下的部位，再将筒裙笼在头顶上，等洗完澡又慢慢地边放筒裙边站起来，将筒裙依然系在腋窝下回家。妇女洗头发只用淘米水或天然的皂角，所以她们的头发不会分叉或发黄，都是油黑乌亮的。

傣族爱洁净还表现在不能穿着鞋进屋，回到家上了楼梯要先到晾台上用水冲洗双脚，把脚洗干净才能进屋，如衣服上有泥，也要将衣服脱下放在走廊里。所以，傣族竹楼的竹楼板都是油黄铮亮，十分干净的。

两情相悦，自由选择的婚姻

我曾住在曼占宰寨的老波涛家，他的女儿玉仙拉曾在戛洒小学上过几年学，能说一些简单的汉语，她成了我的翻译。有一天她在家里哼着傣族小调，小调音律平缓，似乎还有点忧郁，她父母也无所谓地听着。她是用傣语唱的，我听不懂，也只顾着做自己的事。她唱了很长时间，终于忍不住跟我搭话，问我是否知道她唱的内容？她说这是唱她自己的，意思是："一个 19 岁的姑娘，多么想嫁人，但她未来的丈夫在哪里呢？她正等待着一个男人来求婚，她就立即嫁给他。"一个十八九岁的姑娘想结交异性结婚并不奇怪，可见傣族姑娘的坦率纯真，把心里想的都唱出来，尤其是当着父母及客人的面，毫不忌讳。这是傣族传统的社会道德观念所形成的。玉仙拉还告诉我，她 16 岁时结过婚，不到一年就离婚了。

傣族实行一夫一妻制的婚姻，禁止同胞兄弟姐妹、堂兄弟姐妹以及表兄弟姐妹之间的近亲血缘通婚，家庭组成多为由父母和未成年的子女组成的两代家庭，子女结婚后即从父母家中分出另居。也有祖、子、孙三代组成的家庭，这是由负责赡养父母的子女与其组成的，没有几个兄弟姐妹已结婚还同居父母家的大家庭。财产由幼女继承，现已演变为儿女共同继承。赡养父母的子女可以多得一部分财产。

在婚姻缔结上，过去的土司头人间实行等级内婚，百姓不能与土司贵族通婚，其婚姻的缔结充满政治联姻和经济利益关系。平民百姓的婚姻尊重男欢女爱，自由选择，结婚自由，离婚随意。它排除了在私有制下带有“文明”色彩的婚姻的买卖性质和家长的包办代替。这大概是由于母权社会对偶婚的残余与封建领主的土地高度占有以及农民只有土地使用权互为作用的结果吧！是封建制度下特殊的婚姻形态。

西双版纳的傣族村寨都有男女青年的组织，在泼水节时选举产生负责人，男负责人叫“乃欧”，女负责人叫“乃绍”，他们的职责是负责男女青年的有关婚姻和宗教活动，如参加本寨青年的结婚仪式，组织文娱活动。男青年到外村寨“串”姑娘，必先通过该寨“乃欧”的同意，否则便会被赶出来。

未婚青年谈情说爱，择偶的社交活动主要在节日、结婚、盖房进行庆祝活动期间，平时在开门节后。在关门节期间（傣历九月十五至十二月十五），赕佛活动频繁，七天做一次赕，赕时老人们都到缅寺住宿朝佛，这期间禁止谈情说爱的活动，以示虔诚。开门节后，雨季结束，进入干季，气候宜人，农事已完，晚上姑娘们三五成群地到寨中心的大榕树下或房屋旁，坐在早已由家长安置好的火塘边，生起一堆火，安上纺车，带上棉花纺线，同时带上烟、糖、水果和染牙的用具，等待小伙子来访。我住在曼占宰寨时，有幸目睹这一情景。这是一农屋旁的火塘边，有两个十七八岁的姑娘坐在竹凳上边纺线边瞅看四周，她们身旁还有两把空余的竹凳。不一会儿来了两个小伙子，身上披着红绒毯，其中一人吹着短笛，笛声清幽，姑娘主动招呼他们坐。他们各挨一个姑娘坐下，并用轻柔押韵的语调和姑娘调情，姑娘对答时仍不慌不忙的纺线，看来他们之间已相会多次了。姑娘拿出糖果请小伙子食用，他们边吃边谈，眉来眼去，情意甚浓。过了一会儿，其中一个姑娘将纺车搬回家后又出来与小伙子同披着红绒毯走了。还剩下一对仍坐在火塘边。这里的习俗是当男女双方已倾心相爱后，男方可到女家火塘边留宿。姑娘在婚前留宿心爱的男子，父母并不干涉。相反，父母和兄弟还要主动回避，躲到卧室里，为正在择偶的姑娘创造条件。

男女青年两情相悦后，就进入谈婚论嫁的阶段。通常是男方的母亲由自己的姐妹陪同向女方母亲提亲，经女方母亲同意后，由男女双方的父亲及姐夫、妹夫共同商议结婚的条件，其内容是婚后丈夫从妻居的时间，“木奴”（即聘礼）数及男子的嫁妆。这里盛行婚后从妻居。一是长期从妻居，入赘上门女家，作为女家的财产继承人，负责赡养妻方父母；二是有期限的从妻居，一般是三年，期满后分出建立小家庭，由村寨分给份地，并帮助盖屋成家。如夫妻来自不同的村寨，期满后也有返回男方父母村寨居住的，这要经过头人同意并交离寨费，祭祀寨神；还有的是在夫妻双方父母家轮流居住，这多是双方家庭缺乏劳动力，父母无人照顾的情况。从妻居的习俗一是母权社会的遗迹，还有是报答父母养育之恩的含义。现在从妻居的时间已有很大的变化，一般居三年的已不多，但仍需要象征性的住两三个月，以报答父母的养育之恩。为什么只报答女方父母的养育之恩呢？这应该是母权社会的遗风吧！

在景洪傣族地区，无论到哪个村寨，只要结婚成家，便有给封建领主出各种负担的义务，同时也有向村寨公社要求分一份地耕种，要求帮助建房屋居住的权利。离开村寨便将这份地交回村寨。所以，无论从妻居或从夫居都能获得一份耕地，只要勤恳劳动，生活是有保障的。

结婚仪式充满了宗教色彩。结婚当天，男女双方父母各在自己家里宴请宾客，并到缅寺赕佛祈求吉祥幸福。到傍晚，新郎身披红毯子，背着挎包、带着砍刀，由五六个伴郎一路吹着笛、唱着新婚歌，簇拥着到女方家。女方亲友以向新郎泼水和喝糖水的方式祝福，进屋后新郎向新娘父母送两对蜡烛，入户拜敬家神。婚礼由寨中有声望的老人主持，新郎新娘相对坐在主持人面前，桌上摆着鸡、蜡烛、酒、槟榔、盐、红布、白布、芭蕉等献神之物，主婚人说一番祝福新人生活幸福美满的祝词后，用一根长长的白线绕过这对新人的肩并将线头搭在桌子上，意为纯洁的白线将双方的灵魂已系在一起，永为终身伴侣。接着主婚人及父母长辈亲友依序为新人“拴线”祝福。然后新婚夫妇向女方父母送母奶钱，要双数，视男方的经济情况送。第二天清晨，新郎就要回自己的父母家，等着女方的亲友来接才回女家居住。这是望门居——走婚的习俗演变为一夫一妻的过渡形式。

男子从妻居后，父母要给儿子一些生产资料，据家庭经济情况给牛、猪、犁、锄及种子等。如离婚，丈夫有权将带去女方家的财产带回。

上述的习俗，现在已改变很多。尤其是进行社会改革后，改变了原有的经济基础和社会制度，相应的各种习俗也在改变。

傣族妇女大方开朗，没有封建社会三从四德、从一而终等封建礼教思想的约束。傣族婚姻充分体现了两情相悦，自由选择，结婚离婚自由的原则。离婚手续很简单，夫妻不和，亲友劝说无效，便可离婚。如在从妻居期间丈夫提出离婚，则带上自己的财产——红绒毯、砍刀、挎包等自行离开女家。如是妻子提出离婚，则让丈夫回他的父母家。离婚时，经济条件不好的，由提出离婚的一方送给对方一对蜡烛，从中间折断，各执一半，就算办清了离婚手续。有的用一块白布，双方各执一头，从中间剪断，各执一半作为离婚的证据。离婚后也仍然友好相处，很少反目成仇的，也有复婚的。如果经济条件好，由提出离婚的一方出一头牛（可折成钱）作为离婚费用交给对方头人及亲友。夫妻离婚时各自的财产归个人，双方共同积累的财产实行平分。由于农民没有土地所有权，不能买卖土地，他们的共同财产只有简单的生产工具、家畜、家禽、粮食、衣被及货币而已，平分财产比较容易，由寨里有威望的人主持分割。最有意思的是夫妻一方去世后，活着的一方也要与亡者办离婚手续。其原因是他们相信人死后会变成鬼骚扰活着的人，如不与亡者办离婚手续，那鬼魂会回来找活着的一方。如离了婚，那就互不相干，各走各的路了，活着的一方也可以自由再婚。因此，傣族妇女没有为死去的丈夫守寡守节之事。当然男子也如此。与死者离婚的做法是，活着的一方在死者出殡前，放一对蜡烛在棺材上，并用一条绳子拴住，由老人将绳子剪断，表示从此与死者断绝关系离了婚。

可以认为，傣族百姓的婚姻习俗是在文明社会中，享受着充分自由及最大限度表现自然人性的婚姻，是还未被文明社会的政治和名利观念所污染和经济利益所驱使的婚姻。

没有姓氏的民族

西双版纳的傣族没有姓氏，只有名字。习惯上名字随其年龄及在社会上所处的地位而改变。一个傣族男子，作为平民百姓一生至少有 4 个名字，即出生时的乳名、入缅寺当和尚的僧名、还俗后的俗名、娶妻生子后再改以其子女名冠父字，即××之父。贵族头人又有与众不同的表现其地位的名字，从名字上可以看出傣族间的不同等级。女子一般只有乳名和生子后的名字。

乳名的命取要依据其性别排行及封建等级。平民男子乳名的第一个字必须是“岩”，女子第一个字必须是“玉”；贵族中“翁”级男子第一个字必须是“召”，女子是“喃”；勐级男子第一个字是“召勐”，女子是“勐”。从乳名的第一个字就表明了此人的性别和社会地位。排行的命名是按世俗习惯将傣文的42个字母排列为若干组，排行第几用哪些字母已约定俗成，如叫“岩温”，可知其为老大，因“温”是排行在第一组的字母。岩温的大妹妹可以叫“玉温”，因排行是分性别排列的。由于分组排列的字母每组只有七八个到二十多个，因此同名字的很多，又没有姓氏可以用来区别。他们的区别办法是在该人的名字后加其村寨名或勐名，如果同名者同住一个村寨，就以其年龄大小或体型的胖瘦或其他的特征加在名字后来区别。如“岩温比”是胖岩温之意，“岩温囡”是小岩温之意。

傣族男孩八九岁入缅寺当小和尚，由大佛爷为其取一个与原来乳名有联系又与佛有关的僧名，当和尚期间就用这个名字。僧名也随着级别而改变。一般的和尚称“帕”，僧名前加“帕”为“帕××”，升为佛爷后称“督”，僧名前加“督”为“督××”。送缅寺当和尚的傣族男孩除敬佛外主要是学傣文。因此，除少数有培养前途又自愿留在寺庙里当佛爷外，大多数都还俗回家，成家立业。还俗后的名字是在原来的乳名上加当和尚时的级别，如当和尚到“帕”级时还俗的，在乳名中加“曼”字，如“岩曼温”；到“督”级还俗的在名字前加“康朗”，如乳名叫岩温的叫“康朗温”。贵族的还俗名又另有称谓。所以，从还俗名字中能知其当和尚到哪一级，是平民还是贵族。

傣族称父亲为“波”，称母亲为“咪”。生儿女后其名以儿女名冠以“波”、“咪”来称谓，如生子叫岩温，其父改称“波岩温”，其母改称“咪岩温”。子女随年龄及社会地位的改变而改变名字后，父母的名字也随之改变，如岩温当和尚的僧名为“帕方达”，其父改名为“波帕方达”。如还俗名为“岩曼温”，其父又改为“波岩曼温”了。随子女的名字是以长子长女为依据的，如长子女去世，以次子女为依据，如男子另娶、女子改嫁，其后妻或后夫的子女比原生子女年岁大，也要改由后妻后夫的子女名加“波”、“咪”为己名。傣族的名字可谓复杂多变了。

这里的傣族既没有姓氏，家族血缘便无法以姓氏群体为联系纽带。另一方面，家庭的血缘关系是以母系或以父系来计算的。家庭的财产继承从幼女继承制过渡到儿女共同继承；婚姻习俗以招女婿入赘从妻居为主向从夫居过渡；父母由小女儿赡养向由儿女共同赡养发展。曼占宰由儿子赡养父母的约占一半。从婚姻缔结禁止同胞兄弟姐妹、堂兄弟姐妹及表兄弟姐妹之间通婚来看，是否说明正处在母系血缘传统向父系血缘过渡，或者是母系父系共处的家庭血缘关系呢？或者说是以父系为主有浓厚的母权制残余呢？这是封建领主制度与农村公社残余的社会制度相结合产生的混合体，它具有傣族特殊社会形态和人伦关系特点。在封建领主制度消亡后它仍然会长期存在并随社会的发展变化而缓慢的演变。

生活在圣洁光环下的黎民

我住在曼占宰寨时，每天清晨鸡鸣刚停，浓雾正沉沉地笼罩着大地，主人家岩温的妈——咪涛就起床做饭了。她把头天晚上就已淘洗泡好的糯米放入甑里蒸熟，放入一个陶罐里用盖子盖好。这是全家一天的主食，当然也有给缅寺和尚的一份和我的一份。然后她用酸竹笋或青菜熬一个菜，早饭就准备好了。但大家还不能就餐，连她的女儿玉双要吃了早饭上学也得等一等，咪涛在等什么呢？她在等着寨里缅寺和尚来化斋，傣语叫“公毫”，她对佛的无限真诚的具体行动之一便是每天把新蒸的一个饭团布施给缅寺的和尚去享用。当她听到小和尚的稚嫩声音在楼梯口吆喝时，便立即将饭团和菜送下楼放入和尚化斋饭的饭筐里。

傣族把每天给佛寺备斋饭看做是每户应尽的天职，是行善积德之举。全寨各户每天早晨都要送斋饭给寺里的和尚，这已成为世代沿袭下来的规则，当时寺里有和尚15人，全寨居民大概平均3户负担1个和尚的生活。

傣族全民虔诚信仰南传上座部佛教，这是它吸纳最多的外来文化，但在吸收的过程中又表现了自己的文化选择，给南传上座部佛教赋予了傣族自成系统、自有格局的文化内容，形成了独具傣族特色的宗教。它创造和发扬了傣族文明，成为傣族的文化传承、教育培养知识分子、维护社会秩序、百姓的社会行为规范和道德准则的结合体，成为当地统治者有效行使权力的精神保障。它协调了傣族人民与自然的和谐关系，傣族人民以感人至深的方式把神圣的精神寄托与宗教和神灵。

南传上座部佛教传入西双版纳并建立缅寺已有近500年的历史，有说从泰国，有说从缅甸传入。这里将佛寺称为缅寺是因它从缅甸传入或是因有别于其他的佛寺。每座缅寺都有佛祖释迦牟尼的塑像（帕召）、有傣文的佛经（帕坦），还有和尚（帕桑卡）。和尚包括佛爷、和尚及预备和尚（傣语叫恢拥，刚入寺未正式升为和尚的孩子）。大佛爷、二佛爷为缅寺的负责人。

和尚不从事生产劳动，每天由村民做好饭送给他们吃，所穿衣服由和尚各家自行供给。缅寺最大的收入是百姓的赕佛（上布施）活动，大多数缅寺也自有一些土地的收入，所以佛爷的花销及念经祈佛活动的费用从缅寺经费中支出。缅寺在西双版纳十分普遍，80%多的村寨都建有缅寺。没有建缅寺的村寨大多是比较边远，居住分散，村寨规模小的。从“召片领”的首府宣慰街到基层村寨已形成完整的有系统的宗教组织。在宣慰街有统辖全版纳的缅寺叫“瓦龙”，“瓦龙”的住持要“祜巴”级以上的佛爷担任，此佛爷循例应是“召片领”血统，如是其他等级的人，也要拜“召片领”为“教父”，并由“召片领”住持提升任命。寺里重要的佛事活动“召片领”都要参与。随着社会制度的改变也改变了这种制度。“瓦龙”下辖二级缅寺，其下辖中心缅寺。每座中心缅寺辖5～10个村寨缅寺，层层管理，各有职责分工，管理得有条不紊。这套宗教组织与土司政权组织是相对应的，它虽不是政教合一，但也有实质的内容。

具有傣族文化特色的缅寺及佛塔透着习习的佛光。缅寺的建筑，无论大小，当地黎民都投入了最高限度的经济能力来表达他们的虔诚。宣慰街的大缅寺和其所辖的二级缅寺，气势宏伟、殿宇轩昂，佛塔的光芒闪耀着傣族文化的辉煌。曼占宰全寨草顶竹楼中矗立着瓦木结构的缅寺上飘扬着经幡，世代相传，加工修缮、赕佛献财，闪耀着黎民心血的结晶和无限的虔诚。

傣族十分尊重有知识文化的人，但过去没有学校，所以缅寺成为男子受教育学文化的唯一场所。傣族习俗，凡男孩年到八九岁就一律到缅寺当和尚，这被看做是每个家长对儿子应承担的教育义务，认为当和尚可以学到文化（傣文），懂道理。学好了经，有可能当佛爷，提高社会地位。死了也有人念经超度，可以到极乐世界。姑娘不愿嫁给没有当过和尚的男人。儿子不当和尚，父母也会被人看不起，被视为没有知识的野人。所以傣族男人都要当和尚。少数的当三五年后还俗，大多数从小和尚升为大和尚，当到20岁才还俗回家娶妻成家。个别经书学得好又自愿长期当和尚的，到22岁可升为佛爷，继续修造，最后可升为大佛爷。佛爷也可以还俗，如再深造升为“祜巴”——大佛爷后，就需终身居于缅寺不能还俗，同时他也成为地位很高、受人敬重的人。

傣族男子一般从八九岁到二十来岁，在缅寺受十一二年的宗教文化教育，但真正学到一些傣文的只占和尚中的20%左右，要以傣族人口比较，比例就更小了。傣族妇女却是100%的文盲，缅寺是把妇女排斥在外的。学习成绩好的人，成为傣族中的知识分子或宗教骨干，他们还俗后会充任着村寨的或头人的文书、卜卦师，他们抄写经文，编写民歌唱词、故事或担任“赞哈”（歌手），传抄记录民族历史、天文、医药古籍等，传承着傣族文化。

傣族尊重有知识文化的人，还体现在称呼上。和尚还俗后，依其在缅寺时的地位而改称原有的名字，在缅寺当过佛爷还俗的称“康朗”，意为有知识者，这些人大都能写会读傣文，有的还会推算傣历。“康朗厅”是高级知识分子，只有当过祜巴的才能获此称呼。戒律规定祜巴是不能还俗的，后来戒律松弛，也有还俗的了。

缅寺（摄影 车文龙）

缅寺为傣族受教育的唯一场所的状况已在20世纪50年代有了根本的变化，人民政府在傣族地区建立了正规学校，进行双语教学，动员傣族的男女青少年到学校读书。就以曼占宰来说，缅寺中十多个和尚除了佛爷和年岁较大的和尚外，小和尚们白天到戛洒小学上学，晚上住缅寺向佛爷学傣文念经。寨里的小女孩们也有不少人去学校读书了。

傣族“赕佛”十分虔诚笃敬。他们把“赕佛”视为赎罪、修来世、为来世修德而达以自我解脱升入天堂、为子孙后代积福的重要行为，所以许多人不惜倾其所有，把自己最心爱的财物送去缅寺赕佛上布施。傣族赕佛频繁，有名目需要赕佛的大小节日就有二十多次，另外百姓自己为孩子生日、给老人增寿念经、结婚、建房、祈福免灾、悼念亡灵、小孩子当和尚等都会去赕佛。一年中必做的大赕有 7 次，每次各户都得出钱、出粮、出物，表面赕佛无老少、无大小，富的多赕，杀猪宰牛，承盖或修理缅寺；穷的少赕，杀只鸡、送点糯米饭团就可，但实际上是一种摊派的负担，这种负担，占每户年总收入的 10% ~15%。赕佛使缅寺保持着经常不断的经济来源，如“赕坦”意是布施经书，每家要布施 1 ~3 本经书，每本折钱 3 元左右，将钱交佛寺由和尚抄写经书，钱作为他们的收入；还有“赕帕”，即各户要赕布给和尚做袈裟，每对夫妻出黄布两攀（合一丈）。不管是哪种赕佛活动都要给缅寺送财物。南传上座部佛教对傣族生老病死的各个历程有着极其重要的影响，在生产生活中都离不开和尚佛爷的参与。

西双版纳傣族地区的另一个重要特色是佛教与原始多神崇拜的共存。佛和神鬼共处，在一些百姓的心目中很难分清佛和神的区别。傣族除到缅寺敬佛赕佛外，祭拜鬼神也在生活中占着十分重要的地位。他们认为“勐”有部落神，村寨有寨神，家有家神，万物有神，山神、森林神、天神、地神、东西南北四方神……鬼神无处不在。因此，他们重视并祭鬼神祈求得福。诸如生老病死、结婚、出行、渔猎、耕种、收获以及水利活动等都要进行祭神。如新迁入寨的外来户或结婚上门入赘的女婿，必须用蜡条、鸡、酒等物品祭寨神，向寨神“登记”入户，祈求保佑平安，生活幸福。如迁出村寨要祭家神，由家长祷祝，向家神禀告迁出的原因，迁往的地点，算是注销户口吧。迁至新居后，又要安家神祭献。出门远行、外出经商、求学、访友均需拜祭家神，行“拴线礼”，认为这样可以安魂魄，远行顺利，不会遇到土匪和野兽，无病无灾，旅途平安。栽种前和收获时各寨也要进行祭寨神活动，祈求风调雨顺，五谷丰收，人畜兴旺。景洪坝有完整的灌溉系统，并有享受薪俸的管水员，每年栽种前都要由各村寨出劳力来修理疏通水沟，完工后用猪、鸡、蜡条、酒、槟榔等祭拜水神，祈求水神让水流畅通，禾苗茂盛，庄稼丰收。祭谷神，一是在开犁播种前，一是收割庄稼时进行，由家长在田边设一祭献谷神的祭台，献四对蜡条、槟榔、糯米饭团等进行祭拜。第一次是祈求丰收，后一次是感谢谷神的保佑获得了丰收。到鱼塘捕鱼要敬水神，认为这样鱼才会繁殖得多，才不会顺水流走，人到深水处也不会溺水。上山狩猎、伐木要祭山神、猎神，认为只有祭献神灵，才能获取更多的猎物，不会受到野兽的伤害，能砍到好木头。

百姓相信鬼的存在，每村寨都有驱鬼的“波莫”，大多数有“养鬼田”，相信“琵琶鬼”能附在人身上害别人。如新房盖好后就有人死了便要把新房拆了并送鬼；野兽伤害牲畜也认为是鬼在作祟；人生病、生疮都认为是鬼在作怪，要送鬼驱邪。

这就是由佛、神、鬼共同主宰支配着一切的淳朴而又自然的黎民。

西双版纳傣族的节日都与宗教分不开，主要节日有泼水节、关门节、开门节。

泼水节（摄影 车文龙）

泼水节在傣历六月，即公历4月，是傣族的新年，是这里最大最隆重的节日。传说古时有个恶魔占了这个地方，残害傣族人民，有7位善良勇敢的傣族姑娘为民除害，与魔鬼拼杀，遭魔火烧身，老百姓都来泼水相救。为了纪念为民除害的女英雄，每到新年，人们便相互泼水祝福，祈求免灾避邪，平安幸福。新年前家家都挑水到寺里，由佛爷给佛像滴水“沐浴”，又称浴佛。家家户户要把桌椅器皿洗得一尘不染，人人都要从头到脚洗得干干净净。新年的早晨，各家抬着祭品到缅寺赕佛，祈求佛祖保佑全家平安发达，为家中已去世的人滴水祈求佛祖早日超度他们转世过好日子，同时献给去世的人一份供品，祝愿他们也快乐地度过泼水节。白天，全寨男女老幼都提着水来到寨中，互相泼水祝福，被泼得越透越好，认为可消灾除祸。青年们敲着芒锣和象脚鼓，翩翩起舞，尽情欢乐。还要放高升、划龙船。传说有3个弟兄，一个住天上，一个住地上，一个住海里。住在地上的兄弟以放高升和划龙船来与天上和海里的兄弟共庆新年。泼水节也是傣族男女青年寻找伴侣，谈情说爱的好时机。他们举行“丢包”活动，借以表达爱慕之情。

关门节是在傣历九月十五日到十二月十五日，这3个月正值雨季，播种栽插已完，农民没有中耕薅锄的习惯，庄稼种下就等待成熟收割。收割时节还未到，属于农闲时间。这时佛爷停止外出，只在缅寺里做佛事活动。这期间也是群众赕佛拜佛最频繁的时间，每7天赕佛一次，禁止青年男女在关门节期间谈情说爱，全村寨的人都沐浴在佛的光环下。

开门节约在傣历十二月十五日，这时雨季已基本过去，稻谷已成熟，过了节后就要开镰收割了。农民到缅寺赕佛敬佛，感谢佛祖赐予丰收幸福。

人体艺术——文身

在村寨、在集市，无论在何处，傣族成年男子无一不文身。傣族男子在身体的所有部位都有数量不同、图案各异的文身。这又是这里特有的艺术景观。傣族妇女也有文身的，但大多只在手腕上有小量的花纹。

文身的由来有各种说法。一说傣族的祖先是龙，世世代代都是龙变的，因此，傣族人大多居住在水边，把两条腿纹上龙鳞的花纹纪念祖先；一说文身的人死后可进天堂，转生来世可成为富贵显达的人；一说文身是傣族的标志，不文身的人背叛祖先、背叛民族，死后祖先不会相认，会转化为禽兽；一说文身是土司定下的规矩，不文身会受到土司的惩罚。

文身的图案繁多，有佛、佛经、咒语、符录、云纹、人形、禽鸟、昆虫、爬行动物、植物、各种工具等七八十种文图。文身有专职的文身匠人，多是当过佛爷还俗的康朗。文身者可按自己的心意，挑选出一些图案请匠人给他文身。文身者以吉祥、发财、避邪去灾、聪明、长寿、勇敢等为愿望，认为文上相应的图案就能达成愿望。相信文上虎豹纹会像虎豹一样勇敢；文上符录咒语的可以刀枪不入。文身是傣族对佛的笃信以及多神崇拜的混合体在身体上的表现。

在傣族社会的传统观念里，认为文身是男子汉勇敢有本事的表现，不文身的人是胆小鬼，没有能耐的懦夫，不能算男人。傣族妇女一不嫁没有当过和尚的男人，二不嫁没有文身的男人，不文身的男人在社会上受到歧视而有巨大的压力。这里的审美观是男人越黑（指文满全身）越好看，越英勇威武。文全身的傣族男人格外自豪，会很得意地在人前显示他的全身文样。若文有红、紫、黑等颜色的更是成为人人羡慕钦佩的人物。男人文身的花样和文的多少也是姑娘挑选情人的条件之一。在民族间存在隔阂的旧社会，文身的傣族男人在傣族地区就可以畅行无阻，有困难还可以得到帮助。

傣族男子文身的年龄大多在 20～30 岁之间，也有从 10 多岁开始文身的。50 岁左右文身的人是为了增寿。文身有局部文和全身文，局部文只在两臂及手腕、小腿等处文一些如经文、咒语、生辰、名字等简单纹样；全身文遍及全身，头、颈、肩、胸、肋、腰、背、臀、小腹、大腿、膝盖、小腿、足、手臂、腕、手等部位。如头部有文头顶、额、太阳穴、眉间、耳朵前后、嘴唇，甚至还有文舌头的。他们认为在舌头上文上字母就能口才好，说话悦耳；在头顶上文经文和咒语就能刀枪不入，炮轰不进。

有一个老人，是全身文，耳及背部文了 1000 个巴利语经文，象征着经文像披上盔甲一样，能刀枪不入，认为一定要文1000个，999个都不行，少1个就没有效了；左右两肩文了雌雄两性的大神王“腊虎”，表示能像老虎一样勇猛；左右胸文了父母，表示孝敬父母；腰、臀、大腿、膝盖文的是龙纹，这是傣族的标记。另一个文全身的老人，头上文有猫头鹰，认为它能在黑夜看清四周，晚上行路安全，不怕任何野兽；背部文有佛祖释迦牟尼和佛塔；胸部文有经文，表示佛祖保佑，驱鬼避邪，刀枪不入；腿及臀部文有龙纹，鱼鳞纹及水蛇纹。

傣族文身花样繁多，有文孔雀、凤凰、猴子、牛羊、佛寺等不胜枚举。傣族男子身上成了五彩缤纷的艺术宫。

文身的做法是先在文者身上抹上颜料，然后用铜针或刀在身上刺刻出血。让颜色渗入皮肤永远留下文痕。刺刻时，用鸦片烟或一些草药当麻醉剂使其减少疼痛，但麻醉效果差，所以，文身时疼痛难熬。有强忍痛而咬碎舌头的；有的无法忍受疼痛而中途停止文身的；有昏过去的。文完后会发炎发烧，也有个别的炎症过重或服食鸦片烟过量而致丧生的。这就是在社会习俗的影响下，一种甘心情愿去接受的“痛苦”艺术，或是一种“残酷”的人体艺术。

以黑为美——染齿

在西双版纳，常常可以看到满口黑牙的老年人和年轻人。有的年轻姑娘长得十分漂亮，笑起来却露出满口黑牙。在其他地方会认为黑牙是美中不足之处，但这里却认为是最完美的。以黑牙为美，要白牙变成黑牙有两种方法：一是染齿。它是用树木烧后熏出的黑烟灰加上能使黑烟灰固附于牙齿上的配料来染齿。十五六岁的青年男女会在谈情说爱时利用这个机会互相染牙。二是嚼槟榔。将槟榔配上石灰、草烟及西耶水等材料捣碎后慢慢嚼食，常食牙齿就会变黑。槟榔有杀虫、治疟疾、防痢疾、固齿和助消化的多种作用，所以生活在热带的傣族普遍习惯嚼食槟榔。世代相传，久而久之，形成了以黑齿为美的审美观。青年男女谈情说爱时带上槟榔边谈边嚼；老年人相聚一起，边聊天边加工槟榔，加工好后放在一个小竹包里慢慢食用。槟榔有苦、辣、涩味，但这里的特殊气候，使它成为傣族人普遍的嗜好。有的老年人，虽然满脸皱纹，但是仍有满口坚固的黑牙。槟榔也成了傣族平常相互赠送的礼物。傣族人将槟榔破成四瓣，用线穿成串，定亲、结婚或亲友间的人情交往都要送几串槟榔。过去给土司送礼时也规定了送槟榔的串数。可见槟榔在傣族人生活中的重要地位，也可想见以黑牙为美的审美观的形成，还有健牙防病的因素。

西双版纳是美丽的，西双版纳是富饶的，西双版纳是神奇的，傣族悠久灿烂的文化古朴而又多姿多彩，它给我终身难忘的记忆和深深的怀念。离开西双版纳已有40多年，40多年过去了，西双版纳的方方面面发生了很大的变化。如画的锦绣河山更加绚丽，丰富古老的文化仍然熠熠生辉，它是中国民族大家庭中的一颗璀璨明珠。如今，傣族人民正以极大的热情奋发努力，开发建设美好的家园，更好地保护和发扬傣族悠久灿烂的文化；使美丽富饶的西双版纳在新的历史时期更加辉煌。我已年近八旬，已经没有机会再睹西双版纳日新月异的风采，只有深深的祝福，祝愿它更加繁荣富裕！

丽江的藏传佛教及其寺院

重游文峰寺

1998年春，我回丽江过春节。那是我离开家乡40多年第一次回丽江过春节，使我体味到浓浓的乡情和亲情。除了访亲问友、拜年拜祖墓外，也拜访了我的母校——丽江中学；重游了指云寺、文峰寺、玉峰寺。

文峰寺在大研古城西南，距古城8公里的文笔山的半山腰上。主峰文笔峰海拔3465米，是丽江坝的第二高峰。

文笔峰面朝象山、狮子山、龟山、蛇山，其西北10多公里处有玉龙雪山矗立，正东有震青山。文笔峰似一支大笔尖，刺向青天。丽江诗人李洋的诗《文笔峰》云：“谁将健笔插孤峰，高出尘埃数万重。洒落烟霞红日边，珍藏翰墨白云封。长空夜静描银河，雪岭朝寒写玉龙。应有文章通宇宙，人间何处证奇踪?”盛赞了文笔峰之俊秀和奇丽，如一支大笔在宇宙间挥洒壮丽。

文笔山森林茂密，在奇秀的岩石下涌出涓涓的清泉，形成溪水流下山去，融入山脚涌出的泉水，汇成一个大水池，叫文笔海。文笔海碧波如镜、神奇恬静。文笔山脚有一村叫“木北村”，故文峰寺纳西话又叫“木北美喇嘛阁”。在文笔海旁边有一座汉传佛教寺庙，叫正觉寺，它建于1936年，是丽江香火最盛的寺庙之一。丽江是藏传佛教和汉传佛教的交汇点。藏传佛教到丽江后就未向南传播，而汉传佛教也传到丽江后再未向北传播。文笔山半山腰有藏传佛教寺庙，山脚有汉传佛教寺庙，正是这种多元文化和谐相依的完美体现。

文峰寺（摄影 车文龙）

文笔峰时而瑞云缭绕，时而晴空万里，丽江坝风雨星云的变化，阴晴天气的征兆都反映在文笔峰上，老百姓以文笔峰有无云彩、云层的厚薄浓淡来判断天气的阴晴，雨量的大小，它成了这里的“气候预报站”。文笔峰又成为丽江文化发达、人才昌盛的象征，人们认为丽江沾有文笔峰、玉龙雪山的灵气而兴旺发达。文峰寺在文笔山的怀抱中，在文笔峰的庇护下，风景秀丽、树木参天、空气清新、环境幽静。甘甜清冽的泉水更增添了这里佛教清净世界的纯真。在我上中学时，学校曾多次组织学生来这里远足，给我留下很深刻的印象。

那天是农历正月初六，弟妹们的寒假也快结束了，乘他们放假期间同游文峰寺，这是十分惬意的事。

我们是乘坐汽车去的，与我小时候走着去的已大不相同。交通工具有如此大的变化，是50多年前未曾想到过的。那时丽江还未通公路，老百姓还不知道汽车为何物。当时最好的交通工具是骡马，生活富裕的可以骑马，其余就只有靠双脚了。从古城到文笔山脚的这段路是柏油路，路况非常好。路旁的村落点缀着绽开的梅花和玉兰花，阵阵清香随风飘拂；农田中的麦苗、蚕豆、豌豆已一片葱绿，在早晨的阳光下折射出暖洋洋的春意。四周山上云蒸霞蔚，浓密墨绿的山林中还夹杂着片片的枫叶，似是与冬天的告别，又似对春天的致意。随风轻摇的翠柏青松，挺拔而轩昂。

从山脚到文峰寺的山路是走拖拉机的土路，比较难走，住在半山腰的村民就靠这条路与外面交往。在不长的一段路中遇到7辆手扶拖拉机，都是村民拉农产品到外面去销售的，有土豆、粮食、木柴以及一些水果。过去农民全靠人背马驮的运输状况已有很大的改变。山路坑坑洼洼，狭窄，尘土飞扬，有的路段我们只好下车步行，小孩们从小路步行上山也比车子到得快，可想见路之难走了。回忆1980年我们从青藏公路进入西藏，从通天河到唐古拉山口的一段路，比这难走得多，路之坑洼颠簸，其厉害有如五脏颠裂之感。上文峰寺的车路虽难走一些，但与那时的青藏公路相比，又是小巫见大巫了。

文峰寺到了，从这里看寺背后的文笔峰，已觉低了些，减少了一些巍峨高峻的雄姿；北看马鞍山，视线可以平望过去；再北望玉龙雪山，春雪的银装素裹，更是把雪山装点得似玉峰擎天，傲然矗立。蔚蓝色的天是如此的纯净，连一丝丝的云彩都没有，蓝如碧玉的苍穹映衬着纯洁莹净的雪山。视野旷达，使人心胸开阔，心情舒畅，忘却一切世间的烦扰。四周空气清新，除有山鸟的鸣唱和轻轻的林涛声外，周围一片静寂。寺里除我们十来个人外，没有其他游客，甚至也没有香客，一片安静祥和，有一种古朴典雅、凝重而超凡脱俗的意境。寺后是一片原始森林，有栗树、杉树、松树以及一些不知名的古树，树干粗大挺拔。粗的需四人合抱，树高约十来丈。树间铺满了层层叠叠的森林植被，争奇斗妍的野花灿烂夺目，散发出阵阵的清香。在寺旁岩石下有多处泉水涌出，泉水潺潺，清澈纯净。泉旁有一大片树林，多是青冈树，从它苍劲挺拔、粗壮高大来看，树龄应有几百年。再远些的山林多是 10～20 年生的松树林，当是人工栽植的。但见满山葱茏叠翠、郁郁葱葱。

文峰寺有山门、二门、前殿、大殿。山门前有一棵大银杏树，树干粗壮苍老，应有几百年的树龄了；两旁各有两棵柏树，树高十来丈，粗约可两人合抱，树龄也应有几百年了。山门上有“文峰寺”三个大字，据说是由佛教协会主席赵朴初先生题写，门两旁排列着红、白、蓝、绿等多彩的藏文经幡，体现出这是藏传佛教的寺院。二门题有“清凉毓秀”四个字。进院有一株合欢树，甚为繁茂；有一株梅树正在开花，清香四溢；还有几十个放置花盆的石墩，错落有致地放置在院子里。大殿里是一座三层的丽江式的寺庙建筑，砖瓦尚新，是新翻修的，上有“古佛地”的匾额，大殿墙上挂有丽江县政府“重点文物保护单位”的牌子。院内有不少名贵花木，但疏于管理，已无昔日之繁盛。过去曾荫庇着大殿的天井里的十多棵十里香和大茶花树，现已无踪迹。

过去文峰寺有一静坐堂，又称极乐庵。据丽江县志记载：“极乐庵在文峰寺后，有一石洞，可容数十人，道光年间修建。后由富商李悦捐资，在石洞前建两层楼四合院，楼下共辟了二十三个房间，供滇西藏传佛教噶举派十三大寺格隆等级的喇嘛静坐修行。”石洞俗称“灵洞”，又称“静坐堂”，纳西话叫“洞可”，喇嘛在灵洞静修叫“洞住”。丽江诗人桑映斗

（1782—1842 年）曾做诗记载此事，《妻兄为僧，名嘉初，坐禅于文峰灵洞写此以记其事》二首：其一，“不许窥墙隔几年，记曾别我赴寒烟。避人老鹤解回首，满地青松将及肩。案上楞严成久置，座中休戚自随缘。樊笼一眺增惆怅，崭绝藤萝峭入天。”其二，“猛虎早来饮涧泉，修蛇午睡竹藤边。三年未见来尘世，一锡如今挂碧巅。落日松杉发静响，有时钟磬出寒烟。可知险绝是闲绝，自愧青云白昼眠。”诗后注明：“丽江文峰寺的灵洞，被称为‘南洲第一灵洞’，是十三大寺喇嘛僧分期坐禅之处。大静坐堂，有大院落，每僧各住一间小房，房内置一方形坐榻，榻内只可盘腿而坐，四面拦以木板，不能睡下。每期入院时间为三年三月三日三时。在三年内，静坐堂只有一个事务僧可以进入，余绝不能。起禅日，欢迎俗人参观。作者凭自己的见闻和想象，写诗以记其事。”诗人生于乾隆四十七年（1782 年），卒于道光二十二年（1842 年），而灵洞修建于道光年间（1821—1850 年），距今不到 200 年，可见当时静坐堂之清净荒僻，坐禅之人与世隔绝，其坐禅十分清苦。

据我 98 岁的母亲记忆，当她十八九岁时曾随其伯母及邻居多人去静坐堂参观：坐禅喇嘛所住的地方有一窗口，高一尺多，宽二尺多。坐禅者不能出来，有亲属来送东西，只能从窗口把东西送进去，彼此可以简短交流，多是相互劝勉的话。

据曾做过喇嘛的喜饶朗达介绍：静坐堂（灵洞）是滇西北白教（藏传

佛教噶举派）十三座喇嘛寺的喇嘛坐禅修法的地方，主修白教密宗之法。去静坐堂的喇嘛先要到四川德格、巴塘等地的白教寺院受戒，受过戒的僧人才能成为真正的喇嘛，寺里会多给一些口粮，也才有资格去静坐堂坐禅修法。静坐堂只有 23 间房，每次只能安排 23 个喇嘛去坐禅。因此，十三大寺要分配名额，各寺按分配的名额送喇嘛去静坐堂修法。喇嘛进住后便闭关，锁上大门不能出去，三年坐禅期间与外界隔绝。坐禅时有精通白教大法的喇嘛教师专门讲授如何坐禅，如何念经以及做法事的程序，甚至烧香磕头的姿势，乐器的演奏等。在坐禅结束前还要传授密宗大法并进行考核。完成了三年坐禅修法的喇嘛叫“督巴”，只有称为“督巴”的喇嘛才能在做法事时掌堂。而那些虽经念得不错，也熟悉做法事的各种程序，但没有取得“督巴”资格的喇嘛就不能掌堂。分配给各寺的名额如果用不了，通常由文峰寺的喇嘛补缺，因此文峰寺的“督巴”比较多。现在静坐堂因年深日久无僧人坐禅修行，已腐朽破败。

我们从家里带来炊具及食物，来这里野炊。用火锅炖了排骨煮上山药及小白菜、茼蒿、薄荷、豆腐等，大家吃得甚欢。

上午这里的天气晴空万里，阳光灿烂。到下午一点多，山上飘落下雪珠，而坝子里仍是阳光明媚，真是一边下雪一边晴了。

摘录丽江诗人杨菊生老先生（1864—1936 年）的诗来作结束吧。

重到文峰

郡城西南二十里，文笔高峰特地起。

中有古寺最清幽，课读一年曾住此。

有时独坐前岗望，四面云山归眼底。

狮象龟蛇互起伏，皎皎玉龙独高峙。

屏列眉横纷无数，隔江隐隐尚可指。

置身恍如青云上，御风便于拟仙子。

哪知山上复有山，千寻百丈相逦迤。

静室坡头石洞开，峰尖更于天际倚。

始悟进境无终极，有余难将不足比。

闻声还多在上人，听取樵歌犹彻耳。

终次乘兴一登临，笔底烟云任驱使。

回忆指云寺

指云寺距余乐村三四里路，是离我村最近又最大的藏传佛教寺庙，所以我有机会多次去指云寺。当我第一次看到巍峨庄严的佛寺，看到金光闪闪的群佛塑像时，给我幼小的心灵留下了十分神圣和崇敬的记忆。

我去指云寺，大概是在七八岁以后：一是在村小学上学时由老师带去春游、秋游；一是在家人带去海北均良、南尧等村去探亲访友时路经指云寺进去参观；一是指云寺在腊月底举办跳神（巴蹉）会时去看热闹。

指云寺（摄影 车文龙）

指云寺在拉市坝西、拉市海西南角的秣度山麓，寺背后的秣度山只是一座不算高峻的平缓的山，但它西南连着高峻的铁甲山，东北连着巍峨的玉龙雪山，东南望着金字塔似的文笔峰；寺北面有清澈如镜的拉市海，面对阡陌纵横生机盎然的拉市坝，指云寺的地理位置是祥云环绕的神佛宝地。指云寺属藏传佛教噶举派的寺院。据说，丽江境内的八大喇嘛寺由指云寺的活佛管辖着，同时还管辖维西的寿国、达摩等 4 个寺和贡山普化寺等噶举派的共 13 个大寺。常有藏区来的信徒到该寺朝拜。

指云寺除大殿主寺外还有公房和供喇嘛住的僧房，兴盛时有喇嘛近百。僧房围绕在主寺的背后，呈扇形分布。远看像个居住密集的村庄，近看是庄严静穆的禅林佛地。各僧户房前屋后大都种植着梨树和桃树，春天花开，雪白的梨花夹杂着粉红的桃花，似五彩祥云飘忽。

主寺的山门前有两棵粗壮高大的银杏树，树木婆娑多姿，可能树与寺都是同龄诞生之物。寺院为一进两院，从山门沿台阶而上，有牌楼式的门楼，高二层，阔三间，中间为进入正殿院内的门。进入院内，正面为大殿，两边有厢房，大殿呈长方形，殿堂宽敞幽深，严肃宁静，殿宇巍峨，气势雄伟。大殿金碧辉煌，飞檐画栋，殿顶上金光闪闪的宝顶和飞檐角上被风吹动不断发出丁零当啷的风铃声，加上悠扬的钟鼓声，加深了宝禅佛地的神圣气氛。殿内的壁画、雕饰均为藏传佛教的特色，有唐卡、经幡。大殿的主体结构为三层楼，从一层到三层，中空一望到顶的格局。这是我所见过的藏传佛教寺院中独具特色的形式之一。从一层抬头上望，能看到顶层精美的雕饰，视野高远，使人有腾越高飞之感，心情顿觉舒畅。一楼的释迦牟尼及其他诸佛的塑像，金光闪烁，佛光闪耀，使人心静从善，“阿弥陀佛”由心而生。一楼旁有楼梯可上到二、三楼。前檐两端有门楼通四周游廊。院内种植着许多奇树名花，其中胭脂梅、云南樱花都是名贵品种，特别是岩桑树，据说是从西域引进的珍稀植物，树龄已有260多年。院内错落有致、布局合理的花坛和放置盆景的石墩上布置的花盆景物也十分可爱。

在我上小学时，有一次老师带我们去指云寺秋游。在正殿院内的厢房里，有十多个从十一二岁到十五六岁的小喇嘛在念藏文字母。他们席地盘腿而坐，腿上放着一块长一尺半，宽七八寸的木板，上放藏文纸页，都在认真地念诵。旁有一年纪较大的喇嘛，手里拿着竹棍，来回走动指点教导。

丽江藏传佛教寺院喇嘛的日常生活是以僧户为单位各自安排的。那次我还去了一个僧户家。指云寺的僧户，家家有花，院院清幽，确是静修的清净之地。我到的僧户，户主叫高玛米品。高玛米品是藏名，指云寺的喇嘛大多数是当地的纳西族，但他在藏传佛教寺院当喇嘛，所以都取藏族名字。高玛米品是丽江束河人，40多岁，他是我爷爷表弟的儿子，也是我老师的表弟。他已受过戒，成为正式喇嘛，所以他的师父将僧户的家务交给他管理，高玛米品就成为这个僧户的当家人。这个僧户共有4人，都是纳西族。上有阿老嘛（喇嘛爷爷），60多岁，是高玛米品的师父。其实他们在当喇嘛前就是叔侄关系，是已当了喇嘛的叔叔将侄儿收做了徒弟，高玛米品称他为阿叔嘛（喇嘛叔叔）。高玛米品招收了两个徒弟，一个十三四岁，一个十六七岁。这俩徒弟称高玛米品为阿叔嘛，称高玛的师父为阿老嘛，这两个徒弟之间以师兄弟相称，这个僧户就构成了祖叔孙三代的僧人关系。当家的徒弟有义务赡养师父并为之养老送终，还要教育管理好自己的徒弟，有责任管理好这个僧户的吃穿花销及与外界的交往。

指云寺的喇嘛不从事体力劳动，但寺里有寺产土地出租，每年有地租收入。僧人的生活，每年由寺里按人供应一石八斗的口粮（每石大米约合450斤），除此以外的开支用度由当家僧人高玛米品来筹措安排。高玛米品一家住的是由寺院提供的僧房，僧房都是瓦木结构，其建筑格局与当地民居不同的是没有楼房，只有平房。这是一座四合院，院子整理得十分雅致秀丽，天井四周都种有花木，北房是个经堂，挂有佛像、唐卡。经堂前面种了两株香橼树，盘成了花墙，还结了两个大香橼。其中一个被同学杨尚强偷摘，老师知道后十分生气，找了块木板代替戒尺狠狠地打他的手心作为惩罚，这件事至今仍记忆犹新。天井里还种了丽江常见的海棠、牡丹、兰花、桂花、梅花、十里香等花卉，十分整洁舒适。在东房外接出来两间圈房养猪、骡子以解决肉食及交通运输。房后有一个菜园，房四周种了很多梨树，收获的菜果除自己食用外也出售一些贴补家用。喇嘛在家穿着用红布绲边的灰布僧袍和用红布绲边的灰布僧鞋，戴自制的红色僧帽。这与别处的喇嘛有所不同，据说是当时做僧袍的红布价贵且不好买，而灰布用白布一染就行，比较便宜，再绲上红边以示与汉传佛教和尚僧袍的区别，这也算是藏传佛教的纳西特色吧。而做法事时则要穿上红色袈裟戴鸡冠型僧帽。指云寺有这样的僧户 20 多户，当然各僧户的僧人数及生活水平各有不同，这取决于当家僧人的管理能力及僧人的勤惰情况了。

指云寺的十六世仲巴活佛，即俗称的张大喇嘛，他住在大殿外的一座院子里。这座院子紧靠大殿南墙，中间只隔一条通道，大殿院墙有门可经通道进入该院。活佛的侄女张木琪是我同班同学，大概是在 1946 年的冬天，她和她舅舅李寒谷等一些亲友到指云寺仲巴活佛家度假游玩，我和他们一起去，见到了（十六世）仲巴活佛。他那时大概有十五六岁或更小一些，身穿红色袈裟，眉清目秀，高鼻梁，脸色白净，形象姣好，比较瘦弱、文静，不爱说话，见人点头招呼而已。据说，指云寺的大喇嘛、二喇嘛是有专门的地产庄子，所以生活富裕。

据喜饶朗达喇嘛介绍：“指云寺系藏传佛教噶举派的噶玛支系，噶玛巴活佛是该派的最高精神领袖。照说指云寺活佛应是 × × 世噶玛巴活佛，为何又称为 × × 世仲巴活佛呢？噶举派在滇西丽江喇嘛寺院的僧侣，每年有大批要去西藏粗布寺、德格八邦寺受比丘戒。随身要带受戒时所需的食宿费用，因路途遥远艰险，途中常被土匪抢劫甚至被杀害。为避免这种劫难，白教的大宝法王噶玛巴就请世交的红教十四世仲巴活佛曲吉旺秋代镇丽江，负责管理滇西白教十三大寺的宗教事务，包括对这些寺院喇嘛的受戒。仲巴活佛原属宁玛派四川白玉县噶寺的掌寺活佛，从此他坐镇丽江，承担了这项任务。这样，红教的仲巴活佛就成了滇西白教喇嘛寺的最高精神领袖。仲巴活佛到丽江后，并没有对这里的僧侣实行受戒，原因是他认为僧侣要经过极其艰苦困难的磨炼，才能达到受戒的目的，而丽江生活优越，达不到苦行僧的考验，故仍让这里的喇嘛到西藏或德格等地寺院去受戒。十四世仲巴活佛圆寂后，他的灵童转世在木土司家，即十五世仲巴活佛。十五世仲巴活佛圆寂后，十六世仲巴活佛转世在大研镇的张家，世人称他张大喇嘛。”从这件事可以看出白教与红教关系密切，免不了彼此教派传统习俗互相渗透和影响。如丽江喇嘛戴红僧帽是白教的传统习俗呢？还是受红教传统的影响（红教是因喇嘛戴红帽而得名）？局外人无从得知。印度的佛教传到西藏成了藏传佛教，藏传佛教传到丽江又融进了纳西族的风土人情，如以喇嘛爷爷、喇嘛叔叔相称的祖孙三代共居的僧户；红色绲边的灰色僧袍……既然白教请了红教的活佛来管理事务，红教的习俗和制度渗透进来就是很自然和必然的事了。你中有我，我中有你，一切很难分清，也不必去分清，这也符合纳西族对宗教的态度，道教、佛教都一样，道佛不分家，兼容并取，只要能保佑当地老百姓的平安昌顺，人畜兴旺，生活幸福就行了，何必管这教那派的呢？这是多么豁达开朗的胸怀啊。

指云寺最让小孩们开心高兴的一件事是每年腊月举办的跳神会，纳西话叫“巴蹉”。相传农历腊月初八是释迦牟尼的成道日，指云寺常于该日举行法会诵经，并进行跳神。喇嘛们戴上各式各样的面具，在大喇叭的鸣号和鼓点的节奏下跳神，跳神的脚步有点像“东巴蹉”，二者之间不知是巧合，还是互受影响。跳神时，拉市坝村寨甚至外地人都赶来观看，此时也是指云寺最热闹的日子。在杀年猪时，大人们会专门给小孩准备一根小香肠，以便去看“巴蹉”时带着吃。当日，大人们去寺里烧香祈福，年轻人则忙着到指云寺附近的拉市海落水洞边的草坪或松林里谈情说爱，只有半大不小的孩子们是看“巴蹉”的主要观众，他们高兴、欢呼，一直看到收场，大人催着回去还恋恋不舍呢。

丽江的藏传佛教及寺院

丽江的藏传佛教属噶举派，因该派西藏的开派祖师玛尔巴、米拉日巴等常穿白色衣裙，故俗称“白教”，在丽江建有八大寺，即文峰寺、普济寺、福国寺、玉峰寺、指云寺、兴化寺、灵照寺、达来寺。

文峰寺：在丽江大研古城西南8公里的文笔山半山腰。文笔山主峰叫文笔峰，高3465米，是丽江坝除玉龙雪山外的第二高峰，该寺由此而得名。清雍正年间（1723—1735年）有藏僧在此结庐讲经；乾隆四年（1739年），噶举派四宝法王到丽江，动员信士管学宣（当时丽江知府）

捐资兴建文峰寺，次年落成，道光年间（1821—1850年）增建大殿。藏名“桑奥噶泽林”，纳西语叫“木北美喇嘛阁”。该寺有公房五大院，僧房9院，有寺产土地出租，年收租谷320余石（每石约400斤，下同），20世纪40年代末期有僧人60来人。解放前，僧人的生活靠寺里分配的口粮及乡绅的布施。“土改”后，已无租可收，僧人大多数还俗回家种地，有的就业工作。

普济寺：建在大研古城西面的普济山腰，距县城5公里。纳西语叫“普趣瓦喇嘛阁”，清乾隆、嘉庆年间（1736—1820年）建。该寺主殿盖有黄铜瓦，从远处就能看到金碧辉煌的寺院，金光闪烁，似万道佛光在山腰闪耀。据说，这种辉煌来自该寺的圣露活佛。圣露活佛在抗日战争期间，积极宣传抗日，并到南京等地设坛作法，讲爱国经，鼓励抗日，收了林森等高官弟子，募得巨额捐款，回来翻修大殿，将大殿全部换盖黄铜瓦。该寺有公房5大院，僧房9院，僧人多时40来人。在丽江坝、金沙江河谷龙蟠等地有寺产土地出租，年收租谷200余石。

福国寺：建在县城西面偏北的芝山麓，距县城8公里，寺建于明万历年间（1573—1619年），距今400余年，是丽江最早的藏传佛教寺院。据说初建时是丽江木土司的家庙，名安乐寺，同时也是木土司的行宫和别墅。明朝末年，土司木增曾退隐在此，吟诗作赋，过隐士生活。明崇祯年间（1628—1644年）大旅行家、地理学家徐霞客应木增的邀请来丽江时就住在这里。后改为喇嘛寺，藏名“奥米南卓林”，纳西语叫“下脱里喇嘛阁”。清咸丰、同治年间（1851—1874年）被烧毁，光绪年间（1875—1908年）由寺僧及社会各界捐资重建。主要建筑五凤楼，其造型独特，结构严谨，楼层高耸，共为三层。翘角玲珑剔透，错落有致，有24个角，四角望去都有5个翼角，好似5只凤凰展翅欲飞，故名五凤楼。噶举派的噶玛巴活佛在此住持过大法会，曾兴盛一时。最兴旺时僧人曾到180人，收地租1000石。在1950年前，有寺僧83人，收租361石，有公房五大院，僧房18院。

玉峰寺：建在县城西北角玉龙雪山南麓，距县城13公里，建于清康熙年间（1662—1722年），藏名“扎西都品林”。该寺闻名遐迩的是“滇南第一花”万朵茶花树，此树有几百年的树龄，树干粗大，树冠如一座花棚，每年春末，满树的山茶花争奇斗妍，鲜艳灿烂的花朵能有万余朵。

指云寺：建在县城西面拉市坝秣度山麓，在拉市海西南角，距县城15公里，清雍正五年（1727年）由知府元展成及富商捐资兴建。相传四宝法王路过拉市坝，指着西山一片彩云说：那里的落水洞中有摩迦陀祖师的足迹，应在那里建一座寺院。寺建成后取名指云寺，藏名“恩堆沛措林”，纳西语叫“拉市美喇嘛阁”。后毁于兵燹，光绪五年（1879年）修复。有公房四大院，僧房22院，最兴盛时有喇嘛90多人，年收地租600石。该寺的主殿为三层中空，从一层到三层的建筑，形式新颖，建房的难度大，也是指云寺独具一格，与其他寺不同的一景。

兴化寺：在县城西北金沙江边的巨甸坝北端山脚，距县城120多公里，是进西藏的茶马古道必经之地，清康熙年间（1662—1722年）建，藏名“梯称达吉林”。该寺北与德钦藏区相连，东与中甸藏区隔江相望，往西到维西县，因而寺僧较多，其中有部分藏族僧人。全寺有三大院公房，39院僧房，1950年前有僧人160多人，有寺田177份、耕牛12头、骡马48匹。寺僧主要靠自己耕种田地为生，这也是该寺僧人众多居8个寺院之首的原因。寺院因年久失修，现已毁坏。

灵照寺：在县城西北的鲁甸坝北端，距县城145公里，藏名“扎什葛钦林”，于清乾隆九年（1744年）建。1950年前有喇嘛24人，公房3院，僧房13院。现在寺院已毁坏。

达来寺：在县城西北塔城罗固村，建于清代。有大殿1院，僧房21所，土地50亩，骡马33匹，1950年前有喇嘛77人。现在寺院已毁坏。

丽江喇嘛寺的分布特点是：都建在风景优美，水源充足的山腰或山麓，离村寨不太远，既避开了尘世的喧嚣，能安静地坐禅修行，同时又能方便安排生活的地方。从地理位置看，都分布在毗邻或通往藏区的方向：一是上述前5个寺分布在丽江两个大坝子的西北面，与丽江县城的直线距离是5~15公里。寺与寺之间的距离也很近，从西南角的文峰寺往北行，经马鞍山到普济寺，再往北到芝山的福国寺，最后到最北边的玉峰寺，全部距离约20公里，在这样短的距离里分布着4座喇嘛寺，这在藏区也并不多见。指云寺是茶马古道起点必经之路。二是后3个寺分布在通往藏区的金沙江河谷区和山谷，兴化寺所在地巨甸是茶马古道的要冲，是与藏区经济贸易的集散地，也是兵家必争的军事要地；灵照寺所在地鲁甸，西出到维西县通往西藏；达来寺所在地塔城与藏族聚居的德钦相连。

丽江喇嘛寺的这种分布，具有重要的政治战略意义以及加强经济贸易和民族间文化交流的目的。这有很深的历史渊源。在唐朝时期，丽江是唐王朝、南诏、吐蕃三大力量的争夺地带，纳西族与这三股势力都是和平共处、友好交往的，在贸易和文化交往上一直很密切，丽江在吐蕃与内地的经济贸易交往中起到了中转的作用。到元、明时期，在朝廷的扶持下，纳西族各部落得到统一，经济文化得到很大的发展。木氏土司加强了统治，势力扩张到巴塘、理塘、木里、维西、中甸、芒康等地，所以信仰并传播藏传佛教，既是与藏区文化交流的结果，也是经济贸易和加强对藏区统治的需要。当时的丽江木氏土司率先信仰藏传佛教，如木增土司（1587—1646年），取藏名“噶玛米庞才旺索南饶登”。他在位期间，曾主持刻印藏文大藏经《甘珠尔》，并资助藏区修建喇嘛寺，深得藏区百姓的信任和称颂，从而也加强了纳西族和藏族之间的友好往来，促进了文化交流。而在丽江大建喇嘛寺是在清朝改土归流的前后时期。据《辞海》格鲁派（黄教）条：“清初，达赖五世、班禅四世击败了敌对势力，顺治九年（1652年）达赖五世赴京朝觐，受清廷册封，取得藏蒙喇嘛教各派总首领的地位，此后格鲁派即成为西藏执政教派。”据《辞海》噶举派（白教）条："噶举派支系甚多，噶玛巴等支系上层，曾先后受元、明两代王朝的敕封，继萨迦派（花教）执掌西藏地区的政权，清代黄教得势，噶举派中仅噶玛、主巴等四支系尚保存一定宗教势力。”清顺治六年（1649年）噶举派噶玛系第十世活佛处英多杰因在与黄教的教派斗争中失利，到丽江避难。噶举派明朝时即与丽江土司交往甚密，几百年来在丽江已形成深厚的基础，这为处英多杰在丽江的传教活动提供了有利条件。他在丽江居住了24年，期间他大力进行讲经传教活动，使噶举派在丽江的影响日益增强。噶举派先后在丽江兴建了7座寺院，又将原为汉传佛教的福国寺改成喇嘛寺，并在维西、贡山陆续兴建了5座喇嘛寺，号称滇西北十三大寺，形成噶举派的一片辖区。

丽江地方官员及有钱乡绅的大力捐资支持，也是促使噶举派在丽江形成重要宗教势力的原因。如文峰寺由丽江知府管学宣捐资兴建；指云寺由知府元展成及富商捐资修建；维西叶枝的寿国寺（十三大寺之一）由康普土千总捐资修建。他们除了捐钱外，还捐赠了大批土地作为寺产，有的寺自己也出资买土地，这些土地或出租或自耕自收，用于解决寺僧的生活来源。

丽江坝区的喇嘛寺除有宗教职能外，因其风光秀美环境幽雅，成为文人读书会友、赋诗作画之所。如诗人杨昞（清同治年间人）所写《读书普济寺·夜雨有感》的诗中注曰："读友和东桥、李西屏因事下山，夜雨感赋。”从中可见一斑。

丽江藏传佛教的寺院，僧人学藏文，念藏文经，但僧人除极个别是汉族、藏族外，绝大多数是纳西族，因而寺院建筑、起居生活、相互关系与称谓基本沿袭了纳西人的生活习惯，与藏区的喇嘛寺有明显区别。如藏区喇嘛寺僧人的生活由家里负责供给，寺里只供应少量的口粮，其余的吃穿用主要由家里供应。僧人到规定时间去寺里念经做法事，或出去做法事（在藏区请喇嘛做法事的很多，僧人可以从中得到一些收入贴补家用），另外当地布施比较多，僧人也可以有些收入。总之，藏区的僧人生活来源主要靠自己的家庭，因而生活水平相差很大。而丽江喇嘛寺的僧人生活来源依靠寺里分配的口粮及自己师父的安排筹措，僧人与自己的家庭在经济上很少有关系。丽江的僧人以一僧户为单位居住于寺院的周围，僧房由寺院所建并为寺院的财产，供僧户长期使用。僧房的建筑形式为三坊一照壁或四合院，但都是平房，与当地农户一样可养鸡、猪、牛等畜类。天井里修成一个小花园，种有四季不同的花卉、盆景或橘子、香橼等水果。房前屋后种有桃树、梨树，如指云寺在春暖花开时远望雪白的梨花在僧房的灰瓦间闪烁，十分潇洒脱俗。与农户不同的是僧户设有经堂，用于念经修炼。在每个僧户中由师父、徒弟、徒弟的徒弟三代人组成，一般有2~3个僧人，也有4~5人或只有1人的。僧人间的称呼也沿用纳西族家庭成员的称呼习惯加喇嘛的称谓。师父能招收徒弟的条件是：师父本人要在规定的地方受过戒，已成为正式僧人；有一定的经济能力。招来的徒弟，师父要负责对他的教育培养，承担他日常生活的一切费用以及送徒弟去受戒时的费用。因为寺院每年只发一份规定的口粮，其余一切费用要由师父安排筹措。所以是否招收徒弟，招几个徒弟要由僧户的经济状况决定，富裕的可能招1~2个徒弟，穷困的可能招不起徒弟。师父招徒弟时首先会在自己的亲属中物色，实在没有才到非亲属中招，所以僧户中的僧人大多数在家中就是叔侄或堂爷孙的亲属关系，这样在僧户中即使没有血缘关系也按家庭的关系称呼，只是在称呼后加一个“嘛”字，如“阿叔嘛”等。

我曾祖父（清咸丰年间人）被指云寺认定为该寺的大喇嘛，由于他是独子，不能当喇嘛，就出钱请束河开普村一个亲戚的儿子去当喇嘛。此人在指云寺落户，修行若干年后，就招收他哥哥的儿子做他的徒弟，这个徒弟叫他“阿叔嘛”也就顺理成章，因为他们未出家时本就是叔侄关系，这样师徒关系自然十分融洽。喇嘛间的师徒关系实质上类似俗人的叔侄关系，先是师父照顾教育徒弟，等师父老了，徒弟有赡养师父的义务，要负责师父的生养死葬，师父圆寂，要请寺里念经做法事，师父的家属亲友来吊唁，也要像俗人一样做八大碗招待。招收徒弟后，师父要给寺院送四五元大洋（类似基金），算是报上户口挂上号了，还要给全寺的喇嘛送饵块、酥油茶或糖茶等食品和饮料，僧户自己还要像纳西人办喜事一样宴请亲友，亲友去赴宴时要送贺礼。我母亲小时候就曾去吃过指云寺一位亲戚招徒弟办的酒席，与纳西族办喜事时的酒宴一样。

各个寺院的寺产多寡及经济收入情况不一样，所以发给僧人的口粮也多寡不同。如普济寺、玉峰寺每个僧人各发一石六斗粮食，指云寺发一石八斗，福国寺每个僧人发三石，文峰寺只发一石一斗杂粮（麦子、玉米、豌豆）。每个寺发给一般僧人的口粮数量是一样的，但不同等级的喇嘛另有不同的待遇。在分配布施时，大喇嘛得十分之五，二喇嘛得十分之三，三喇嘛得十分之二。指云寺的大喇嘛和二喇嘛又另有数量不同的地租庄子，供其收租生活。僧人必需的开支，只有自己想办法。由于丽江人请喇嘛做法事的少（因而喇嘛的收入也少），所以有的寺就要在寺院附近开荒种地。如文峰寺开的荒地有几百亩，每个僧户都有四五亩或更多，所以僧户也就因劳动力的强弱和勤惰不等而有贫富之别了。

僧人的家庭在经济上没有供给僧人生活费的义务，但毕竟是自己的儿子，所以也要根据自己家庭的经济能力适当给予帮助，如做件僧袍或开荒种地时家里也来人帮忙干活之类的。但丽江纳西族因家庭贫困送儿子去当喇嘛的为多，所以家里对僧人在经济上的帮助一般是心有余而力不足。如束河开普村我爷爷的表弟和开泰的弟弟在指云寺当喇嘛，和开泰有三个儿子，因只有很少的一点土地，家境贫寒，老大靠做皮匠养家，老三靠榨油作坊为生，老二送到指云寺的叔叔处当喇嘛，一是有叔叔可以照顾，二是可以少个儿子分家产。又如李蔚贤，束河人，1916 年生，弟兄三人，他行二，家无田地。其父亲迁到江边金庄，靠做皮匠为生，42 岁去世，母亲无力养活三个儿子，便把他送到文峰寺当了喇嘛。当时李蔚贤 12 岁，藏名喜饶朗达，他聪明好学，学经很努力。1931 年丽江五大喇嘛寺为培养有一定汉、藏文水平的喇嘛，从各个寺里选拔了有培养前途的 20 多个小喇嘛在大研镇办了一个高小班，生活均由寺里负责。朗达（李蔚贤）被选上，学了 4 年，打下了汉文基础。1941 年，巴塘藏族富商格桑策仁愿意帮助丽江喇嘛在巴塘学经受戒，吃、穿、住及其他一切费用由他支付，共选了 20 多人，朗达也是其中之一。到了巴塘，格桑策仁专门请藏文老师给他们教藏文文法，一共学了 10 年，以后朗达成了高级藏文翻译。

僧人没有受戒就不算正式的喇嘛，只能在寺院里做苦力干重活。所以，凡是僧人只要有可能都要设法去受戒。受戒主要是传承本教派的教义，由知识渊博的喇嘛讲经授法，同时要经受极艰苦的体能磨炼，如在冬天晚上和早晨，在没有任何保暖设备的草棚里脱光上身静坐几个小时，还要练气功、打拳等。从每年的十月练到第二年的三月，连续练 6 年，结束时要进行考试，及格了才能受戒，不及格的还要继续修炼。受戒时不烧顶，给戒名，要记住受戒师的名字。

只要年纪在 20 岁以上的僧人都可以去受戒，有的到四五十岁了还去受戒。受戒者要自带伙食及一切费用，所以有的僧人筹措不到必要费用而无力去受戒。受戒要到德格的八邦寺或西藏的粗布寺，路途遥远，而且常遇土匪抢劫甚至被杀害。如喜饶朗达去受戒时，同去的有 50 来人，带了 70 多匹骡子，驮着口粮及所需的用品及费用，路上遭抢劫三次，有的被杀，有的重伤，朗达被刀砍伤。

受过戒的僧人就成为正式喇嘛，寺里会多给一些口粮，而且有资格去文峰寺静坐堂坐禅修行了。得到“督巴”的称号就可以掌堂做法事了。

乾隆年间吴大勋著《滇南见闻录》载：“丽之夷人，凡有两三子，必令一人为喇嘛。”乾隆《丽江府志略》载：“土人家家供佛，信喇嘛僧。”此种说法是值得探讨的，在乾隆年间丽江有多少人口和户数不得而知，据《光绪丽江府志稿》载，光绪二十年（1894 年）丽江县有 15152 户，我们按五分之一的家庭有 2 ~ 3 个儿子推算，大约应有 3000 户，按吴大勋的说法则丽江的喇嘛至少有 3000 人以上。但事实上是不可能的，其原因一是丽江木土司虽早在明代就信仰藏传佛教，刻印了大藏经《甘珠尔》，也可能送了一些纳西人去藏区当喇嘛，但是在明朝还没有在丽江建喇嘛寺。纳西族重视亲情崇尚祖先崇拜，而藏传佛教只有佛崇拜，这和纳西人的传统观念有很大区别。二是丽江地区大建喇嘛寺是在处英多杰于顺治年间（1644—1661 年）到丽江后才慢慢开始的，这些寺院多是在乾隆年间（1736—1795 年）或以后建立起来的。三是丽江的平民百姓大量接受汉文化及外来文化应是在清雍正年间（1723—1735 年）改土归流以后，由流官大力提倡，甚至以法规来促进（如有子不让去读书者罚其父兄），才逐步由被动接受到自觉接受的。四是丽江喇嘛寺僧人的生活来源是以僧户为单位，其吃住主要由寺院供给，不可能招收其寺院无力承担的大量僧人入寺的。首先是住的僧房，每个寺院都建有一定数量的僧房，这是比较固定的，据1950年的统计，丽江八大喇嘛寺共有公房29院，有僧房137院，以平均每僧户4人计，可容纳548人，与实际统计的喇嘛人数基本相符。

综上所述，“丽之夷人，凡有两三子，必令一人为喇嘛”是不可能的。如余乐村是个200来户人家的村子，在老人记忆里100多年中就没有一户送儿子去当喇嘛的，在杨氏族谱的十多代（200多年）记载中也没有当喇嘛的，就是当和尚（汉传佛教）的也是极少。余乐村在20世纪三四十年代只有两人去当了和尚。所以“土人家家供佛，信喇嘛僧”之说也是不确切的。

据我所知，在余乐村老百姓家中供佛者有之，但并不普遍，而且供的也不是释迦牟尼、观世音等佛。在丽江纳西人中普遍供奉的除祖先外就是灶君神，而且甚为虔诚，每家每户的灶头上都供着灶君，两边贴的对联是“上天奏好事，下地降吉祥”。百姓都相信灶君是将人间的诸事向天神玉皇大帝奏报并替天神降福祸的使者，所以谁也不敢得罪，每天早晚都要对其烧香叩拜，三顿饭都要供献。

注：文内资料主要由喜饶朗达提供，特此表示感谢。另参考了《丽江纳西族自治县县志》。

纳西语——我美丽的母语

纳西语——她似一缕和煦的阳光，使我感到温暖；她似一股清新的春风，使我感到亲切；她似田野里飘扬的花香，沁人心脾，使我感到安定祥和；又似久别重逢的亲友，在慢声细语地抚平我心中的郁闷和乡愁。

我生长在纯纳西族居住的乡村，作为纳西族的成员，生下来听到的第一句话是纳西语；学会说的第一句话是纳西语；听到的各种精彩生动，妙趣无穷的故事是用纳西语讲述的；听到吟唱的纳西民歌和东巴祭祀时也是纳西语。我学唱的第一首民歌是纳西语，我童年时的文化世界就是纳西语的世界。

我到村小学上学时，读的书是汉文，但我不会说汉语，老师是纳西族，他用纳西语讲解课本里汉字的意思，这种双语教学的方法解决了我学汉文的困难，让我认识了汉文，能读诵汉文，并理解课文的意思，但仍然不会说汉语。在我到大研镇上小学五年级时，全班四十多个学生中除有五六个汉族学生外，其余都是纳西族，他们大多也不会说汉语。但汉族学生都会讲一口流利的纳西语，学校的校长和老师也都是纳西族。学校规定在教室内只能讲汉语，如讲了纳西语就要罚款。这难坏了我这个不会讲汉语的学生，而且为此还闹了笑话。

随着学习汉文的深入，我掌握了两种语言——纳西语和汉语。但相形之下，我仍然觉得纳西语是最容易表达我感情和思想的语言，当我用纳西语表达我内心的感受时，词汇是那么丰富和生动，那种语言能立即感染对方而引起共鸣。纳西语的语法和汉语的语法是不同的，纳西语大多是名词在前，动词在后。所以，当我用汉文写作文时，也习惯先用纳西语的思维构思，再翻成汉文，但往往语法颠倒，完全失去了作文内容的生动和精彩。我的作文总没有以汉语为母语的同学写得好，因而常为此苦恼不已。我从小接受的是纳西语，我的思维方式和情感表达都与纳西语息息相关，要我完全转用另一种语言，以那种语言文字的语法和思维方式表达出内心感受很不容易，但经过艰苦和长期努力我终于掌握了它。我进入社会后，仍在纳西族地区工作，充分发挥了会讲纳西语和汉语的优势。在农村纳西族聚居区工作时，我用纳西语跟他们交流，倾听他们的想法和要求，给不会讲纳西语的工作人员当翻译，放电影时给不懂汉语的农民用纳西语做声情并茂的翻译讲解，都获得好评。以后，离开家乡到汉语区工作，没有了说纳西语的语言环境，但是纳西语仍是我精神世界的重要组成部分，是我感情的寄托，我总是念念不忘我美丽的母语——纳西语。

虽然已离开纳西语的语言环境几十年，但我仍能讲一口流利的纳西语。纳西语作为纳西人之间情感交流的纽带，认同感的中介，她也仍然是我与纳西人沟通的重要方式。很多次在陌生的环境里遇见纳西人，用纳西语立即拉近了彼此的距离，使我们“一见如故”。记得有一次在西双版纳遇见一个小战士说汉语时带有纳西腔，我用纳西话一问果然是丽江人，我就像见到了自己的弟弟，除了聊家乡的很多事外，还谆谆地嘱咐他出门在外要照顾好自己，等等；那次我去木里，听说有个纳西人在当地工作，我去登门拜访，虽互不相识，但纳西语却让我们似久别重逢的老友，毫无生疏之感；还有一次，我去西藏日喀则，在那里工作的一个纳西人提着奶茶来看我，纳西语成了沟通的中介，纳西语的问候使第一次谋面的人毫无顾虑地交谈。

纳西语拉近了纳西人之间的感情距离，增强了纳西人的凝聚力，同时也成为消除误解的纽带。有一次，我从大理乘长途汽车返回丽江，全车乘客中没有一个认识的人。虽然我认为去丽江的车上应该有纳西人，但也不知谁是啊，所以我只能用汉语问询一些事情。正在这时，坐在前排的两个青年显然是认识我的，他们低声用纳西语议论我：“后面坐的这一‘条’（纳西语的蔑视称谓）才离开丽江几年就装作汉人了，真不知羞耻。”这真是天大的误会，我是以纳西人为荣的，怎么会去装汉人呢？我就找机会用纳西话跟他们聊天，消除了误会。他们说："对不起，有的纳西人离开丽江后就装作不会说纳西话了；有的就不承认自己是纳西族，改报为汉族了，我们以为你也是这样呢。"这就是历史上遗留的民族歧视的影响，在个别人身上或局部地区有这种民族自卑感是在所难免，不足为奇的。我从未因我是纳西族而自卑，也未因有时难免遇到民族歧视的情况而不说纳西语，我为我能说纳西语而自豪，纳西语是我的一种重要的文化财富。当我离开家乡几十年回到故乡，用流畅的纳西语向乡亲问好并交流时，他们都用赞许的口气说："啊！你离开家乡几十年还能讲纳西语，而且口音都没有变，真是难得啊！"

语言和文字是人在社会生活中交流和沟通的工具，它们单独存在时没有属性，一旦它作为某个民族群体的母语和文字，就承载了这个民族的文化内涵，就具有了这个民族的属性，具有了这个民族的灵魂，所以说，纳西语和东巴文是纳西文化的灵魂，是纳西族特征的具体表现之一。纳西语是文化内涵十分丰富，生动多彩而优美的语言。她作为纳西族的特征之一，作为纳西文化的载体，纳西文化通过她熠熠生辉，通过她更显示出深厚的民族特色和异彩纷呈的民族文化。

源远流长的纳西口传文学，有浓情万种而又使人荡气回肠的各种民歌，如轻快欢乐的《欢乐调》，充满喜庆的《请客调》、《祝婚歌》，诉说苦难、震撼心灵的《苦情调》，庄重严肃的《习俗调》，哀伤的《挽歌》；有神奇而又充满幻想的神话；有生动富有纳西人道德传统观念的传说；有寓意深刻又富有哲理的寓言和充满智慧贴近生活的谚语；有充满童真的童话和儿歌；有妙趣横生的笑话；有睿智的谜语……这一切都通过纳西语在纳西人中流传着，传递着。纳西人用借景抒情、托物言志、寓情于物、象征隐喻的独特手法，将纳西人的社会生活、风土人情，绚丽美好的自然风光、充满特色的乡土气息和浓郁的感情，用纳西语吟唱和讲解出来。这些民间的口传文学，只有用纳西语才能表现出它特有的风采和魅力，才能表现出纳西人特有的浓烈情怀。当纳西民歌手吟唱时，不是开门见山地道出自己要唱的人和事，而是借助外界的一种鲜明的形象，用一个含蓄的比喻、押韵的谐音、比兴的手法，把直叙难以表达的民歌意境渲染烘托出来。常引人浮想联翩，品尝其别具的韵味，领会其弦外之音。这种富有纳西特色的语言艺术，只有纳西语才能表达出来。

东巴文是纳西族独树一帜的优秀文字。它被认为是世界上仅存的“活着的象形文字”，是文字的“活化石”，为解开人类文字发展之谜提供了极为宝贵的研究资料。东巴古籍是用东巴文字记载的典籍，被称为“古代的纳西族百科全书”。2003 年 8 月联合国教科文组织将东巴古籍文献列入世界记忆遗产。以象形文字为特征的东巴文字是纳西语的书面语言，它犹如汉语和汉字的关系，是密不可分的。有了纳西族才有纳西语，有了纳西语才产生了东巴文字。东巴文字的出现使纳西族的口传文学转化为书面文学，使纳西口传文学得以完善和提高，并以文字记载下来，改变了口传文学所具有的随意性和易失性等缺点，使纳西文学有了质的变化。

纳西文学内涵丰富，涉及面广，它记载了纳西社会特色，记载了纳西人在人类历史长河中发挥的巨大作用。它有宏伟壮丽的史诗，包括创世纪的传说、战争的英雄史诗、青年男女相爱及殉情的爱情诗篇；有反映社会习俗及风土人情的，有叙述狩猎、游牧、农耕的生产生活篇；有古老奇幻的神话；还有祝词、歌谣、谚语和讽刺小品，构成了灿烂夺目的纳西文学。而这熠熠生辉的纳西文学是植根于纳西语，用纳西语以东巴文字的形式记载和流传于世的。东巴文字因其独具的艺术魅力，对后代的作家、文学都产生了深远的影响，它对纳西文学有着极其重要的意义。纳西语就像江河的水，纳西文学就像是鱼，鱼因有水而能遨游于江河，江河因有鱼而丰富多彩，这是相依相存的关系。东巴文字和纳西文学没有了纳西语就如同鱼没有水而不能生存了，就如植物没有水、阳光和土地而不能茁壮成长。传统的纳西文化是通过纳西语表达出来的。当纳西歌手或“东巴”用纳西语吟唱民歌或“游悲”（殉情调）、“创世纪”时，使纳西人如痴如醉地感动和震撼。很难想象把这些深刻反映纳西人深情的情歌和深邃哲理的史诗，翻译成别种文字吟唱时还能使纳西人感动和痴狂，还能具有纳西文化特有的魅力？纳西语是纳西族精神世界的表现，纳西语和纳西文化是密不可分的，纳西语是传承纳西文化的载体；纳西语和纳西族的认同意识密不可分；纳西语反映了纳西族的民族秉性和共同心理素质，是纳西族凝聚力的特征之一。纳西传统文化是纳西人的精神之母，是无比珍贵的遗产，它滋养着每个纳西人，使纳西人拥有自豪的民族感。

纳西人对汉文化及其他民族文化的接受和学习，促进了纳西文化的发展。从唐代以来，纳西人就逐渐受到汉文化及其他民族文化的影响，随着历史的进步，社会经济的发展，纳西人与其他民族的文化交流和经济交往日益频繁。元代忽必烈挥鞭渡江，经丽江征大理时，将互不统属的纳西部落统一起来，在丽江纳西族地区设茶罕章管民官，纳西族的首领成了中央王朝官员，使纳西族历史发生了根本的转变；同时有不少汉族文人及工艺匠人来到丽江，对汉文化在纳西族地区的传播起到了积极作用。到明代，纳西族首领木氏土司在明王朝的扶持下大胆开放，更加主动积极地学习和传播先进的汉文化，从中原地区延请了汉族教育、医药、艺术、宗教等方面的人才来丽江，教导土司及其子弟学习汉文化，兴建了佛教的寺庙和道教的观、阁，洞经音乐逐步流传。出现了用汉文字进行创作的木氏土司作家群，他们的诗、词、文被编进清代的《四库全书》和《滇诗丛录》。

清代“改土归流”后，普遍开办私塾、学馆、义学、书院等汉文化教育场所，随着开科取士，纳西族中出现了一批进士、举人、贡生等具有汉文化的人才和一批有汉文诗词传世的文人学士，汉文化在纳西族中广泛传播，读汉文书求汉学之风日盛，儒家文化正统观念随之传入。学习汉文化大大促进了纳西文化的发展和道德观念的转变，形成了纳西文化与汉文化及其他民族文化交融并存共荣的局面。纳西人经过不断的学习、接纳、改造其他民族的文化，使其内容适应纳西民族特征的文化特点，从而出现了更为丰富多彩、别具特色的纳西文化。如洞经音乐演变成了纳西古乐，就是很好的例子。同时，这也为纳西文化走出丽江，走向世界创造了条件。

在社会发展科学进步的过程中，出现了新事物和新词汇，纳西人保护和发展了本民族的优秀文化，同时也吸收了其他民族的优秀文化为己所用。在语言文字上，借用了在科学技术发展的条件下产生的新词汇，如汽车、飞机、电话、手机等，这是纳西语中没有的，只能借用。也淘汰了一些古纳西语而采用汉语，如亲属的称谓。据说在清朝咸丰、同治年间（1851—1874 年）仍然用纳西语称谓，如姐姐称“阿梅”，以后都改为汉语的“阿姐”；又如火钳（纳西语称“明该”）、板凳（纳西语称“没满”）等，也改用了汉语的词汇。形成了在广大民间的交往中使用纳西语，在社会公务活动中使用汉语，或纳西语和汉语并行使用的情况。这是对外交往和社会发展的客观需要。

以大研古城为例：在 20 世纪三四十年代，古城居民纳西人占 90% 以上，居民间交往的语言是纳西语，来丽江谋生的汉族人及其子女也学会并使用纳西语。学生在学校都学汉语，低年级的使用汉语和纳西语的双语教学，即汉文课文用纳西语讲解。高年级的统一使用汉语教学。部分与汉、藏等其他民族进行贸易或长期交往的纳西人也学会讲汉语或藏语。直到五六十年代，大研古城满街讲的都是纳西语，外地来丽江工作的汉族子女也会讲一口流利的纳西语。

“文化大革命”时，把纳西语、纳西文化、东巴文字、纳西服装都列入“四旧”，东巴经书被烧了，纳西民歌不让唱了，民族服装、纳西语被看做是落后的表现，纳西族的一些家庭让小孩只说汉语。纳西文化和纳西语受到极大的冲击和破坏。

随着社会的发展，语言也会随之发展和演变。这是不以人的意志为转移的自然规律，但这种变化是缓慢和自然的，不是人为的。改革开放以来，现代化的浪潮激荡着整个社会，随着市场经济的发展和旅游事业的开展，外来人口大量涌入，随之而来的外来文化不断冲击着纳西语言文化，汉语已成了对外交往的主要工具，纳西语的语言环境被弱化了。据说，大研古城的纳西小孩中已有相当多不会讲纳西母语了。有个旅美的纳西学者惊呼：“五十年后的大研古城，可能再也听不到纳西语了。”这绝不是“杞人忧天”。

纳西语言在广大的农村和山区，仍然是生产生活中的日常用语，但作为世界文化遗产的大研古城及其近郊所使用的纳西母语正在萎缩。年轻人说纳西语也掺杂着大量的汉语词汇，如“凉粉底夸主”（吃一碗凉粉之意），“凉粉”是汉语，纳西语叫“黑唉”，应说“黑唉底夸主”……而今纳西语和汉语掺杂着说已成时髦。

在现代化的环境下，确实有一些词汇是纳西语没有而需要借用汉语或外语词汇的，这是客观形势的需要。但是，如何保护纳西母语和她必要的纯洁度也是十分重要而迫切的问题。

纳西语——我美丽的母语，虽然你承载了熠熠生辉的纳西文化而十分美好，但也出现了阴影。希望纳西人共同珍爱和保护我们的母语——纳西语，让她放射出昔日的光彩。

故乡的狼到哪里去了

拉市坝是仅次于丽江坝的高原坝子，面积约140平方公里，海拔2434米，四周群山环抱。东南有文笔峰耸立，东北有皑皑的玉龙雪山，正东有马鞍山将两山相连而形成马鞍之势，北有蒙古哨山，南有南山，西有铁甲山。这些山的背后还有连绵不断层层叠叠的山，将拉市坝环绕于山峦之中，山上的森林茂密，是各种动物最好的栖息之所。

据我的外曾祖母听她上辈人讲，在很早很早以前，拉市海只是一个水塘而已，在它的周围长满了高大粗壮的树。以后有人开荒种地，把树砍了，池塘四周的水源也慢慢大了，才出现了拉市海。至今，遇到干旱，拉市海水干涸时，还可见到粗大的树桩。在余乐村和丰乐村间的坝子里有一片地名叫“寿子肯”，纳西语意思是“杉树下”，说明这里也曾长着高大茂密的杉树。既然在平坝里都曾生长着一片片的杉树林，当然也是便于各种动物生存的地方了。从地名上看，这里也曾经有虎豹等凶猛的动物存在。如“拉市”这个词，纳西语可翻成“新的老虎”或“老虎死了的地方”。“拉”即“老虎”，“市”是一音二义，即“新”或“死”之意。还有“拉摞坎”意思是“老虎跨越过的河沟”，“拉者满”意为“抓到老虎的地方”。拉者满村在文笔山脚下，从山上下来的老虎在此地被抓到是合理的事。还有拉寒居意为“青虎山”。余乐村阿祖吉房后的一片坡地叫“支抗当”，“支”是豹子，“抗”是射箭，“当”是地方，意为“射豹子的地方”。据说清代咸丰、同治年间（1851—1874 年）时，这里森林茂密，曾有豹子被射死于此。从这些地名可以看出，历史上拉市坝是森林茂密、虎豹出没的地方。近代以来，虎豹早就销声匿迹了。

我的故乡余乐村在拉市坝西的铁甲山脚下，山上森林茂密，长满青翠高大的松树、青冈树、黄栗树以及名目繁多的杂树，连杜鹃树也长有一两丈高，一尺多粗的。春天，满山开着红似火、白如雪、黄的、粉红的杜鹃花及各种争奇斗妍的山花；秋天，在满山郁郁葱葱的翠绿中点缀着鲜红的枫叶和金黄的柞树叶，真是美不胜收。这种天赐的美景不仅是给人类的，也是给万物的。在这深山老林中，熊和豺狼生存其间，享受着天赐的生息繁衍之地。余乐村也有人打死过熊，我的外曾祖父是个武生，武艺甚精，他常在山里下扣子捉禽兽。有一次扣住了一只老熊，扣住时还没有死，还在挣扎着要咬人，他把熊打死，熊肉分给村里人共食了，留了一对熊掌，一直保留下来。我八九岁去外公家时还曾见过这对熊掌放在祖先的牌位旁，大概是外公为了纪念他父亲的勇敢，教育后代也要顽强勇敢吧！

人们总说豺狼、豺狼，我小时以为豺狼是同样的动物，但是听母亲说，豺和狼虽然习性相近，但还是有区别的，豺是群居的，它的个儿比狼小，所以又叫豺狗。豺狗专咬山上放养的牛羊、马等畜类，觅食时总是集体出动。当它咬牛时，先跳上牛背，将牛的肠肚从肛门掏出来，把牛弄死，然后共食牛肉。豺狗遇到几十头的牛群时，有可能把整个牛群的肠肚都掏出来，把牛弄死，所以危害很大。但它们都居于深山，很少到坝子里来，所以很少有人见过它们，这大都是听山里人讲的。也曾听说豺狗群移居，路过余乐村后的山里，所以村里就组织年轻力壮的男子带上刀斧去山里赶跑豺狗，以免村里的牛马受伤害。记得我二叔就去参加过这种活动，回来说根本什么也没见到，估计已走远了。狼比豺高大，不是群居，除在山里觅食外，也常到村里或坝子里觅食。

余乐村附近山里的狼就不少，在山洞里就有不少狼窝，我从小就常听到狼的嚎叫，它的“呜——啊”的嚎声十分凄厉可怕，使人毛骨悚然。有时天刚黑狼就在附近的山上嚎叫了，有时半夜里在村边或进入村子嚎叫；有时是单只狼，有时是两三只互相呼应；有时也可听到几只狼互相撕咬打斗的声音。狼的嚎叫声使村子里的狗焦急的狂吠报警，真是一片凄厉紧张的喧嚣。被警醒的村民会起来检查大门及畜圈门是否关紧，也会在院子里大声吆喝，撵狼，制止狼闯入家里。每当这种时候，我都会吓得用被子蒙住头。第二天可能传来谁家的猪被叼走了，狼差点闯入谁家被赶跑了之类的消息。狼闯入村里的情况有时频繁些，有时少些。余乐村居民的住宅都是独门独院，不论是四合院、三方一照壁，或两房组成的院子，都由围墙和大门封闭成独院，只要关紧大门，狼是进不来的。尤其是居住在村中央的居民的安全系数更大些。另外，居民住宅周围大都是各家的菜园或蔓荠地，他们在地的四周种上荆棘，起到围墙或栅栏的作用，防止牛马猪鸡进入，也能阻止狼等野兽的突然闯入，起到两层防护的功能。但是有个别户没有围墙或大门，狼来光顾的可能性就大了，尤其是靠山边或村边居住的人家，被狼伤害的可能性就大多了。所以狼在余乐村成了最具伤害力的野兽。纳西语称狼为“爬肯”，把奸淫妇女的“色狼”叫“爬夫”，可见村里人是多么的厌恶它们了。

我曾听到过狼伤害人畜的很多事，也曾听过见到狼或打死狼的事。听爷爷讲狼是一种比较灵敏的野兽，它捕捉食物不会贸然行动，先要仔细观察判断，到它认为有把握时才下手，所以它会选择小孩、妇女或小猪、小马驹、小牛等它能咬叼的对象。爷爷还是小孩子的时候，一天六七个小孩在村边的空地里站成圈做游戏，他们年龄大多八九岁，其中最大的一个孩子有十二三岁，他坐在中间。有一只狼躲在荆棘丛中窥视观察了很久，小孩子们并未发觉。狼可能以高矮来判断，认为站着的是大的，坐着的是小的，就突然跳到孩子圈中间将坐着的孩子叼着就跑。十二三岁的农村孩子，也颇有点力气了，他急忙用双手掐住狼的脖子，别的孩子也大声呼救，正好路过一个扛着锄头的大人，他用锄头狠砸狼腰，狼松口扔下孩子跑了。狼咬人首先咬脖子这个要害部位，这孩子的脖子和腮帮间被咬破了一个洞。由于当时医疗条件的限制，孩子虽然拣回了一条命，但这个洞一直没有长好。长命家住在村边的坡地上，是狼进村的必经之路，听说她八九岁的时候，在院子里被狼叼住，狼正要从荆棘洞里逃跑，因洞小受阻，被家里的大人发现赶走了狼，救回了长命，但她的腮帮上也留下了很大的一块伤疤。王金兰背着孩子到山地干活，她把孩子放在地边，等她回来时孩子已不知被狼叼到哪里去了。我知道余乐村还有阿祥、阿玉莲、八生妻等人被狼咬过。狼是一种狡诈而势利的野兽，欺凌弱小，伤害牲畜。下村的和开把马和小马驹放在山脚吃草，小马驹被狼叼去了；炳南家住山脚下，开后门就能到山边，有一天忘了关后门，大白天狼就闯进院里叼去了一口小猪。在晚上，村里的猪、鸡被叼去的事时有发生。

听母亲讲她曾多次遇到狼。一次是天刚亮，约着秀菊妈和月安到山上砍柴，正砍着，发现附近树下睡着一只满身黄毛的大狼，狼被她们的砍柴声惊醒。初升的太阳照在狼脸上，它的眼睛闪着绿光，咧着嘴向她们逞威，把她们吓得够呛，但事已至此，只能举起砍刀准备与狼搏斗。

狼看到人多，无奈地走开了。一次是到山上种荞麦，收工时天已黑下来，同行的有四人，走到离村不远的附近，冷不丁地有一条狼在路边嚎叫起来，由于太突然，把我母亲吓哑了，说不出话来，大概过了六七天才恢复过来。又有一次是在山沟的阳坡砍柴，同伴有三人，在山沟对面的阴坡上有一条狼，不算大，黄毛的背脊上有一道黑毛，对着她们嚎叫，她们人多，狼又离得有一段距离，所以大家用刀背敲打木头，发出咚咚的响声。听说狼怕男人，欺负女人，她们就故意装成男人，粗声大气地说话并大声吆喝，狼也就停止嚎叫往别处去了。记得还有一次，清早她扛着锄头去山边的地里种土豆，突然从刺蓬里跳出一只狼向她冲来，母亲举起锄头准备砸它，狼就灰溜溜地逃了。还有一次是母亲到山上砍柴，回来时天已黄昏，快到村边，发现身后有一条狼正慢慢地跟踪窥视着她，正在危急时家里人来接她，大家发现后大声吆喝才把狼赶跑了。

我在十一二岁时见过一只狼。时值夏天，那天母亲和两个婶婶去靠山边的地里割麦子，我赶着马跟着去地里驮运麦捆。太阳落山了，但地里还有一小块麦子没割完。她们想割完再收工，等割完将麦捆驮在马背上，她们也背上没有驮完的麦捆时天已黄昏了，但近处还能看清楚。大家已上了路，发现出生才三四个月的小花马驹还在地边，我跑回去赶它，见它正与一条“大狗”纠缠。这条“大狗”瘦瘦的，腿长，个儿比小马驹小不了多少，尾巴下垂，嘴尖口大，耳朵直竖，斜着眼拦着小马驹。小马驹很惊慌，想用前蹄踩它，“大狗”就往后退，小马驹想绕着走，它就跳到前面拦着。我没有见过这么大的狗，村里也没有这么大的狗，我手里虽然拿着一根棍子，但也不敢打这么大的一条狗。小马驹走不了，我只好呼叫大人，她们一听就知道是狼，立即把背上的麦捆丢下，举着镰刀跑过来，边跑边大声吆喝，狼一看人多也就逃跑了。当我知道这不是狗而是一条狼时也吓坏了。

村里的妇女认为人不惹狼，狼也不会惹人，如果惹恼了狼就不好收拾了，所以妇女们都尽量地避开狼。山里有些岩洞是狼窝，狼在里面安家下仔，她们谁也不敢去惹，都是绕道躲开，以求平安。当然为了自卫，有时不得不举起砍刀和锄头，但也是被迫而为的。

村里的男子汉们就不然，他们敢与狼斗，敢打狼，也着实打死了不少。他们说狼是铜头铁腿麻秆腰，打狼要专劈狼腰。和藩在山里遇见一只狼，龇牙咧嘴地向他扑来，他手上拿着斧头，一斧头把狼劈死了；五兆祥带着孩子住在粮场里，狼闯入房子想咬孩子，他用被子将孩子盖严实了，悄悄地拿着根大木棒躲在旁边，狼跳到床上想咬孩子，他便将狼劈头打死。

在前几年，我回丽江探亲，问及狼之事，他们说现在村里已听不到狼嚎声了，附近的山上也没有狼了，因为附近山上的茂密森林已被砍伐得藏不住狼了，狼没有了藏身之地只能迁移到更远更深的远山了。当然没有狼来伤害人畜了，这是喜事，但是失去了茂密的森林总是忧吧！而且是最大的忧患。看着村子周围的山上已失去了郁郁葱葱的茂密森林，留下一座剃光头的山，生态失去了平衡，村民们将如何面对这种环境失衡所带来的后果？

2007 年 1 月

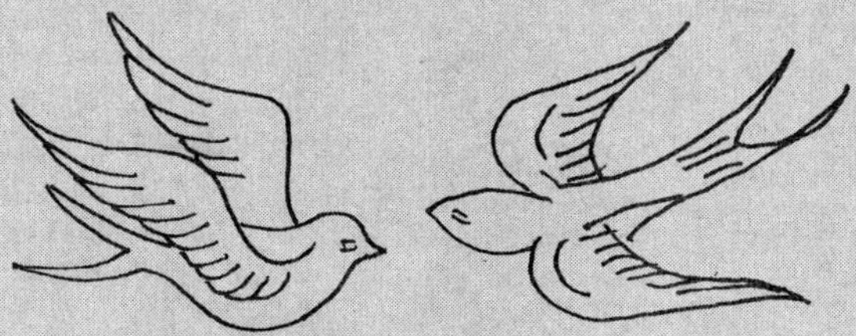

归燕识故巢

“华任冷悟出些也”，纳西语意为“燕子回来了”。眼尖的孩子们发现燕子在天空自由愉快地飞翔时发出一声声的欢呼，这欢呼声震撼了人们，震撼了大地。到处桃红李白，柳丝飘曳，孩子们吹着用柳枝皮做成的喇叭，呜哇呜哇地在碧绿的田野里回响。清澈的河水被春风吹出阵阵微澜，暖融融的阳光照得大地金光灿烂。啊！春天来了，万物复苏，到处生机盎然，充满了蓬勃欢腾的朝气。

四季如春的丽江，山青水绿，秀水长流，没有冰冻三尺的冬天，没有炎炎炙人的夏天，云南十八怪中的“四季服装同穿戴”正是丽江的特点。如不经意，不知何时是春夏秋冬。

其实，丽江是有春天的，春天的信息是由飞舞的柳条、叽叽喳喳的燕子欢叫声和盛开的春花传递来的。

纳西人对燕子有一种特殊的感情，认为它是吉祥之鸟，它不仅给人们送来春天美好的信息，还送来幸福平安的祝福。燕子来家里筑巢繁衍后代将会给家里带来好运，所以家家屋檐或楼楞上都会钉上一块够燕子筑巢的木板。

记得小时候，我家北房堂屋前的房檐上钉着一块小巧的木板，当一对对燕子飞来在木板上叽叽喳喳地叫唤一阵后又飞走没有停下来筑巢时，爷爷总是叹息说："家运不济，连燕子都不来做窝。"我也十分羡慕外公家房檐木板上年年都有燕子安家做窝，去他家时，外公总是喜气洋洋地讲述燕子下蛋了、孵出小燕子了，等等。连表弟妹们也都十分骄傲自得，燕子给他们家带来了无比的喜悦和满足。看着燕子忙碌地觅食、欢快地唱歌、轻快地飞舞时，有说不出的高兴，也更希望有燕子来我家定居，我默默地祈求着。

燕子终于来我家落户了，它们双双飞出飞进，衔来泥草筑窝。巢里铺着柔软的细草，巢外用泥十分细心地把巢一层层地垒筑起来，再用唾液把泥草粘住，精细地抹平。它们不停地辛勤劳动，用几天的时间建成了舒适美观的新家。燕子到来给家里增添了一种祥和顺达的气氛，增加了家人餐桌上的话题和忙里偷闲的乐趣。正在干活的家人会抬头观看头顶上自由飞翔的燕子，倾听它们愉快的歌声和呢喃私语。爷爷也喜滋滋地说："燕子来家安家了，家运要昌顺了。"还告诫全家不要惊扰燕子。而最高兴的是我，我急着向小伙伴们发布这个“大新闻”，而且也常看着这些可爱的“精灵”。

燕子玲珑可爱，小巧的体形比麻雀大不了多少，但却长得别致。它有尖而长的翅膀，像剪刀似分叉的尾巴，身上黑白相间的羽毛光亮明丽，长着褐黄色的嘴和脚，风度翩翩，俨然是鸟类中高雅的绅士。难怪欧洲传统以燕尾服为参加盛大活动最庄重的礼服，以穿它来表现绅士风度。

燕子双栖双飞，形影不离，同去衔泥草筑巢，同去觅食，休闲时在巢边跳跃欢畅，呢喃私语，传递出相敬相爱，同心协力的亲情。难怪古时把恩爱和顺的夫妻比喻为“燕侣”。

当燕子下蛋抱窝时，它俩就有了分工，一只在家抱窝，一只去觅食。当觅食者衔着食物回来时，彼此叽叽喳喳地欢叫，有时呢喃交谈，似情侣倾诉，又似夫妻和谐商谈家务，洋溢着一种十分温馨的气氛。

小燕子出世了，身上只有稀疏柔软的羽毛，它是那样的软弱，但啾啾的叫声告诉父母它们要吃东西。大燕子双双出去觅食，一次又一次地喂着小燕子，直到喂饱了它们的子女，它俩也累了，栖在巢边安静地打盹养神。它们就这样精心哺育着后代。小燕子慢慢长大了，身上已长出了黑白相间的羽毛，虽然还不丰满，但已开始叽叽喳喳地爬到窝边跳跃欢叫，抖抖翅膀，练习飞翔。小燕子像小精灵般轻盈美妙地在学习飞翔，开始在屋檐附近，慢慢地远飞，它们已能长途飞行了。到了夏末，大燕子就悄悄将它们带去另外的那个遥远的家乡了。人们因燕子的离去而惆怅，又在耐心地等待明年春天的到来，等待着燕子回它的故巢，等待着再次看到自由飞翔欢歌的燕子，和它们共同建立人鸟和谐相处的美好境界，演绎温馨昌顺的人鸟情结。

这已是五六十年前的情景了。不知燕子是否现在还仍然在农家院子里筑巢繁衍后代、呢喃欢歌、自由飞翔，送给农家兴旺祥和的祝福？

回眸金婚

——五十年的人生回顾给家人和后代子孙

（1956—2006年）

时光悠悠，岁月如梭，转眼间结婚成家已 50 年。在这半个世纪里，我品尝了人生的幸福，也体味了生老病痛、酸甜苦辣的滋味，感悟了人生。在这半个世纪里，已成长了两代人，儿子们已成人成才，靠自己的能力独立生活，对社会作出了力所能及的贡献；孙子、孙女也已长大，进入大学深造，为实现自我、服务社会而迈出了坚实的脚步。回首 50 年的岁月，许多往事又从渐已淡忘的记忆中一一浮现。

没有实现的愿望和理想

我年轻时的一个愿望是成为新中国的第一代女飞行员。

1950年抗美援朝的热潮在全国掀起，保家卫国的口号点燃了每一个有志青年的激情。报纸上登出了招收中国第一代女飞行员的消息，我欣喜至极，自认为最具备成为女飞行员的条件：第一，我有高中文化。解放初期，尤其是我们边远的少数民族地区，女高中生还比较少。第二，身体素质很好。我身高1.67米，从小在自然环境优美的丽江长大，得天独厚，精力充沛，红光满面，洋溢着青春的健康美。第三，年龄正合适，刚18岁。我抱着满腔的热情和希望向当时的地委领导提出要求时，却被一瓢冷水浇灭了我的这个愿望。他说："你一个小资产阶级的知识分子，不要想入非非地想去天上飞，还是老老实实地留在地上改造自己吧！你目前最需要的是在社会改革中锻炼自己，改造好自己，把地方工作做好，也是一样的抗美援朝，不一定非要上前线呀！"就这样，我的愿望成了泡影。

我的另一个理想是上大学。作为拉市坝第一个读了高中的女孩子，我还梦想着成为丽江农村的第一个女大学生。在20世纪30年代，丽江大研镇有了第一个女大学生——赵银棠。而丽江农村还没有女大学生，我想上大学填补这个空白。当然更主要的是要充实自己，使自己成为有较高文化素质的人。在50年代初期，许多高中同学上了大学，有些被送去留学。我虽然羡慕他们，但还是把全部精力都投入到了社会改革和社会建设工作中。

在那激情燃烧的岁月，心无他念，除了工作还是工作，长年在农村基层，与农民同吃同住，有时和农民同劳动，雨季发洪水，跳到水里和农民一起抗洪救灾，没有休息，没有假期，任劳任怨，无怨无悔。我先是参加了“清匪反霸”、“土改”等社会改革工作；接着又参与了在农村组织互助组，成立初、高级农业生产合作社，组织改革耕作技术，兴修水利，发展生产等社会建设工作。到 1954 年，社会上出现了上大学热潮，很多没有上过中学的人送到速成中学培训一些时间后送去上了大学，很多原来读过中学的在职干部也离职去上大学了。我认为实现上大学这一理想的时机已经成熟，便向当时的领导——县委书记提出上大学的要求，他的回答也似一瓢冷水，说得倒也挺客气：“你看，我只是小学文化，最需要上学读书的是我，但工作离不开，没有办法。你已是高中文化，工作上需要的（文化）也够用了。现在工作离不开，还是打消上大学的念头，服从工作需要吧！”一句话，不同意。那时的纪律性很强，领导不同意，也不敢擅离工作岗位去上大学。

这样，上大学的理想也破灭了。虽然，在实际工作中学习所得的文化知识不一定低于大学水平，但毕竟没有实现自己的理想，是我人生最大的遗憾，至今耿耿于怀。

结婚成家

“成家立业”，其意思成家放前，立业放后。看来古人是先成家，后立业的。古人说“不孝有三，无后为大”，所以要先成家，有了后嗣，再去立业，大概就是这个意思。如今时代不同了，应该是先立业，再成家，道理如此，但也没有什么固定的格式，一切凭自己的意愿去做就是了。那时我已二十好几了，但仍然是个整天嘻嘻哈哈、无忧无虑的单身女，有的同事说：“你整天傻乐什么？哪有那么多可高兴的事？老大不小了还不快点找对象结婚？”我开玩笑说：“我人太傻，没有人要啊！”是的，那时我的同龄人早已结婚成家，有的已有两三个小孩了。其实，有人给我写过信，也有人给介绍过对象，但我都不上心。这并不是我的要求高，而是一直没有碰到合适的。我的择偶条件很简单：一要为人正派，年龄性格相近的；二要有文化知识；三要社会地位与我差不多的。我认为结婚成家后夫妻是要相扶相持，同甘共苦，养儿育女共度一生的。因此，在性格上要合得来，思想上能彼此交流，社会地位平等。我看到有的夫妻由于社会地位和文化素质的差异而形成依赖和从属的不平等关系，这种关系是我最不能忍受的。我认为在社会工作中上下级的从属关系是客观存在的，由此带来的工作压力和紧张情绪需要由家庭里轻松自由、平等和谐的气氛来缓解，得到精神上的平衡。我不想组织一个有从属关系的家庭，只想有一个平等互爱的家庭。

按照我的择偶条件，我找了一个“三同”的配偶。“一同”是同乡。我们都是丽江人，从小同样光着脚踩踏着湿润的泥土，呼吸着纯净的空气，闻着乡村野花和地里禾苗的清香，听着山鸟的鸣唱，背着竹篓跟妈妈到山上捡柴，在地里干活，吃着同样口味的饮食，在同样的自然环境里成长。“二同”是同民族。都是纳西族，有共同的语言，共同的心理素质，共同的风俗习惯，共同的民族感情。“三同”是同学。同是高中同学，文化素质接近，年龄相近，理想志向相近。这“三同”是夫妻相濡以沫，互助互谅，“执子之手，与子偕老”的基础。这个人就是我的老伴杨廷权。其实“三同”原本不是我的择偶条件，我并没有限定要找同民族、同乡、同学作为配偶。从纳西族的婚姻习俗上说，也不排斥找其他民族的成员。对我来讲配偶是哪一个民族的就更无所谓，只要符合我的基本条件就可以了。如今找了个“三同”的配偶，只能说是巧合，并非刻意。但是“三同”更有利于组成和谐美满的家庭，这也是客观事实。

杨廷权是丽江县士可村人。士可村在金沙江边，那里气候温和，土壤肥沃，物产丰富，是个人居条件很好的地方。他的父母都是一辈子面朝黄土背朝天的农民，都没有文化，为人老实勤劳。廷权于1946年秋考入丽江省立中学读高中，当时我也在同校读书，但不是同班，所以并不认识。我们的相识是在1948年的春节期间，我去安乐村大姑妈家拜年，杨廷权也去安乐村的亲戚家做客，我大姑妈家和廷权的亲戚家是同一家族，又是邻居，所以，廷权经常同我表哥在一起玩，互相很熟，就这样我们有了一面之识。在学校，廷权是学生运动的积极分子，担任学生会主席，学校组织演出宣传，他也积极参加。有一次他参加演出一个自编自演的活报剧，扮演一个叫“吃得亏”的流浪汉，演得惟妙惟肖，十分生动，由此得了个“吃得亏”的外号。杨廷权这个名字知道的人不多，但“吃得亏”这个外号却是尽人皆知了。他加入中共地下党组织后，不久又担任丽江中学党支部书记，常来找我父亲（当时丽江地下党的负责人）谈事，我们接触的机会多一些，对他的人品和性格也多了一些了解。

1949年5月，他带领着丽江地下党组织的人民武装部队到外地打仗去了，彼此不知消息。1949年11月，他们的部队（滇桂黔边纵第7支队31团）到丽江石鼓镇与中甸的反动武装头子汪学丁作战，当时我也在石鼓，在路上匆匆相遇，打了个招呼，他就忙着部署战斗去了。从此再无消息。1953年春，我去昆明，车到剑川在路上与廷权相遇，才知他已调到云南省军区工作，此次是到丽江办事。以后就隔三差五地通通信，也就是一般同志间谈谈熟人的情况和个人的学习工作思想之类的，未涉及感情方面之事。此后廷权调重庆西南军区工作，不久调入北京，在解放军总干部部（后为总政治部干部部）工作。在这期间我们再没有机会见面，只是频繁的通信联系。昆明、重庆、北京，我们之间的空间距离逐渐加大，但通信使我们心里距离渐渐缩短，尽管没有花前月下谈情说爱的条件，也未写过情意绵绵的情书，甚至现在也回忆不起我们是什么时候开始谈婚论嫁的了，但是彼此都感觉到要长相厮守。

我们决定结婚后，就面临工作调动的问题，由于调廷权回丽江工作几乎不可能，只有把我调往北京。1955 年中央民族事务委员会同意调我去工作，但我要求在云南参加一期理论学习后再去北京，地委领导同意并安排我到云南省委党校学习。1956 年 9 月学习结束后回到丽江，地委又抽调我参加调研组到中甸县搞藏区改革调查，1 个月后工作结束，我终于可以去北京了。

离开丽江赴北京

离开丽江前，我先去士可村看望廷权的父母和弟妹，再回到拉市坝的余乐村向母亲、外婆以及叔婶和弟妹等众亲友告别，唯父亲正在迪庆州参加平叛工作，不及当面辞行，只有写信告知。

1956年11月，我离开了丽江，离开了生我养我的故乡。我在这里生活了24年，一旦要离开，就产生了深深的离愁以及无限的留恋。再见，我亲爱的故乡！

我约了一个要去北京探亲的女伴，我们从丽江乘长途汽车，一天到大理。回忆我6岁时母亲带我去昆明探望在黄埔军校任教官的父亲，是大人骑马，小孩放在竹筐里驮在马背上，走了五六天才到大理，现在交通已有了极大的变化。

我在大理住了两天，主要是和朋友告别。我在丽江中学读书时的好朋友叶耐冬和杨发华在大理工作。读书时，我们亲如姐妹，彼此关心互助，无话不谈，她们有困难，我会“两肋插刀”。记得发华因一个男同学给她写了一张纸条（情书），被别的同学发现，把她困在教室里进行羞辱，我冲进去将她解救出来；耐冬的姑妈要逼她与表弟结婚，而她虽不愿意又不敢抗婚时，我坚决鼓励她离开丽江逃婚。她走后，她姑妈大骂我是“母夜叉”，破坏了这门婚事。现在她们都已结婚成家。对我迟迟不婚已多次催促，现在我终于要结婚了，她们在感到欣慰的同时也充满留恋，毕竟一去相隔千里，以后再见机会就少了。所以利用这有限的时间谈心，既有对往事的回忆，也有对未来的憧憬。

在大理还有一个朋友要去告别，她叫王静和，是昆明人，原是云南大学的学生。她参加边纵后留在丽江工作，任丽江地委工作队队长，我在她手下工作。她大概长我五六岁，知识面广，为人正派，对人热情，善于待人接物。她对我像对待一个不懂事的小妹妹，循循善诱，耐心地启发帮助我提高认识，懂事成长，她的一言一行都成了我的学习榜样。后来我调基层工作，她调到大理。这次见到她非常高兴，她留我在她家住，我们家长里短聊了一宿。相处中发现她思想上有很大的压力，不再有在丽江时常常发出的无忧无虑爽朗欢快的笑声。她告诉我有人以冠冕堂皇的理由在背后整她，我只能劝她要相信组织。我不明白，为什么有才华有能力的人总要被嫉妒，受到排挤和打击呢？以后传闻她被莫须有的罪名划为右派，送去农村监督劳动，丈夫和她离了婚。等到为她平反时只留下满身疾病，青春年华已逝。

到了昆明，住在小孃木凤瑞家。她是我妈同母异父的妹妹，形象姣好，聪明能干。本来在丽江找了个正式工作，结婚后随搞水利勘测设计的丈夫来到昆明，丈夫经常出差，她留守昆明养儿育女。我们虽是姨侄，但她只大我 4 岁，因此相处颇为亲近。

20 世纪 50 年代的云南，交通很不方便，从昆明去北京，要先坐小火车到沾益，转汽车经贵阳到柳州，再乘火车到北京。小火车是法国人占领越南后修建通往中国的交通工具，轨道和火车的宽度都比我们通常的窄，行驶速度十分缓慢。云南十八怪中的“火车没有汽车快”说的就是这种小火车。我第一次坐火车，尽管是小火车，也颇觉新鲜。到柳州换乘全国统一轨道的火车，显然比云南的小火车壮观舒适多了。到武昌过长江，那时还没有长江大桥，要轮渡过江，乘客和火车要分别轮渡。乘客到汉口后，要等火车，大约有 2 ~ 3 个小时的活动时间。汉口不愧九省通衢的称号，市面比昆明繁华很多，货物的品种花式也很丰富，我买了一件皮袄，准备在北京过冬用。

漫漫长路，没有买到卧铺，让我颇受旅途煎熬之苦，但依窗而坐，却使我有更多的时间领略观赏沿途的景色。南方的田野一片青绿，荷塘莲池撒落在田间屋旁，翠绿的竹林环绕着茅屋；新收的稻草像一座小塔似的夹在树的周围，别有一番风味。起伏不平的丘陵忽隐忽现，这与家乡的风情大不相同，看不到高山大川和深山老林，也没有三房一照壁或四合五天井的院落。火车跨越黄河大铁桥时正是夜晚，我尽力往外看，想看到母亲河的面貌。外面一片漆黑，除了一下一下闪过的路灯什么也看不到，但火车通过桥面时特有的冲击声，就像听到母亲怦怦的心跳，令我激动不已，不由心里感叹：母亲河，我从遥远的边疆来看您了。

进入华北平原，一望无际的原野，使从大山里出来的我心情振奋，视野随之开阔，祖国如此辽阔广大！初冬的北方，整个平原没有一丝绿意。用泥抹盖的农舍，农田边堆着玉米秆，一切都是灰蒙蒙的。这种一望无际的土色是我第一次看到的，比起四季如春、田野青山总是绿茵茵的云南，这里透着几丝荒凉。这就是南北方的差异，我将要去适应这种环境。

来到北京

北京是全国各族人民所敬仰的地方，也是我梦寐以求的地方。从山沟里来到北京，是我人生的大转折。

火车到北京站已是晚上，廷权和他的两个朋友，也是同事的崔恩光、潘振华骑着自行车来接。那时北京的公共交通工具只有公交车和三轮车。雇了一辆三轮车，街上已没有什么行人，路灯也很暗，显得冷清。到了地安门内大街的宿舍，这里离故宫很近，是名符其实的“天子脚下”。北京12月的天气，虽然阳光灿烂，但没有一点暖意。北风刺骨，寒气逼人。这对长期生活在四季如春的地方的我是个大考验，但也丝毫不能减弱我对已有三千多年历史的古城——北京的热情。到了北京，不顾旅途的疲劳，第二天开始了游北京。廷权在北京生活已多时，自然成了我的导游。我们先参观了这个世界上最大的城市中心广场——天安门广场。天安门城楼雄伟壮丽，城门上的毛主席像和城楼上的红灯笼更增添了它的英姿。东西屹立的华表和石狮，庄严威武。从天安门进入故宫——紫禁城，这是当今世界上保存着的规模最大、最完整的宫殿。看到了象征皇权的金銮宝殿；供皇族游玩的御花园；参观了宫殿内所陈列的奇珍异宝；知道了皇帝一顿饭要摆128道菜的奢侈生活；看到了“珍妃井”，知道了宫廷内权力争斗的惨烈。

北海公园内高耸的白塔闪烁着宗教的气氛，这在当时已不多见了。北海水面上结了厚厚的冰。冰场上有很多人滑冰。我们从冰场的南岸走到北岸。这是我第一次在这么厚的冰上行走，有点胆战心惊的，但也很刺激。在北岸看了九龙壁、五龙亭、万佛楼。据说八国联军侵入北京时抢去了万佛楼的一万尊金佛。来到以清宫风味著称的仿膳饭庄，品尝了小窝窝头。据说八国联军打进北京时，慈禧逃跑到半路，十分饥饿，有一村妇送她一个窝窝头，觉得十分香甜好吃，回京后就让御膳房做，但怎么也没有那个村妇送她的窝窝头的味道。厨师就用小米磨成面，加上栗子面，做成窝窝头的形状给慈禧。从此小窝窝头就成了北京有名的小吃。

我们登上景山公园的万寿亭，极目瞭望四周。南面是金碧辉煌的故宫，四周有数不清的四合院及条条交错的胡同，京西远处排列着的山岭，在濛濛的雾霭下包围着这座历史悠久的古城，它见证了古城的多少历史故事和政治烟云的变化啊！它见证了七朝古都所经历的历代皇室的兴盛衰亡；见证了中国新民主主义革命运动的先锋“五四”运动、“一二·九”

运动；现在正在经历着新中国的社会主义建设。在观妙亭下，有一棵弯脖的槐树上挂着“明思宗殉国处”牌子。说的是明朝农民起义领袖李自成攻入北京，明朝的崇祯皇帝逃到景山，在这棵槐树上自缢身亡。这是1644年发生的事，至今已过300多年，而这棵槐树不大可能是300多年的古槐。这是后人为了说明这段历史而让这棵槐树承受这起罪名而已。景山公园历史上即是帝王嫔妃游玩休憩的御苑，已成了埋葬封建王朝的见证。

结婚照

在世界园林中享有盛名的颐和园，风景秀丽，气势磅礴，虽是严寒的冬天，青松翠柏却点缀出丝丝的春意。曲折蜿蜒的长廊上，丰富的彩绘，让游客重温《三国演义》、《水浒》、《西游记》。冰冻三尺的昆明湖，在阳光下泛出光彩耀眼的寒光和淡淡的轻雾，有滑冰的，也有散步的。这里的空气新鲜而寒冷，似乎空气都要被冻住了，这可能是刚从南方来的人才有的感觉。我俩相扶相依，徜徉在昆明湖上，体味着过去没有机会体验的浪漫时光。

去拜访在中央民族学院工作的纳西族老乡。那时公交车路线很少，车次也少。记得是从地安门坐公共汽车到平安里，再乘有轨电车到西直门，改乘郊区车到民院。出了西直门就人烟稀少了，动物园就在农田边，中央民院建在农村中，由有三四层的一些砖墙楼组成，附近没有像样的建筑。而今，这里高楼林立，已见不到农田了。

我们于 1956 年 12 月 16 日结婚。当时是以艰苦朴素为荣的年代，结婚既无婚纱，也没有购买什么新衣服。穿着平时穿的衣服拍了张结婚照。家也极其简单，廷权单位给安排了一间十五六平方米的房间，一张旧的双人木板床，一张三屉桌，两三把凳子，没有一件像样的家具。这就是当时的生活水平。就这样，我们结婚成家了。婚礼极其简单，买了些糖请亲友吃，由廷权的处长当主婚人讲了几句祝贺的话，还唱了几首歌就结束了。

儿子与父母同时诞生

可能是因为从小由母亲抚养长大的缘故，也可能由于自己是女性的原因，我偏爱女孩。总之，当我要当母亲时，希望第一个孩子是女孩。

我生老大时正是25岁，身体好，助产士以为是最好生的产妇。所以上了产床后，没有助产士或医生在旁照顾，他们都忙着去照顾旁边一个高血压的产妇；待她们忙完过来看我时，羊水早破了，孩子已无法自己生出来，只能用产钳将孩子夹出来。孩子出来了，是个男孩，除了产钳夹破了头皮外其他没有损伤。儿子出世，我们的社会角色转换为父母，父母与儿子同时诞生。头生孩子，心情紧张，从头天晚上宫缩开始到第二天下午将孩子夹出来，承受了二十来个小时的痛苦，当助产士将产钳夹住孩子的头往外拽时真有全身被撕裂的感觉。接着的痛苦是缝合切口，不能打麻药，又恰好是一个见习护士没有经验，把缝合的线弄得很长，我请她把缝线弄短点以减轻疼痛，她还跟我发脾气说："我还紧张得不行呢，你还说什么？"更要命的是，医生过来一看，说她没有缝好，还要拆了重缝。这样缝缝拆拆，切口缝了11针，历经两个多小时。到了最后，我连说疼的力气都没有了，只觉得我完了，到了鬼门关了，只有一切听天由命。小时候，母亲对我说，生儿育女是母亲以命换命的，这时才真切体会到母亲那句话的含义了。

生老二时却是出乎意料的顺利。离预产期还有一个多月时，我坐公共汽车上班，车比较空，我坐在最后一排的中间。两个青年上车，不知什么原因打起架来，车启动时，他们站立不稳，跌撞到我身上。我吓了一大跳，不过除了吓得心跳加快以外，当时也没觉得有什么问题，可到晚上就不行了，立即上医院，刚上产床，孩子就生下来了。没有太大的痛苦。

生老三时遇到了极大的危险，所幸又转危为安。本以为生第三个孩子应该是顺利的，结果差点将胎儿憋死腹中，我也险些胀破膀胱。原因是预产期过了二十多天，胎儿长得比较大，上产床前因宫缩比较厉害，没有排尿，上产床后胎儿进入骨盆把尿道堵住了，而充满尿液的膀胱又将胎儿堵在骨盆里无法生出来。可能助产士也没有经验，在一旁干着急，说："奇怪了，别人生第一胎都早生出来了，你是第三胎，身体又好，怎么这么长时间还没生出来？"她也做了些按摩等助产动作，但无济于事。我多次告诉她尿憋得厉害，她让我排尿，但排不出来，她说我憋尿的感觉是胎儿头入骨盆后压迫了肛门所致。这样磨了两个多小时，最后请来一个有经验的医生，我告诉她尿憋得厉害，就是尿不出来，她一摸，脸色都变了，急下令插尿管排尿，尿屎排了一桶，还来不及收拾干净，孩子就生出来了。孩子已憋得脸色发紫，不会哭，好像已经窒息了。紧急抢救才哭出来，医生松了口气说："真危险啊！差点把胎儿憋死，大人膀胱也差点憋破。假如把膀胱憋破，成了尿漏，就要遭一辈子的罪了。过去女人生孩子时把膀胱挤破，成了尿漏的事是屡有发生的。"谢天谢地，让我免遭此难。母子都健康，孩子体重 4800 克，是当时妇产医院生下的婴儿中最重的。当护士推着婴儿车叫产妇喂奶时，一排婴儿中个头最大的那个就是我的孩子。

我的三个儿子就这样相继来到世上。给我们带来的是无尽的欢乐和幸福，也带来为人父母的责任和义务。

给儿子取名字

孩子出生在激情燃烧的岁月，他们的名字也留下这些岁月的印记。

老大取名"丽宁"。他出生在 11 月 5 日，是为了纪念苏联十月革命（11 月 7 日），丽宁是苏联革命领袖列宁的谐音，"丽"字又有籍贯丽江的含义。但"丽"字放在男孩子的名字里有点不相称，上学后，孩子常被同学们打趣，说他是美丽的小女孩。“文化大革命”时改名的风刮起，他就改名“向东”，向着毛泽东，向着代表旭日初升的东方是当时最响亮的名字，男孩女孩取这名字的很多。

我们和三个儿子

老二的小名就叫“小二”。由于他不到预产期就提前出生，我们还没有思想准备，当时供应紧张，孩子报了户口，产妇才能得到一点定量的肉蛋供应，一时想不到最满意的名字，所以就临时先报了个“杨小二”的名字。其中有个插曲：小二出生两个月时得肺炎住院，病室中有好几个不到周岁的婴儿，都是妈妈陪同住院，这些婴儿中数小二长得最俊秀，有的人就很惋惜地说："多俊的一个孩子，怎么给取这么俗的名字啊！改个好听点的名字吧！"小二的名字一直用到上小学时才改名"卫东"，意为保卫毛泽东。这也是"文化大革命"时最响亮的名字之一，同名的人很多。

老三叫"春雷"。他生于二月的春天，因而得名。早春时节，春雷一声响，春回大地，万象更新，欣欣向荣。名字只是一个代名词，但也反映了当时的社会状况，寄托了父母对子女的期望。

附带说个插曲——春雷差点与人交换。

我偏爱女孩，但老大、老二都是男孩，所以特别希望老三是个女孩，但这不是以人的愿望为转移的。邻居赵家已有三个女孩，希望老四是个男孩，但哪能那么随愿呢？所以两家约定，如我家仍生男孩，他家仍生女孩就互相交换。两个孩子相差一天生下来，结果还是他家生女孩，我家生男孩。满月后，赵家真的上门来要换孩子，廷权也想换。我可不愿意，说来说去孩子还是自己的好，将来长大了好坏都是自己的。如果换了，有了什么毛病，就会后悔抱怨，这样对孩子的成长是不利的，所以交换孩子的事就此作罢。孩子们长大后我也把这事作为笑谈跟孩子们说过。

春雷 4 岁时感冒发烧，医生怀疑是脑膜炎，叫住院观察。春雷很害怕，搂着我的脖子边哭边说："妈，我会死吗？我怕死。"我不明白一个 4 岁的孩子怎么知道脑膜炎是很厉害的病，又怎么知道怕死呢？半夜退烧了，医生确诊不是脑膜炎。天亮了，春雷的精神也好了，他坐在我怀里抚摩着我的脸玩，发现我有白头发了，问我："妈妈，你的头发怎么白了?"我开玩笑说："妈老了呗!"他拍着小手笑着说："妈妈老了，我就长大了，长大了结婚要生个小女孩。"这话让我惊奇极了，一个4岁的小孩怎么想到我们喜欢女孩，曾经想把他给别人换个女孩?他又怎么想到长大了要生个小女孩来弥补我们的遗憾呢?这真叫人匪夷所思啊!

为人父母

当孩子呱呱坠地，他的哭声像一支优美的乐曲滋润着母亲的心田，使你忘却了分娩时所受的痛苦和磨难；它又像一声春雷震撼着你的灵魂，使你感受到为人父母的喜悦和所担负的社会责任。孩子的出世，对家庭来说是个人行为，是自己的家事；对社会来说，孩子是祖国的花朵，是祖国的未来，是国家的财富。为人父母，肩负着培养教育祖国后代的重任。

我们尽心尽力地培养教育子女，在教育子女时坚持的原则是：一是抚养子女健康成长；二是教育子女学会做人。当你的身份转换成了父母并不会自然地当好父母，更不会自然地适应父母的角色。当好父母是个长期的感情升华过程，也是在种种困难和挫折中不断总结经验教训提高的过程，是要付出极大感情、精神和体力的过程。父母和子女都有彼此适应的过程，更主要的是父母要逐步适应有了第二代的新的生活环境，要牺牲两人世界的悠闲生活。没有牺牲、没有辛勤的付出，就不可能当好父母，教育好子女。怀孕反应的折磨，胎儿在肚里的沉重负担，想着孩子生下来就会轻松了。可一旦生下孩子，看着幼小的生命，不知如何抱，如何喂奶，如何给婴儿洗澡、穿衣服，不知如何应对婴儿的哭啼吐奶，孩子夜哭也不能睡个安稳觉，还要面对洗换尿布以及种种没完没了的琐事，而且在喂奶期间我又得乳腺炎，高烧40℃，多次住院，当时觉得还不如让孩子留在肚子里好呢。

三个孩子都曾因分别患肺炎、腮腺炎多次住院，还有营养不良而引起的贫血。老大一岁半时，头发干枯、脸色发黄，医生说贫血，要给孩子吃动物的肝脏。那时供应困难，根本买不到，让服含铁剂的药。孩子的皮肤原来白白的，服完药后变成了黑色，从此再没有变过来。接着发烧住医院，不让大人陪，一个不到两岁的小孩放在小儿床上等于关禁闭。我们去探病时，他就拽着大人要回家，当他知道还不能回去时就撕心裂肺的哭，甚至用头撞小床的栏杆，弄得我也在一旁哭，以至坐公交车回家时过了站都不知道，那种无助的痛苦至今想起还会难受，真是失魂落魄了。老二出生不到两个月患肺炎住院，由我陪住，打针时也会啼哭，哭声刺痛着我的神经。孩子们还发生过锁骨骨折、摔破头皮、脚被自行车轧伤、刮破眼眉、抓破脸、脚趾骨裂、被开水烫伤、掉进冰窟窿里差点淹死等事，做父母的只能面对，尽心护理，每当发生这些意外时父母的心情都很沉重。

作为子女，也是在学习中成长。孩子到两三岁虽已懂得不少事，但仍没有是非辨别能力，他的天性是寻求快乐。他会爬到床上把被子床单翻乱，把蚊帐拽坏，在书上乱画或撕坏，光着脚乱跑，在地上滚爬而弄得满身泥污，把刚收拾干净的屋子弄脏，弟兄之间互相嬉水打闹，闹得天翻地覆。这些都让孩子们获得无限的欢乐。而这些欢乐过了头，有时也可能发生弟兄间斗嘴，互相数落对方的不是，甚至动手开战，弱势的一方有可能向大人告状，寻求帮助，大人有时给予劝解说服，但耐心是有限的，有时就免不了动手了。

廷权在 1965 年三四月份写的日记中对孩子的教育和孩子的表现有这么几段，简摘如下：

1965 年 2 月 13 日

小丽的玩性越来越大，有时也学会不听话。自己虽不会带头做坏事，但跟着别人学。有时鼓动小二他们提出坏点子，自己不出头。还有就是模仿大人。我在床上躺一下他要学，早晨我不起床他也不起床；（我）躺着看看报也要学，说话、瞪眼都一样（学）。

1965年4月18日

今晚我在给小丽（老大七岁半）补衣服（注：从1964年10月—1965年8月一星去贵州搞“四清”，廷权在家既当爹又当妈），叫小丽给两个弟弟弄水洗脸洗脚。水弄好后，叫他帮小雷（老三，3岁）洗脸，他就不干。小丽和小二对我有抵触情绪，总认为我护小雷，也引起他们对小雷的态度不好。小雷洗脸总是玩水，两个大的尽告状。其实他们已对打开了，我气不过，狠打了小雷一顿。

哥儿仨

这十分生动地说明了孩子也在努力地学习做人。当时老大七岁零三个月，他两岁进幼儿园，那时是全托，只有星期天能回家，从两岁到六岁过的都是幼儿园的集体生活，很少和大人相处，现在回家上学，才有机会和大人相处并向大人学习。而当时母亲不在家，一去10个月，所以什么都学父亲的行为举止是很自然的。父母作为子女的启蒙老师，要做出好榜样，身教胜于言教。每个人都是在生命的实践中学习做人，而学习做人在不同的年龄段有不同的内涵，父母既是教育子女学会做人的教师，也是不断完善自己做人的学生，学习做人的阶段是漫长的，一生都在学习做人，活到老，学到老。所以，教育子女做人也是漫长的，既不能放弃做父母的教育责任，也不能急于求成，操之过急。更不能用高压的办法对待子女，要循循善诱，因势利导，启发自觉，多鼓励、多肯定、多表扬。

爱子女是父母的天性，从理性上也明白不能打骂孩子，同时也反对“不打不成才”的教育方法。主观上都想能以启发和鼓励孩子的自觉性，用平和的诱导方法教育子女，既不娇纵溺爱，又不放任自流。但是，父母和子女间彼此都有适应的过程，子女有逐步成长、慢慢懂事的过程，父母对他们的要求也应是耐心和克制，允许他们在学习中做错事。这就需要很大的理智。然而，当孩子还不能适应大人的要求，还不能按要求办事或犯了大人认为是不对的错时，大人时常就急躁起来，失去耐心，而以武力来压制教训子女，事后又后悔自责。

廷权在1964年7月间的日记这样写道：

（星期六）晚上孩子回来教育有点效果，只是睡觉这一关没有过好，睡下去就互相挑衅（闹着玩），看来还是分开睡比较好。开了家庭会，谈得很好，今天早上一起来又不行了。小二的毛病就是别人不能说他，很不虚心，话不对头马上就要顶起来。早晨带他们去打球，说他的打法不对，教一教，他就不干，回来一直闹，给他教育讲道理，他就蒙住耳朵。气得没法，只好狠打一顿，打的效果不错，今天一天没有出事，可是打不是办法，真艰难啊！

今天最不痛快的事，还是教育孩子问题，这已成为一个大问题，对三个孩子都发了脾气，还打了小二，值得检讨。打不是办法，也没有权利。必须严格要求，但又要以说服为主。到公园玩时与小二交谈。我说我不对（为父的向儿子检讨），小二也检讨他不对。

在1964年10月的日记写着：

对小丽比较信任，管得不多，他有几个毛病：（1）好耍小聪明，自行其是。(2) 只怕我一人，不怕别人。(3) 有不诚实行为，一次铅笔折了藏起来。叫他睡觉，当面答应，我一走就不睡。最气人的是昨天中午我一走，他就跑去同学家，让我狠揍一巴掌。(4) 怕批评，有些自满情绪。(5) 贪玩，昨天发现在书本上乱画，在主席像上也画上了，提到原则高度进行了批评，说得他也掉了泪。(给他) 做了些规定：(1) 外出要告诉大人（不准私自外出）；(2) 谁说都要听，随叫随到；(3) 必须诚实，不怕受批评；(4) 努力学习、热爱劳动。

1969 年 9 月的日记：

自己性子急，总不能冷静地对待孩子们的缺点。现在小雷有时表现非常怕我，可是我不在场他更调皮。对孩子要两分法。

回头看这些日记，教育子女并不是当了父母就能自然当好的，父母也是在学习、摸索和自省中与子女逐步沟通和磨合、逐步成熟，才能较好地进入父母的角色；做子女的也是在随着岁月的流逝中成长，在磕磕碰碰甚至是痛苦的磨炼中成人。

我们夫妻相处 50 年间，没有真正地吵过架。其实一家人相处总会有不同的看法，有矛盾是正常的。对家庭生活及对子女的教育都会有不一致的地方，只要互谅互让，化解得法就不会激化矛盾，这也是在双方共同生活实践中逐渐磨合而得到的共识。老大一岁半的时候，睡觉时蹬被子，经常着凉感冒咳嗽，廷权就采用各种办法不让孩子蹬被，谁知越束缚越反抗。廷权急了就发火训孩子，孩子就哭，当妈的很不满意如此训孩子，心疼孩子，但又不愿吵架，就以无言的流泪来抗议，家里出现了僵局。在发生几次类似的矛盾后，经过慢慢的磨合，得出共识，有了不成文的约定：当两人对问题有不同的看法，出现矛盾时，彼此都要冷静客观地阐述个人的意见，以求统一认识；当有一方情绪激动不冷静时，另一方要退却忍让，待情绪稳定后再分清是非。要冷处理，决不能图一时口舌之快、意气用事、火上加油。对孩子的教育有不同意见，出现矛盾时，也不要当着孩子的面争论，更不能争吵，要背着孩子统一认识再面对孩子。父母对问题的看法不一致，会让孩子无所适从。父母的言行要一致，说到做到。不能做或者做不到的也要向孩子说明理由，让孩子学会辨别是非对错。另外，不能在孩子面前争宠。有的家庭，让孩子对家人搞“排行榜”，这对孩子是误导，要教育孩子，父母及家人对孩子的爱是一样深的，只是父母的性格不同，爱的表现形式不同，教育方式不一样而已。

廷权为人正派、热情、坦诚、乐于助人，他作为老大，从小就要帮父母照顾众多的弟妹，所以他总像老大哥一样能忍让。不足之处是性子急，要求完美。尤其是对孩子的教育，经常是“恨铁不成钢”，对孩子学习能力要求过高，考试不是满分就对孩子不满；对孩子童真好玩的天性不够耐心，常会发火训斥甚至动武。我的个性比较直率，直来直去，说话不够策略，但是待人接物大度，比较讲理，能忍让，更不会有理不让人。这些都是我们夫妻间不会吵架的前提。我们彼此都重视对方的优点，包容对方的缺点，绝对不会互相揭短，在人格上互相尊重，有困难互相帮助，共同面对，有矛盾互谅互让，在事业上彼此无条件的支持。老大一岁半，老二才半岁，我去云南蹲点半年，以后去搞“四清”、上“五七干校”，一去就是两三年，廷权既当爹又当妈，担子很重，十分辛苦，但他都是全力支持，毫无怨言。反之我也如此，我也积极支持廷权去下连当兵、到连队蹲点、长期出差公干、搞“四清”等，从无抱怨。我们的家庭民主，经济公开。发了工资就放在一起，共同支付家里日常的开销，谁也不会自立“小金库”，攒私房钱。也没有明确谁来管财务，谁在家就由谁来管理，两人在家就共同管理。家里需添置大件东西，共同商量了去办；小额支出，谁需要就自己去取用。家里日常用品谁有空就谁去购买。我们生活简朴，不会乱花有限的收入。我们的原则是，在保证起码的温饱情况下，要略有积蓄，以备急需。绝对不能借钱欠债。我俩的家都在农村，都有父母及亲属需要我们在经济上的帮助。给老家寄钱的事，大都由我去做，我都会给廷权家多寄一点。所以夫妻间不会为钱的支配问题而产生矛盾。

我们深知父母是子女的启蒙老师，是第一任灵魂工程师和个性塑造者，孩子会自觉不自觉地接受父母的影响；父母为人处世的态度、生活习惯对孩子都有潜移默化的影响。因此，给孩子树立一个好的榜样是培养、教育子女的前提。

我和廷权在农村长大，大自然的美景和灵性陶冶了我们开朗热情的性格，我们也以积极热情的情绪影响着孩子们，让他们活泼、快乐。小时候的生活环境让我们养成了勤奋刻苦，不怕苦、不怕累的精神，懂得生活的艰难，也懂得只有自强奋发才能战胜困难。叫苦叫累、发牢骚都是懦弱无能的表现，人世间没有过不去的坎，一切都是咬咬牙就能过去的。所以，我们不会把遇到的困难和挫折向孩子诉苦，当孩子遇到困难时也鼓励他们勇敢地面对。

农村“日出而作”的习惯让我们养成了早起的生活规律，从懂事到现在，除病痛外，没有睡过懒觉，天亮就醒，醒了就起床已成了惯性。叫醒孩子起床，为父的带孩子进行跑步、打球等锻炼，为母的准备早餐，整理家务。让孩子从小养成早睡早起的习惯；教育孩子按时吃饭，不挑食、不偏食，“食不言、寝不语”，讲卫生，饭前便后洗手；自己的东西自己整理，自己铺床叠被，东西要放整齐，用过的东西要放回原处。让孩子养成好的生活习惯，也是对孩子综合素质的培养。

培养良好的学习习惯。在家中每个孩子都有专用的抽屉和相对固定的桌子，课本及学习用具要自己整理保管好，要整齐有序，不能乱放，父母适当的进行督促检查，对整齐清洁的给予鼓励。老二在这方面总是做得最好的。

培养孩子良好的道德品质。我们教育孩子要讲信用，要正直无私，遵守公德，爱护公共财物，不损坏花草树木，不能拿别人的东西，有好吃的东西要分给别人。到孩子能认字读书时，毛主席的老三篇《为人民服务》、《纪念白求恩》、《愚公移山》及毛主席语录便成了孩子们为人处世的教材。全家人都一齐学，一齐背诵，不仅要背熟，而且要求以“老三篇”为全家的行为规范。家庭组成了学习毛主席著作小组，在周休日都要组织学习，让孩子轮流主持家庭学习会，做记录，培养孩子的办事能力。还办了家庭学习园地，每人都要写学习心得，检查自己的行为。另外还培养孩子写日记的习惯，锻炼提高他们的写作能力。培养他们看报纸的习惯，关心国家大事，提高了解认识社会的能力。

现在回顾对孩子的这些教育方法，似乎是太政治化、太成人化了，免不了压抑童真，抑制了孩子们潜在的创造能力。但是，在那个年代，似乎也是比较通行的教育方法。

在我小时候，母亲总是谆谆地教导我：“人活在世上，做人必须有志气、有骨气、要争气。”我理解，“有志气”就是要有理想、有追求、有远大的抱负；“有骨气”是做人要自尊、自爱、自强、胸怀坦荡、光明磊落；

“要争气”是要勤奋努力，不怕苦，不怕累，顽强拼搏，发愤图强地去追求和塑造人生。我努力地照她的教导做了。我的人生准则是：“做人以勤，待人以诚，勿贪名利。”我认为勤奋是成功的根本，人的智力差异是先天遗传的，是客观存在，不以人的意志为转移的，但“勤能补拙”是良训，只要勤奋努力就能成功；相反，虽有先天的智慧，但懒惰好闲，虚度光阴，也将一事无成。大发明家爱迪生说过：“天才就是1%的灵感加上99%的汗水。”这就是“做人以勤”的道理。“待人以诚”是我的为人处世之道，做人要正直无私，胸怀坦荡，待人诚恳，团结友爱，多看人长，少论人短。“勿贪名利”是我对待事业和仕途的态度。对待工作要积极认真，严谨负责，公正守法，敢于承担责任，不能欺下瞒上，更不能贪图名利，损公肥私。“勿贪名利”并不是胸无大志，碌碌无为。人是应该有抱负有理想追求的，但这要靠自己的勤奋努力去争取。我认为争名夺利，踩着别人往上爬的人是最卑鄙的人，我以“勿贪名利”告诫自己，鞭策自己，一切以事业为重，做一个光明正大、问心无愧的人。

我的做人准则也是教育我的孩子的“座右铭”。让他们懂得勤奋是一个人的高尚品格，事在人为，只要有志气，有毅力和决心，只要勤奋努力就能实现自己的理想。要求他们勤奋好学，勇于进取，树立自尊、自强的人格使自己成为一个正直无私、襟怀坦白、讲信用、有高尚品德、有丰富的文化知识、能自立于社会造福社会的人。

启发孩子的智力。孩子学会说话后就教他数数，从一开始，逐步增加到千数。三四岁就教加法的运算，从一位数到两位数，再到三位数，配合减法的运算。教孩子识字，练习写大字，星期日从幼儿园回来都布置一些作业让他们来完成，孩子们都赛着做。这样，在上学前，孩子们已能看小人书，能做两位数或三位数的加减运算。

培养孩子学习知识的自觉性，提高学习的兴趣，鼓励独立思考，钻研问题的精神。首先让孩子懂得学习知识的重要性，让他们懂得，知识是人类在社会上求生存的最重要的本领，知识就是力量，就是财富。世上的很多东西可以用钱买到，也可能丢失，但唯有知识是用钱买不到、别人也偷不去抢不走的；知识只有靠自己的勤奋学习，付出艰苦的努力才能学到；告诫孩子“少壮不努力，老大徒伤悲”，让他们明白父母只能给他们生命，指导他们如何做人，人生的路要靠自己走。因此，从小就要孜孜不倦地学习。另外，还要给孩子营造一个良好的学习环境，培养孩子的求知欲望。在当时，课外书不多，但只要有适合他们的，我们都尽可能去买，从《趣味数学》、《半夜鸡叫》、《小兵张嘎》、《十万个为什么》……到中国地图、世界地图、《中国通史》、《辞海》、《鲁迅全集》……都买。孩子们也从半懂不懂中慢慢激发起学习的兴趣以至于手不释卷了。邻居小孩说：“你家三个孩子，整天抱着书看，都成书呆子了，男孩子比大姑娘还秀气呢!”孩子知道珍惜时间，家里墙上挂着中国地图、世界地图、中国历史年表等。孩子们从小就对纵向的历史，横向的周边世界有所了解，兴趣浓厚，从小到大他们之间谈论的大多是国内要闻、国际局势等，很少谈论家长里短。孩子们求知欲强，喜爱博览群书。他们对世界充满了好奇，孜孜不倦地追求知识。如果遇到不熟悉的地名、不懂的单词，他们就会去看地图、翻词典，然后把答案告诉大家。

我们倒不担心他们不爱学习，而是怕孩子们看书时间太长，影响健康，那时还没有电视，收音机是全家唯一接收外界信息、收听音乐的工具，所以又买了乒乓球、篮球、象棋、笛子等文体器材让他们玩，既是一种调剂，可以休息一下，又可以锻炼体魄陶冶情操。有时间还带孩子去游泳、爬山、去公园，让他们在大自然中成长。孩子们不仅从小喜欢读书，也喜欢各种体育活动，做到了德、智、体全面发展。他们还喜欢各种智力型的游戏像下象棋、围棋、打桥牌等。老二参加学校的各种棋类比赛还多次获得全校冠军。在获得游戏兴趣的同时，从小就培养起公平竞赛、良性竞争的意识。老二身高 1.84 米，从学校到部队都是篮球队的中锋队员，游泳能达万米。

孩子们养成了良好的学习习惯，能自觉地完成学习任务，学习专心认真、刻苦钻研。做学校作业时，有时老大、老三做得快，老二没有做完，老大要帮他，老二还是坚持靠自己认真思考来独立完成。他们阅读广泛，能抓住重点。有一次，我和老三谈到有关人对劳动的态度问题，我认为劳动是人的本性，人是天生爱劳动的。老三反驳说：人是为了生存才去劳动的，人为什么想尽办法改进劳动工具？那是为了减轻劳动的强度。假如人能不劳动而生存时他就不会去劳动了。我批评他说的是谬论，他说这是英国科学家赫胥黎在《人在自然界中的位置》这本书中说的，并且从书中翻出这个观点给我看。我也读过这本书，但并没有注意到这个观点，我只能佩服孩子能抓住学习重点，有独立思考的能力。

三个孩子都有共同的特点，充满好奇心，遇事爱盘根问底，求知欲旺盛，勤奋好学，博览群书，学习都很优秀，这确实令人欣慰。可惜三人用眼过度都成了近视眼，父母和祖辈的视力都很好，所以他们的近视是后天造成的。如果早期多点注意，也许会好些。

我们十分重视培养孩子健康的体魄，这是他们立足于社会生活的本钱。具有健康的身体，优良的品德和丰富的知识是相辅相成，互为因果的。从某种意义上讲，健康的身体应该是第一位的。只有这三种素质并存，才能成为一个符合社会要求的合格公民。所以，我们的原则是，宁可穿得破旧些，但绝不能缺吃，在当时粮、油、肉、蛋供应都定量，蔬菜也不好买的情况下，我们都尽力地注意他们的营养需求，宁可自己少吃，也要让孩子吃饱。当时市场上偶尔会卖一种不要票的带鱼，由于肉的供应很少，便买回来做成鱼肉松，夹在馒头里吃，总之千方百计让孩子们得到充足的营养。再是注重他们的体育锻炼，上中学时每天早起跑步，夏天游泳，有时组织家庭爬山比赛，看谁能第一个登上山顶。所以，他们的身体素质都很好，魁梧健壮，身高都在 1.8 米以上。

培养孩子从小爱劳动的习惯是培养他们独立生活能力的重要方面，也能体现孩子做人的品德。从孩子六七岁起，我给每个孩子做了一块小围腰，教他们学洗衣服、做饭等基本的生活本领。洗衣先从背心、袜子等小件洗起；做饭先从洗菜、焖饭学起；扫地、倒垃圾等家务劳动都让他们做，自己能做的事情自己做，别人的事情帮着做，穿针钉扣子缝被子等都学着做。做得好的给予鼓励。孩子都有好奇心，都愿去做他们不会的事情，慢慢地养成了劳动习惯。兄弟三人很小就学会做简单的饭，三人分工，老三焖饭，老二洗菜，老大安排指挥，等我下班回家就可以炒菜吃饭了。老三七八岁时已是焖饭的能手，他焖的饭软硬合适最好吃。孩子小，也曾闹过笑话。有一次焖饭前忘了量水的多少，到开锅时才想起来，但又怕烫手，就请邻居邓阿姨帮他量一下。老邓开玩笑说："你这小子还挺聪明，你怕烫，我就不怕烫吗?"最后教他用筷子量就不会烫手了。又有一次，我买了些青辣椒，老二洗菜时把辣椒掰开掏籽，手又摸了眼睛，辣得他直叫唤。老大做饭做出了兴趣，就跟邻居学做芝麻酱烧饼，那时芝麻酱是定量供应，一个月一户只有二三两，他把家里几个月舍不得吃的麻酱全用光了。但我还是很高兴，他又学会了一种做饭方法，将来不会挨饿了。

我们还注意锻炼孩子的购物能力，让他们学会挑选货物的质量，知道价钱的贵贱，买到价廉物美的物品。孩子们也曾多次上过当。有一次，让小雷去买胡萝卜，他买来的胡萝卜只有大拇指粗。原来是卖菜的哄骗孩子说小胡萝卜最嫩最好吃。又有一次让小二买西瓜，却买回来一个生瓜。孩子慢慢地积累了生活经验，有了独立生活的能力。

我们积极支持孩子参加学校组织的学农、学工活动，让他们到农村体验农民的生活，学会辨别各种农作物，不至于闹“麦苗当韭菜”的笑话，也让他们通过劳动知道生活的艰辛，懂得珍惜一粥一饭；通过学工懂得劳动创造世界，创造价值，只有靠劳动创造出物质，人类才能生存的道理。

我们就是这样让孩子从小获得生活的知识，养成劳动习惯，学会独立生活的本领，让他们懂得人只有靠自己，不可能一辈子靠父母，自己是生活的参与者，不是享受者，培养他们的责任感和使命感。所以，孩子们上学，从小学、中学到大学，除上小学的第一天由家长送去学校外，其余都是自己去学校，没有接送。记得春雷上大学时，一切用品都要自己带，是他自己扛着行李用品，坐公交车去的，因为东西多，是分两次带去的。这也是培养孩子独立生活能力的一方面。

对待子女一视同仁

我们从孩子小时候就注意对三个儿子在各方面都平等对待，对他们的疼爱和照顾一视同仁，从不厚此薄彼。父母要给孩子营造一个和谐友爱、民主平等、团结互助的家庭生活环境，为孩子的成长营造良好的家庭气氛。父母和子女是平等的，父母既是家长，又是孩子的朋友；既有引导教育孩子的责任，又要实行民主作风，平等待人，子女可以向父母提出不同意见和要求，也可以对父母的错误决定提出批评；父母对子女的事要发扬民主，不能专制独断；家长和孩子间要互相尊重、相互理解；教育孩子，弟兄间要团结友爱，互相帮助，要谦让，对缺点错误可以提出批评，但不能吵架或打架；语言要文明，坚决禁止说脏话；对人要有礼貌，要尊敬老师和长辈；举止要文明，见人要热情招呼问好，别人问话要认真听并礼貌地回答，别人交谈时不要随便插话；要关心别人，在力所能及的情况下帮助别人。

家庭成员间的平等关系是家庭和谐的前提。父母的一视同仁才能让兄弟间友爱互助，也才能让他们更关心和帮助别人，同时它又是培养孩子健康正常的心理素质，使他们平等待人，善于与人交往，搞好人际关系的重要方面，也可以培养孩子自尊自爱，不恃强凌弱，不趋炎附势，光明磊落的品德。

脖子上挂着钥匙的“小家长”

要形成和谐友爱、团结互助的家庭，要有一个权威的统帅。这个权威是靠他的以身作则，吃苦在前，享受在后，关心爱护家庭成员的人格魅力形成的。他让成员有安全感，有依靠。一般说来，父母是这个家庭的权威，统帅家庭成员安居乐业。

“文化大革命”时期，我去湖北干校劳动，离家千里，一去三年多，廷权也经常出差在外，照顾家庭的担子就落在了老大身上。老大脖子上挂着门钥匙，带着两个弟弟，当起了小家长。其实三个孩子的年龄相差不多，老大只比老三大四岁多，尤其是老二长得与老大一般高，相貌也相似，别人常误认为他俩是双胞胎。他们是在共同玩闹、共同学习、相互帮助中长大的。那时老大也只有十一二岁，他像个小大人，统帅着弟弟，照顾他们的生活，带领他们学习、游玩。在社会上秩序混乱、打砸抢横行时，他不让弟弟出门乱跑，以免他们受到伤害。弟弟不听话时也免不了发点小家长的“威风”，但更多的是关心照顾爱护弟弟，他以自己的言行在弟弟面前树立了威信。老大为人诚恳老实，从小就善解人意，能体贴关心别人，不自私，克己为人，大度大方，总是把好东西让给别人，家里的剩菜剩饭吃得最多的是他。他不仅关爱弟弟，也孝顺父母。那年我上干校劳动，走前把家里仅有的几个鸡蛋煮好了给孩子们吃。等我上了火车，才发现鸡蛋都放在我的提包里。我既难过，又感动。难过的是，那时鸡蛋定量供应，平时孩子们很难吃到，而他们正是长身体的时候，需要营养；感动的是，这么小的孩子，怎么就能把他们爱吃想吃的鸡蛋留给妈妈吃呢？多么孝顺懂事的孩子啊！

又有一次，是孩子们在食堂好不容易买到一盘红烧带鱼，大概只有六七块儿，那时供应紧张，很难吃到鱼，孩子们想吃鱼是可想而知的，但是老大仍然说服弟弟给父母留了半盘鱼。当他把鱼拿出来给我们吃时，我感动得掉了泪，这不仅是半盘鱼，更是对父母的一片孝顺的爱心，一种可贵的品质。就是这种品质，赢得了弟弟的尊重，也赢得了父母对他的信任。他不仅照顾弟弟们的生活，同时还指导他们的学习，使他们在自学中打下良好的文化基础。他们三人的学习一直名列前茅，这里边老大是功不可没的。在那个秩序混乱、鱼龙混杂的年代，孩子们没有染上不良的习气，就是这位小家长同两个弟弟的团结友爱，保护了自己。

我对老大从心里有一份特殊的感情，这并不是偏爱，应该说是一份感激之情。感激他在父母不在身边时，代替父母关爱和保护着他的弟弟；同时以身作则带着他们养成好学的习惯，对营造和谐友爱、积极向上的美好家庭，起到了重要的作用。

艰苦朴素的家风

在艰苦的农村长大的我们，知道生活来之不易，所以艰苦朴素是我们的本能，同时客观上我们也没有过奢侈生活的条件。收入有限，除负担全家生活外，还要帮助农村的父母和一些亲戚。另外，孩子们正在成长期，而当时棉布、粮、油、肉、蛋等都是定量供应的。那时买双袜子或毛巾都要布票，也还没有其他免收布票的人造纤维之类的替代品。男孩子穿衣服又比较费，一条新裤子穿不到两个月就磨破了，只能打补丁穿，膝盖、臀部补了一次，破了再补着穿。

我家孩子经常穿打补丁的衣服，然而补丁最多的是老三，因为他都是捡两个哥哥的破衣服，两袖和前片都是多次补过的。他有时坐在我怀里指着补丁说他的衣服破了，我就安慰他："没关系，破了就补，艰苦朴素嘛!"他会天真地笑着说："妈，我艰苦朴素，艰苦朴素。"

那时，在孩子的穿着上我们只能保证他们穿暖，不致挨冻而已。那个年代经穿耐磨的尼龙袜还很难买到，棉织的袜子破得快，所以当妈的补袜子的任务也是颇重的，经常得利用空闲时间来补袜子。这对现在的年轻人来说可能是无法理解的。还有鞋，也要修补着穿，廷权买了一套修补鞋的工具自己给孩子补鞋。孩子们也是从小养成了习惯，从来不讲究穿戴，也从不在乎别人说什么，只要大方得体就可以了，直到长大后依然如此。

日子就这么勤俭节约地过着，孩子们也很懂事，从不乱花钱，甚至家里给的一点点零花钱都舍不得花，都要攒起来，到上高中时可能攒了二三十元，老大买了一些课外书，老二买了一副围棋和一把口琴。

"望子成龙"——儿子的上学问题

"望子成龙"是每个父母的心愿，我们也是如此。也曾经想方设法地想让子女上好学校，受好的教育，上大学，能有好的工作，能成才成名。

也能了却我们父母辈没有上大学的遗憾。当老大到了上学年龄，正逢北京外语学校招收学龄儿童培养外交人才。这是天大的好事，给孩子报了名，带着孩子去考试。一到考场，人山人海，才知竞争的激烈程度是超乎想象的，据说招外交系统的子女还招不过来呢，当然是名落孙山。接着就是想让孩子上景山小学，受到严厉的批判，才批醒了我。明白有很多事是不能强求的。子女能否“成龙”，也要听其自然。子女成才与否，不完全在于上什么学校，而根本在于他的潜质和勤奋，在于良好的家庭教育。好学校、名牌学校的学生也不一定个个是优秀的。只要孩子勤奋和努力，在任何学校都可以学到知识。我们三个儿子的情况就说明了这一点。

老大是生育高峰时生的孩子，该上学的时候学校少，学生多，教育部门采取了两个措施：一是将 6 岁上学改为 7 岁上学，而且要在该年 9 月 1 日前出生；二是全日制改为半日制，学生分上下午班上学，以解决教室紧缺之急。老大是 11 月生的，按规定要到快 8 岁时才能上学。而且是半日制，学生有半天要留在家里，双职工的家庭，家里又无老人照看，把一个七八岁的孩子单独留在家里很不放心。

那时我们住景山后街，附近有个中宣部办的景山学校，这学校是全日制，招收 6 岁的孩子；学校教学质量也好，离家又近，能上景山学校是最理想的了。但是这个学校只招收高干子弟和中宣部职工的子女。我当时不知轻重，想去试试，于是就从单位开了介绍信，去中宣部找主管学校的人，请求收这个纳西族的孩子上景山学校。照说，这事很简单，能收就收，不能收就罢。当时接待的人说要研究后再答复，结果却立刻把电话打到民委，一是说不能收这孩子，二是说要求照顾少数民族是错误的，要批评教育。民委接电话的人又立即写成记录送到民委副主任的手里。那时是1964年，正是搞“四清”运动，大搞阶级斗争，大讲“民族问题说到底是阶级斗争的问题”，大批民族主义，谈民族色变的极“左”思潮泛滥的时期，正急欲找地方民族主义典型的时候，我就撞到枪口上了。民委副主任亲自主持会议，批判我的“民族主义情绪”。

我真如五雷轰顶，做梦也没有想到为了孩子上学这件小事，竟引来这么大的政治横祸。批了一晚上，还要杀一儆百，要接着批，并要在民委系统通报批判。这一棒把我打懵了，觉得这回完蛋了。幸好顶头上司政治部主任胡嘉宾同志救了我，他说：“算了，小杨在工作中没有民族主义情绪表现，只不过想让孩子上个好学校，找点理由而已，批判会不要再开了，也不要通报批判了。”这样碍于老红军的面子才饶了我。经过此劫，让我懂得，老百姓就应该老老实实地过平常的日子，不要有非分之想，一切顺其自然，不要强求。老大最后上了西板桥小学，学习成绩优秀。他上的中学是161中学，161中学的前身是北京女一中，师资力量很强，曾培养出一批女科学家、艺术家等。后改为161中学，招男女生。老大学习勤奋，学习成绩名列前茅。以后全国恢复高考，考上大学，读研究生，取得了硕士学位。

老二上学也是多有波折。1965年老二满7岁，但也是生在9月1日以后，当年上不了学。1966年“文化大革命”开始，学校停课闹革命，不招生，孩子还是上不了学，只能仍然放在幼儿园。孩子个儿高，比其他的小朋友高一个头，幼儿园的老师开玩笑说：“孩子都快可以娶媳妇了，怎么还上幼儿园啊！”到1968年1月，学校复课，孩子9岁多才上了黄化门小学。他在班里年龄偏大，个子最高，有点“鹤立鸡群”的感觉，孩子心理上也有压力。老二在上学前，通过辅导和自学，已能阅读报纸杂志、青少年读物、科普书籍，能流利背诵毛主席的“老三篇”及语录，能写日记，会简单的数学计算、背诵九九乘法表。他掌握的知识比同班的同学高出许多，一年级的课程让他吃不饱。在这种情况下，我们只有请求老师让他跳级。老师答应考试决定，老二上学前在家自学，语文及数学的基础都不错，家里又给他补习了小数、分数的运算，经过考试，老师同意他上三年级。自此，他的学习一直都是很优秀的。初中、高中都是班里的第一、二名。

曾经有这样两件事，邻居老聂带她的孩子和我们老大到301医院看病时，遇到总政话剧团的一位领导，他看上了老大俊秀灵气的长相，认为很适合当话剧演员培养，请老聂回来跟家长商量让他去话剧团当演员，并留了电话。老二也是北京京剧团到他们学校选演员时被选上了，只要家长同意就可以去。那时孩子刚十一二岁，初中都没有上，我们就没同意去。这倒不是我们看不起搞文艺工作的，主要是孩子还小，文化知识基础薄弱，没有文化怎么搞文艺呢？所以，首先要把文化基础打扎实，有了文化，长大了真有文艺潜能再去从事文艺工作也不迟。另外，我们也不鼓励孩子们搞文艺：一来是我们没有发现孩子在文艺方面有什么特殊的潜质；二来是文艺工作的职业生命太短，职业竞争性太强，真正能成名的只是百里挑一，甚至是千里挑一。我们的原则是，实事求是，不强求孩子去做他不愿做的事；引导孩子去做适合他做的事；不让孩子去做没有把握或者是不适合他做的事，包括选择职业。

老三上学也很有意思。老三春雷在上学前在家自学已能看书，写日记，演算三位数的四则运算题。上学后，一年级的课程已不能满足他的要求，也很难忍受老师让学生把双手放在背后听课，免不了东张西望，不注意听讲。老师批评他："春雷，你为什么不好好听讲，你会了吗？"他顶嘴说："白会。"这可冒犯了师尊，让学生检讨不够，还要让家长也写检讨。不几天又发生了揪前座女同学头发的事，老师把家长叫到学校训斥。我除了道歉外，还提出一年级的课程满足不了他的要求，能否让他跳级，到适合他要求的年级上课。就这样，他从一年级跳到二年级。春雷上二年级后学习和纪律都很好，老师很喜欢他，还让他当小辅导员，帮助班里的同学。春雷上的初中是东城区倒数第一的学校，教学质量差，校风也不好，我真担心孩子受不良影响。但春雷学习很自觉，除认真学课文外，还利用一切时间读课外书，历史、地理、文学、政治都读。他们弟兄三人互相切磋，互教互学。读历史看到历史事件的发生地点就看地图，《中国通史》读了几遍，中国地图也不知看了多少遍，基本上能把地图都记下来了。他们就是这样脚踏实地扎扎实实地学习。

有一次班主任说春雷不积极参加学习马列著作小组，在当时不积极参加政治学习是思想落后的学生。经问，春雷说："他们哪里是学习，只是打打闹闹浪费时间而已。我不愿浪费时间，所以自己在家学习政治经济学，还写了笔记。"这给我很大的安慰，一个初中孩子，不受周围环境的左右，能独立思考，正确判断是非，自觉地去学习，真是难能可贵。以后，有个教政治经济学的朋友来，我把春雷的笔记给他看。他说："我们学院学生的学习笔记还没有写这么好的呢!"

又有一次，春雷同班的肖卫跟我说："今天真解气，小雷把老师弄得很没面子。"事情是这样的，语文老师让学生自选题目写作文，春雷写了一首五言古诗《游长城有感》，老师认为是抄袭的，故意为难他，在班上责问他是哪里抄来的，春雷回答是自己写的，老师不信，要他讲解，春雷便将全诗每句的含义、典故的来源滔滔不绝地讲解了。弄得老师瞠目结舌，只能给作文成绩批优。春雷从来不会把他得意的事跟家里说的，要不是肖卫，我们也不会知道这件事。以后就把这首诗要来看了。兹引如下：

游长城有感

（杨春雷　1977 年）

燕北丛山中，昔曾见武功。

前哨八达岭，险峻说居庸。

边鄙骤闻警，狼烟夜举红。

李牧幽代奋，窦宪漠北从。

随骑仅六六，班超堪称雄。

魏武碣石咏，汉帝歌大风。

明皇极边欲，藩镇踞唐宫。

宋祖开国日，骁骑前后拥。

朱棣五出塞，土木变大同。

叛将献山海，清室入主东。

恍惚千年逝，功过谁与评。

人民苦战争，十室又九空。

田间荆棘生，沙场白骨横。

长夜待黎晓，太白摧残更。

一唱雄鸡过，浑然天已明。

今游名胜地，漫步思往情。

烽台连巅顶，言尽意未穷。

这首五言古诗，共34句，写了从战国、汉、唐、宋、明、清历代在长城内外发生的历史事件，用了十多个典故。一个初中学生能有这么深厚的历史知识是不简单的。

春雷和父亲陪老乡游长城

春雷从小就比较有主见，不随波逐流，不慕虚名，是个认真求学的孩子。在他读初中时，社会上参军热极一时，很多孩子以能参军为荣，十三四岁就去参军的很多。正好有部队来招通信兵，他父亲动员他去当通信兵，春雷断然拒绝，理由是他现在需要的是认真求学，有了文化知识后才去考虑这些事。

顺便谈谈关于高考的事。从1966年“文化大革命”开始，中国就停止了高考。自此，想求学深造的青年人求学无门，社会上泛起了“读书无用”的论调，出现了交白卷而成造反“英雄”的张铁生的典型和批判师道尊严的黄帅“模范”；有文化科学知识的知识分子成了“臭老九”、反动学术权威，没有文化成了一种荣耀。很多家庭放弃了对子女文化教育的要求。但我们深信，只有文化科学知识才能建设国家，个人才能有出路。所以，我们一直坚持督促要求孩子们努力用功求学，告诫他们“富贵聚散无常，唯学问终生受用”。虽然“文化大革命”的十年，正是我们的孩子上小学、初中、高中的阶段，而他们都能相对扎实的学完了这些阶段的功课，打下了参加高考的文化基础。

1976年粉碎了“四人帮”，1977年冬天正式恢复了已停止十年的高考，允许13~37岁的人参加高考。恢复高考是重新肯定知识分子的价值，昭示了理性的复苏、恢复了知识的尊严，尊重知识、尊重人才又成了时代的追求。参加1977年高考的人大多数是从1966年以来，上山下乡插队的知青和在部队、在工厂中度过了青春没有正经读过高中的年轻人。据说参加1977年高考的有570万人，被录取的约28万人，约占参加高考人数的4.9%。这可能是中国历史上竞争最激烈的一次高考，这些被称为77级的大学生在那个时代被称为是最有才华的人。

当年春雷15岁，初中刚毕业，他也参加了这次有历史意义的高考。

当年高考的录取分数线是两个档次，即工农兵（工人，农村插队知青，军人）的录取线为250分，在校学生的录取线为300分，春雷考了312分。我们动员他去上大学，他拒绝了。说："我参加高考只是想先体会一下高考的滋味而已。我还小，高中是学文化知识的很重要的一个阶段，跳越这个阶段，文化知识基础就不扎实，所以，要读完高中再上大学。"

春雷考上北京大学

春雷读高中是在北京十三中，这是西城区教学质量高、学校纪律好的一所高中，不比不知道，一比吓一跳。他读初中的中学与十三中相比，先不说教学质量的高低差距，就以数量来说，初中的语文、数学、外语，原中学少教了一半或三分之一。基础课差了这么多，春雷只能猛补这些课程，好在他学习自觉，方法得当，加上老师的辅导，很快就赶上了。之后学校数学竞赛得了第三名，还参加了西城区数学比赛。老师也很看重春雷的学习能力，当学生进入高考准备时，老师鼓励说："假如十三中文科班只有一人能考上大学的话，那应该是春雷。"

春雷不负老师的期望，于1979年以北京市文科第一名（状元）的优异成绩考入北京大学经济系世界经济专业。《北京日报》、《光明日报》报道了这消息，世界五大通讯社都转载了。亲友们都来祝贺。他入学不到一年，又由北京大学选送德国留学。留学前先去上海同济大学强化德语学习，学习十分紧张，全是德国的教师用德语教课。他原来学的是英语，德语一点不懂。开始学时真是十分困难，学习进度也很快，五周就学了1400多个词，但他很好地完成了学习任务，考试成绩都是满分。到德国后先在科隆大学学习，再转入波恩大学，最后在多特蒙德大学获得博士学位，接着又到美国波士顿大学做博士后，现在从事研究工作，为研究员。

春雷的数学基础不错，理化也可以，"学好数理化，走遍天下都不怕"，所以我们建议他考理工科。他却说："现在人才都流到理工科了，所以我要考文科，给文科保留一点人才。"他在选择大学专业时也颇有意思。当时学法律是最热门的，我们也鼓励他学法律，他却认为当时的法律地位是"温顺的婢女"，不愿意学。他想去学哲学，我们认为哲学的辨证观点很难弄清楚，他说："难道我不能想办法把它弄清楚吗?"北京大学向学生透露了要选送一批学生出国留学的消息，但未说明去哪个国家。春雷说："这批留学生假如要去日本，我宁愿留在北大，也不愿去这个暴发户的国家留学。"春雷十分留恋北京大学，希望在这里完成大学本科的学业，认为北大是世界名校，何必到国外去读本科呢。当时出国热盛极一时，只要能出国都拼命抢着去，他的这种想法真有点特别。当知道是留学德国时，他也很高兴。全家都积极支持他去留学，一来德国科隆大学是名校，二来他是丽江士可村杨家的第一个留学生。余乐村杨家虽然已有一个曾任大学校长的美国留学生，留学德国的是第一个。

与春雷在日内瓦联合国万国宫前

儿子在生活的磨炼和挫折中成长

人生没有笔直的道路，困难和挫折的磨炼使人坚强、睿智和成熟，迸发出克服前进途中障碍的勇气和毅力。我们的儿子在人生的道路上不断跨越大大小小的险阻中健康成长。

游北海累了

大概是1961年夏天的一个星期天，廷权和我带着两个儿子到北海公园玩。先到儿童游乐场，孩子们滑滑梯、攀登架、荡秋千……玩得十分高兴。我们坐在一旁欣赏着孩子们欢快的笑声和天真烂漫的身姿，这是一种十分美好的享受。玩够了游乐场又去划船，湖面上的游船往来穿梭，湖水碧波荡漾，空气清新湿润，愉悦欢乐的气氛在湖面上飘荡。游船间的互相碰撞引来了一阵笑声和道歉声。那时，老大不到4岁，老二不满3岁，但他们也高兴地拿着船桨学划船，桨击湖水溅湿了他们的衣服，却激起了孩子们开心的笑声，全家人玩得十分尽兴。

1961 年在北海划船

那时我们住在景山后街，离北海只有一站路，由于玩的时间长有些疲惫，还是带孩子坐公共汽车回家。一上车老大就伏在我的怀里睡着了，下车离家还有一百来米的路，老大不想走，要爸爸抱着回去。老二在一旁看着我们没吭声，显然他的想法是：我比哥哥小，你们抱他也要抱我。在这种情况下不能答应他们的要求，我们连哄带劝地让孩子自己走回家。原本老大是个开朗听话的孩子，知道自己是哥哥，平时总是听大人的话给弟弟做榜样，只要自己能做的事都会高高兴兴地去做，是个讲道理的孩子。他也不爱哭，有时摔了跤很疼，也只哼两声就过去了。这次却不然，可能是没睡醒闹觉的缘故，他赖着不走，非要抱不可，最后坐在地上号啕大哭。看他哭得那么伤心，我的心有点软了，和廷权商量，还是抱回去吧！廷权不同意，说："不能惯孩子，让孩子用哭闹耍赖的办法来达到他们的要求，对孩子性格的培养是不利的。不要理他，让他在这哭吧，经一些挫折对他有好处。"我们就拉着小二走了，走出不到30米，老大不哭了，站起来和我们一起回了家。到家后，我们表扬了孩子自己走回来的行为，同时也教育、鼓励他们要学会自己克服困难。

顺便说一下，我们对子女的教育问题，曾经有一个协议，就是对孩子的教育两人的口径要一致，如有分歧都要统一了看法后再面对孩子，不能各行其是。但生活中难免有突发的事情，这次对孩子要抱的要求，我们有了分歧，而且要现场做出决定。怎么办呢？这时我们就用纳西话来交流。我们的孩子虽然是地道的纳西族，但他们生在北京长在北京，没有说纳西话的语言环境，听不懂纳西话。所以我们要说些不想让孩子知道的事情时都要用纳西话交谈。孩子们开始很奇怪，问大人，你们说的是哪一国的话呀？孩子的姥姥在北京时曾教过他们一些简单的日常用语，姥姥回家乡后，就没有了说纳西话的语言环境，因此到现在他们也还是只能说个别的单词。

淘气的男孩子

老大两岁半的时候，自己离家出去玩儿，不知跑到哪儿去了，急得全家及邻居都去寻找。最后是在离家有半站地的马路对面的交警岗亭边找到的。据交警说：他看到一个这么小的孩子靠在护栏的链子上荡着玩，问他家在哪里？说住大楼，交警告诉他不要乱跑，就在这里玩。他快下班了，准备下班后再把孩子送去大楼。我们住马路东南角，岗亭在西北角，说明小孩自己穿过马路了，这多危险啊！老大上小学，在上学的第四天，课本就丢了，也不知丢到哪儿了？大人免不了抱怨和训斥。孩子刚上学，还不熟悉和适应新的环境，可以说是人生地不熟，当然是无所适从，找不到北了，后来才知道是老师把书留下了。

老大六七岁时，正是蹦蹦跳跳玩闹的年龄，有一天在大门口的台阶前来回跳着玩时摔了，眼眉尖砸在石头台阶上，差点伤到眼睛，血流满脸，缝了五六针。又一次是兄弟三人去游泳，跳水时老大没有等先跳的人浮上来就往下跳，下巴磕在浮上来的人头上，豁开了一个大口子，缝了七八针，至今还留着一道疤。

最危险的一次是掉入冰窟窿，差点淹死。事情的经过是这样的，老大11岁时得了阑尾炎，住院做手术。那时正是“文化大革命”时期，无政府主义横行，医院管理混乱，护士领导医生，对病人也是横眉竖眼，孩子做完手术还没有20小时就让他下地拿着墩布墩地，护士在旁边看着，美其名曰要加强锻炼，以致刀口的部分缝合线迸裂，也无人管，过几天拆了线就让出院。我怕恢复不好留下后遗症，就让孩子在家休养，嘱咐他少活动千万不要出去。那时正是11月份，水面已结了薄薄的冰。我去上班，“文化大革命”时期，晚上都有会，他爸爸出差在外地，我回来时已快10点，孩子都已躺下，进门开了灯，老大就从床上跳起来，迷迷糊糊，满脸通红，指着门嚷：“坏蛋来了，不得了啦！”看样子是受了极大的惊吓，我安慰抚摸他，发现孩子正在发高烧。那时交通工具极少，我就背着他到医院看病，打了退烧针，拿了药就回家了。第二天早上一看，孩子刚穿的新裤子烧了好几个洞，正纳闷，邻居十分神秘地告诉我：“小丽昨天被赵军带去什刹海的冰面上玩，掉入冰窟窿差点淹死了，幸好有个大人路过把他救上来了。裤子湿了，在火炉上烤着了。”这一说，可把我吓出一身冷汗，多险啊！要是没有路过的大人可就没有命了呀！在又吓又急的情况下，孩子虽然病着，我也忍不住批评他不听话。再说他太不懂事了，11月的天气，水面上刚结的冰还很薄，不能在上面玩也不懂吗？差点送了命，这有多危险啊！老二在旁边怯生生地问我：“妈，要是小丽没命了，我就是老大了吧！”弄得我啼笑皆非。

老二在一岁半时得病毒性感冒，连发高烧两周，一烧就是42°C，吃了退烧药，也只能退到39°C。当时所有的儿童医院、大小的儿科门诊部都去看过，医生都无能为力，最多开点金霉素，药吃了一大堆也不管用。烧到最后孩子直抽搐，满嘴起泡，我束手无策，只会抱着孩子掉泪。烧到第 14 天总算退烧了，已经把孩子烧得连坐都坐不稳了，我最担心的是把孩子的脑神经烧坏了，精神受损伤。长到五六岁时看他的发育和智力都和正常的孩子一样，这才放下心。那时没有天然气，也没有液化气，家里烧水做饭用的是蜂窝煤炉子。那天大人正在给炉子加蜂窝煤，把烧红的炉圈放在地上，小二跑过来站不稳倒在炉圈上，把大腿烫伤了，至今还留下半圆形的伤疤。还有当他十来岁时，和小朋友玩，比赛谁最勇敢，从三楼抱着下水道管子滑到二楼阳台上。这有多危险啊！孩子不知深浅，滑到离地面还有两米多时坚持不住就松手掉下来了，幸好脚面着地，把脚大拇指和中指间的骨头摔裂了，经打石膏治疗几个月后才慢慢恢复。

老三身体好，半岁时就已能随便翻身。有一天从床上翻掉到地上，摔断了锁骨，看孩子痛得不能动，听着那种难以忍受的啼哭，当妈的心都碎了。医生把他从背后绑上 8 字型的绷带接骨。说也奇怪，小孩的骨头长得快，七八天就接好了。他的好奇心特强，两三岁的孩子见什么都要问个没完，“这是什么呀?”“那是什么呀?”“为什么呀?”西板桥副食店旁边的院子里养了一只山羊，个儿不大，一对弯弯的犄角，大大的眼睛，下巴挂着名副其实的山羊胡子，用一根绳索拴在木桩上，有时咩咩地叫着。他很喜欢这只山羊，当姥姥带着他去副食店买东西时，每次都要在山羊旁转来

春雷和姥姥

转去，问个没完，他问：“山羊怎么来的?”告诉他：“山羊妈妈生的。”他还问：“山羊妈妈哪里去了?”答复说：“山羊妈妈还在老家，小山羊离开妈妈到这里来了。”他难过地说：“小山羊离开妈妈真可怜，它再也见不到山羊妈妈了吧?”他又问：“小山羊的犄角做什么用？它会抵撞人吗?”回答说：“你不打它，它不会的；你要惹他，它要保护自己，就会用犄角抵你的。”他就会对小山羊说：“小山羊，我喜欢你。”还会用小手抚摸山羊。他经常要求姥姥带他去看山羊，有一天姥姥带他去看山羊再买菜，他高兴得蹦蹦跳跳出门了，一撒手就跑到马路上，突然一辆汽车飞驰而来，眼看就要撞上孩子了，姥姥拼命冲到马路上把孩子抢过来，祖孙俩摔在马路边，汽车过去了。一老一小吓晕了，瘫在马路边上半天没有站起来，菜也不买了，到晚上仍惊魂未定。

《辞海》被骗走

有一天我下班到家后，老大告诉我："你表妹来跟你借钱，你不在，她就把咱家的《辞海》借走了。"我在北京没有什么表妹，这不是怪事吗？老大是上午上学，下午在家做功课。据老大讲：约下午2点，来了个20多岁的姑娘，穿一身黑棉袄，东北口音，进屋就问孩子大人哪儿去了，当得知都上班去了，五六点才能回来，她就坐下和孩子聊天，问做什么功课……然后问孩子，父母每月拿多少钱？钱放在哪里？孩子都不知道。她就翻衣柜，没有翻出值钱的东西，就翻书架，翻出一部《辞海》还值些钱，她拿上《辞海》对孩子说："这书借去看看，晚上再来找你妈时送回来。"那时，孩子10来岁，十分善良单纯，对任何人都很信任，根本还不懂得会有诈骗，只知道对客人要热情，要帮助别人，既是妈妈的"表妹"，更要有求必应了，所以也就高高兴兴地让她把《辞海》拿走了。我们通过这件事教育孩子，社会上也有坏人、骗子、强盗、小偷……要学会识别好人与坏人，要防止上当受骗。不认识的人，不能让他进屋。

老二挨打

大概是老二11岁时，有一天哭着回来，哭得快憋过气去，看来是受了很大的委屈。原来是放学回家的路上无缘无故地被街上的一群小混混打了。看着他挨打比我被打还难受，我问他为什么不还手？他说那些孩子都比他大，人也多，他只有逃跑的份，哪敢还手啊？看着孩子就这么受欺负，我心痛极了，但也无奈，只能边安慰边帮他拍打身上的土，说："这也对，好汉不吃眼前亏，咱们惹不起，躲得起，还是躲开这些小混混吧！"以后，也教育孩子，要不畏强暴，不畏权势。因为，有的人是欺软怕硬的，你越软弱，他就越欺负你，所以，该还击时也要还击，不能只是躲避。当然，要尽可能地避免动手，但在思想上、精神上应该是个强者，要敢于蔑视和反抗强暴。

孩子拿了家里的钱

我们家庭成员之间是彼此信任的，所以，大人的钱包是随便放的，孩子要钱时有时也会叫孩子自己去钱包里取，从没有想过孩子会背着父母拿家里的钱。那天要送老三回幼儿园，准备交费，拿出六张5元的票子放在桌上，要走时发现少了一张5元的票子，以为是自己数错了，又拿了一张凑足了30元交了费，压根儿也没有想到是孩子拿的。

过了几天，邻居老胡送来5元钱，告诉我，她儿子志军叫小丽拿点钱来安装半导体收音机，小丽就拿了5元给他，她儿子拿这钱去买冰棍吃时被老师发现，老师告诉了家长。我得知后，真如晴天霹雳，粉碎了我对孩子的信任，也觉得自己教育孩子太失败了，伤心至极，边打边骂："小时偷针，大了偷牛，这还了得。"抬手就在老大的屁股上抽了几下，又怕打坏了孩子，没敢再打，但心里的痛苦还没有发泄完，就随手拿起痰盂盖子往地上砸打，歇斯底里号啕大哭，还惊动了邻居，孩子也吓得脸色都变了。

这是我第一次，也是唯一一次真正打孩子。冷静下来后挺后悔的，八九岁的孩子，对"拿"和"偷"的是非观念还不是很清楚，而且这是邻居小孩骗他说要组装收音机，他由于好奇，也想参加组装才拿了家里的钱，他并未意识到这么拿家里的钱是错的。为了教育孩子，我告诉他们家里的钱是不能自己随便拿的，要经过父母的同意，需要用钱只要是合理的，父母都会同意的，但要向父母说明原因；别人的东西一针一线都不能要，不能拿，这是做人的品质问题。这件事使三个孩子都受到了教育。

申请加入共青团遇到阻力

老大从小学到高中，一直是品学兼优的学生，在学校他能关心同学，帮助同学，积极参加劳动，学习成绩都是班里一二名。毛病是可能多少有点自以为是，爱向老师提问。上高中时有一次向班主任提问，老师回答不了，老大的语言有些不够尊重，老师认为是成心给她难堪，自此记了仇。

老大多次申请加入共青团，都被刁难而入不了团。班主任还把家长叫到学校训斥，数落老大的“罪状”，说他目无尊长，还说他结交落后学生，搞小集团，声言这样的学生怎么能入团？等等。老大的同班同学里有几个是同院的，他们是属于参加社会活动不积极，学习也一般，有时也偷着看当时地下传抄的所谓黄色小说《第二次握手》之类的，老师认定他们是“落后”学生而加以排斥。而老大和他们都亲近，在学习上帮助他们，他们也很信服他，常到我家来问作业，聊天或玩，有时就留在我家吃饭，我和他们也很熟。关心和帮助同学是一种美德，怎么成了结交落后，搞小集团了呢？

老大入团受阻的另一个原因是他外公的历史问题，因而他受到政治上的株连。先不说他外公那是个冤案，就从亲属关系来说他还没有见过外公呢。真是株连九族啊！

应征入伍又被取消

老大高中毕业时大学不招生已有很多年，他又不够留城安排工作的条件。因此他的出路有两条：一是上山下乡插队，这是大批城镇青年的出路；二是到部队当兵，这是男孩子首选的出路，名额不多，竞争激烈。

那时南海舰队到他们学校征兵，老大便报了名。经体检、政治审查都合格，已接到入伍通知书，征兵部队的人也来家访，通知家长应准备的物品，一切都已准备就绪，就等出发了。谁知天有不测风云，突然接到学校的通知，入伍已被取消了。以后听说，入伍名额是被一个很能闹事、学习不好、谁都惹不起的同学顶替了。听说那个学生扬言，如不让他去当兵，就要如何如何。这事给老大不小的打击，而且他很不服气，说："要是一个比我强的同学顶了，我也无话可说，学校怕人闹事，惹不起而改变已决定了的事，也太没有原则了。本来当兵、插队对我来说都无所谓，插队的也大有人在，我照样可以去插队，可以做得不比别人差。不过像这样的做法，我就咽不下这口气，我一定要去当兵给他们看看。"

不久，二炮招兵，老大当兵去了云南。先在汽车连当兵，学会了开车，不久调到连部当文书。第二年，大学恢复招生考试，部队同意他去参加高考，他顺利地考入二炮工程学院，毕业后一直在部队工作，以后又攻读了硕士学位，现在已是大校军衔。这真是“祸兮福所依，福兮祸所伏”，坏事变好事了，要是他顺利地去了南海舰队当兵，人生轨迹可能是另外一个模样了。

送卫东参军

老二是高中毕业时顺顺利利地到青岛北海舰队当兵了，全家都很高兴，庆幸他一切如此顺利。老二多才多艺，文体活动都很擅长，部队挺重用他，叫他当播音员、宣传员、军人代表，教唱歌、搞墙报等。每次部队搞文艺汇演，都把他抽调到团政治部、宣传部搞节目创作和演出，获得过很多奖项，团里组织文艺骨干培训班，也让他去当教员。部队很看重他，苦活累活都派他去干，他也十分积极努力，以期让他去考军校或送学校培训深造，但是，这些机会他都没有份。申请复员也不批准，因为连队工作需要这些人做。这样他在北海舰队服役了四年，便坚决要求复员。回来后重新复习功课报考大学，为了把已耽误的时间补回来，创造就业条件，老二既读大学汉语言文学专业，又参加英语强化培训，白天苦读，晚上熬夜，付出了极大的艰苦努力，最后取得了优异成绩。毕业后又去美国太平洋大学进修英语。回国后担任大学英语教师时，颇得学生好评。

孩子们曾经历的一些事

老大见过毛主席

大概是20世纪60年代初，中央民族歌舞团出国访问演出，回国后在人民大会堂三楼小礼堂向中央领导汇报演出。同事给了我两张工作票，让我带着孩子去看。老大五六岁，我就带了他去。事先不知道有毛主席来。看演出的人不多，大概都是工作人员，所以随便坐，我们坐在靠门这排的中间。在保卫人员的引导下中央领导人过来了，第一个是毛主席，接着是江青、刘少奇、周恩来、朱德……孩子眼尖，见到毛主席就喊着：“毛主席！毛主席！”并跑过去。我还愣着神呢，保卫人员把孩子拦住不让靠近，我们目送毛主席等领导人去到前排座位。孩子一直很兴奋，演出开始了还朝前面张望着。演出结束，毛主席走了，孩子一直目送他们离开。毛主席是我们心中最神圣的人，能见到他是人生最幸福的事，孩子耳濡目染，也对毛主席充满了无限崇敬之情，能见到毛主席，他也觉得万分荣幸，给他留下了深刻的印象。

登“鬼见愁”

廷权经常带孩子们去跑步、打球、游泳等锻炼，景山与我家仅一道之隔，所以也常去爬景山。香山公园里的香炉峰号称“鬼见愁”，顾名思义是一座险峻高耸，连鬼见了都发愁的高峰，所以全家利用假日去登此高峰，也是一项登山运动。

到了“鬼见愁”，让我这个看够了高山峡谷，爬过无数大山的云南人大跌眼镜。“鬼见愁”海拔 557 米，最多只能算是个山丘，何至于“鬼见愁”呢！但对孩子们来说，倒也是第一次见此“高山”的，山峰给了他们不少的威慑力，他们说：“连鬼都发愁的山，我们能登上去吗?”我鼓励说：“在云南，出门就见山，这根本算不上什么，爬山只是小菜一碟。你们第一次登山，只要有勇气，就没有问题，都跟着我上吧!”我一口气，蹭蹭蹭地爬到了山顶。半山腰见到几个女孩嫌累不愿往上爬了，她们的同伴鼓励说：“你看这个大妈，这么大年纪了还一口气上去了，咱们也加油吧！”孩子们也不示弱，也一口气登上山顶了，全家欢呼“胜利了”，互相拥抱打闹，十分开心高兴。

“鬼见愁”虽不算险峻，但在这里却是制高点。极目四周，晴空湛蓝，树木苍郁，景象非凡。颐和园的昆明湖，平波如镜；玉泉山的宝塔，熠熠生辉；远近的田野，阡陌纵横。

春雷得了“关节炎”

大概是1973年的秋天，春雷不到12岁，上初中一年级。正是“文化大革命”期间，所有学校都要组织学生到工厂学工，到农村学农。他们班组织学生到农村学农。我们从小在农村长大，深知农民生活的艰苦。这些在城市长大的孩子缺乏这方面的知识和锻炼，让孩子到农村体验农民的生活，从生活实践中懂得劳动的艰苦，知道一粥一饭来之不易，增长一些识别农作物的知识，不至于“麦苗当韭菜”，这是好的，所以我们支持孩子去。老大、老二都去过，这次我们也积极支持春雷去学农。虽然也觉得孩子年龄还小一些，比不得从小在农村长大的孩子泼辣能干，可能干不了什么活，但这是当时的政治形势所趋，所以，当然是积极支持的。

春雷背着行李跟同学到农村学农去了，就在北京郊区的农村，劳动了十来天。他们年龄小，听说特意给他们安排了轻活，让他们在地里捡白薯、搬运玉米秆。这在农村来说是轻活，大都安排老人小孩来干。但这些城市长大的小孩，第一次弯腰弓背地在田里捡白薯，来回走动地搬运玉米秆，时间长了就腰酸背疼，十分难受了。春雷也不例外，他的关节十分疼痛，以为得了关节炎，便向带队老师报告。老师给他做按摩减轻了一些疼痛，他自己也逐步地适应了这种劳动环境，所以也就慢慢地不疼了。回来后，春雷说："我在农村得了关节炎，老师给治好了。"孩子不懂什么是关节炎，以为只要是关节疼就是关节炎了，所以这成了我们家里的笑话，全家人都跟他开玩笑："春雷得了关节炎？"最有意思的是他回来时狼狈不堪的样子，带去的行李乱成一团，可能是半扛半拖着回来的；裤子刮破了，衣服扣子掉了，人瘦了一圈，说话有气无力，快要休克的样子。他不爱吃窝窝头，而在农村只有窝窝头可吃。这就是锻炼，人的一生是要经过种种的锻炼，甚至千锤百炼，才能成才的。

蚕上树了

大概在孩子们十来岁时，他们从同学家要来一些蚕种，想要学养蚕。他们跃跃欲试，十分积极。孩子们对新事物感兴趣，这是件好事，让他们可以从这些活动中增长知识和才干，我们都积极鼓励和支持他们，想办法帮他们解决一些养蚕过程中存在的实际问题。

首先，养蚕需要桑叶，在大城市里哪儿去找桑叶？天公作美，我工作单位的院里长着两棵一人抱不过来的大桑树，树长在我办公室的窗外，每年桑葚熟时我们都可品尝到它的美味，夏天满树的绿叶为我们遮阳消暑，现在可以用它来喂养蚕宝宝了。

第二是怎样养蚕？在老家金沙江沿岸气候温和，适宜养蚕，养蚕的人户不少，尤其在长江第一弯的石鼓镇，在金沙江边有一大片桑园，是附近养蚕的居民用来采桑叶育蚕的。我的婆婆住在金沙江边的士可村，她的副业之一就是养蚕，每年都有不菲的收入。婆婆待蚕茧抽成丝后，用蚕丝下脚料纺成粗线，织成腰带或背小孩用的背带，染上色非常结实漂亮，很有民族特色。她曾给我们织了一条背带，背孩子用了很长时间。据说丽江县也曾提倡过养蚕，而且兴办过专门培训养蚕的技术学校，这个学校是省立丽江中学的前身，在我上丽江中学时还见到校园内还有好多棵当时栽种的桑树。不知是什么原因，在丽江县养蚕没有推广起来。在我的家乡拉市乡也是这样，虽然村村都有一些零散的桑树，但都没有人养蚕。我邻居的房后就有两棵桑树，一棵是紫桑葚，一棵是白桑葚。桑葚熟时，我们一帮小孩都爬到树上摘桑葚吃，经常弄得满嘴满手都是紫黑的。我小时候也见过蚕茧，是母亲从金沙江边的亲戚家要来让我玩的。我曾将蚕茧从中剪开，给自己制作的小纸人当帽子。但我没有养过蚕，也没有见过养蚕，不懂养蚕的技术，不会养蚕。经与那位给蚕种的家长商量，她答应做技术指导，教我们怎样养蚕。

养蚕工作开始了，蚕种很小，只有小米粒大。等蚕种孵化后就开始喂最嫩的桑叶，先把桑叶洗净，控干水，切成丝撒在蚕宝宝上就行了。一天喂两次，早晚各一次。老大负责照管蚕宝宝，老二负责清理蚕的排泄物，老三是参观者，有时也凑热闹帮着喂蚕或清除垃圾，但常遭到哥哥们的批评，指责他做得不规范，批评他好奇地去摸蚕宝宝。

养的蚕有四五十只，放在一个纸盒里。蚕虽然养得不多，但这是一种新的尝试，给全家带来了新鲜和欢乐。我们常会静静地听着蚕咬嚼桑叶的嗞嗞声，看着蚕在慢慢长大而由衷的高兴。邻居的孩子们也常来观看蚕的成长变化。

蚕已长成一寸多长了，白白胖胖的，十分可爱，它摇头摆尾地扭动着身子，将大片桑叶很快吃光。它的食量越来越大，我们也加大了喂量和次数，一天喂三次，让它尽量吃饱。一天，我又采了很多桑叶，到家时老三摆出很神秘的样子说，蚕不吃桑叶了，也不动了，可能不行了吧！吓了我一跳，一看确实如此，这是怎么回事？老大老二也异口同声地说，蚕可能是不行了。我真着急了，老大这才笑着说："给你开玩笑呢！养蚕成功了，蚕要上树，要结茧了。"他找了一些小树枝放在蚕上，蚕就自己爬到树枝上开始吐丝结茧。它不停地将头扭动着从嘴里吐出丝来，一点一点地结茧，直到把丝吐尽了结成一个完整的茧，将自己包在里面，真是“春蚕到死丝方尽”啊！春蚕就这样完成了它“伟大的事业”而且贡献出了它的生命。就一个生命而言，它真是悲壮啊！孩子们完成了一件“创举”而欢欣鼓舞，我除了有成就感外，还有些许的凄凉，人类的生存是要自然界付出很大的代价的，这就是自然法则吗？

骑车游潭柘寺

孩子们生长在北京，对北京有深厚的感情。他们渴慕游览北京所有的名胜古迹，得知有“先有潭柘寺，后有北京城”的名寺，便想去游览这座建于晋代，已有 1600 多年历史的潭柘寺。

大概是在 1974 年或 1975 年间，没有公共汽车或其他的交通工具通往那里，唯一的办法是骑自行车去。潭柘寺在门头沟区，离市区五六十里，这么远的路，对十六七岁的孩子是件有一定难度的事。但他们很积极，还约了同院的几个男孩子，这也是锻炼他们的一个机会，所以也就支持孩子们骑自行车去游潭柘寺了。他们是早晨 7 点多去的，到晚上 10 点多还没有回来。这可急坏了我们，担心在路上有谁出事了。出去找吧，这么大的地方，去哪儿找？我们坐立不安地等待着。直到凌晨 1 点多，他们才疲惫不堪地回来了。原来他们往回走时有一人的自行车坏了，又找不到修理的地方，大家只能推着车走回来。第一次走这么远的路，对他们是个大考验，虽然都走得筋疲力尽，但还是互相鼓励，鼓着勇气走回来了。

实际上那时潭柘寺已年久失修，破败不堪，没什么好看的，只有两棵高十多丈，树干需四五个人合围的大银杏树仍然枝叶繁茂，苍翠葱郁。虽然他们付出这么大的辛苦而只看到一座破败的寺院是有些失望，但是锻炼了他们的团结精神和克服困难的毅力，这也是很大的收获。

孩子们经历了北京地震

1976 年的夏天，孩子们都放暑假了。青海老曹的两个儿子来北京玩，住在我家。7 月 28 日地震的前一天，老二带着他俩跟他爸爸到红山口玩，住在那儿没有回来，家里只有春雷和我。

7 月 28 日凌晨，大概 3 点，我突然惊醒，脑子特别清晰，四周都很寂静，不可能是什么声音把我吵醒，自己也没有要起夜的感觉，心里却有些莫名其妙的烦闷。我静静地躺着，正在纳闷什么原因让我在这个时候醒来。大概过了十多分钟，床开始摇晃，过去的经验告诉我，地震了。我一下从床上跳下来，立即将睡在外屋的春雷连喊带抱地推到写字台下蹲着。这件事大概是在两三秒内完成的。我站在门框下向窗外看，春雷这时才算醒了，问我发生了什么事？我告诉他地震了，他说那我们往外跑吧！我告诉他现在是跑不出去的，也不要乱跑，等地震停了再说吧！春雷说：“你也在桌子底下躲一躲吧!”话还没说完，大震来了，我看着窗外，不知是路灯照亮的还是别的什么，当时外面很明亮耀眼，屋里没有开灯也都能看清楚。后来了解到这是伴随强地震产生的地光。

当时我们的住房是一栋钢筋水泥结构的六层楼房，是当时北京市房屋质量最好的一栋楼。楼房是坐东朝西的格局，在中间大门两边突出约10米的一个拐角，楼层成凹字形向两边延伸。我们住在凹口的二楼，对突出的这片楼房的一切看得都十分清楚。大地震来时，突出的这片楼房就像一面扇子一般急速地呈南北向晃动，整栋楼“前仰后合”，很难形容那么急促和凄厉的嘎吱嘎吱的震动声，似乎这楼房已散架要倒了。大概晃动了十多下就停了，楼房又恢复了原样，没有震倒。外面震天动地的轰鸣声好似有很多重型坦克滚滚而来，又像翻江倒海的怒涛声夹杂着房屋的倒塌声。当时我的感觉是整个北京可能都震平了。地震停止了，穿好衣服锁上门来到大门口的空旷地，发现我们是第一个出来的人。天还没有亮，但已能看清人影，没有行人，没有车辆路过，附近的房子都还完好，树上没有鸟雀的鸣叫，四周静悄悄的。过了一些时候，楼里的人陆陆续续地出来了。大家都不知道发生了什么事，有的问是不是打仗了？有的问什么地方爆炸了？看来都没有经历过地震，所以不知道是地震了。

我是云南人，当地常有轻微的地震，从小就体验过地震的感觉。也经受过1951年12月21日发生在丽江鹤庆的6.5级大地震，多少有点地震的经历和知识。据丽江县志记载：丽江从1925年到1997年的72年间共发生大的地震9次，平均每8年发生一次较大的地震。1951年发生地震时我正在鹤庆县，那天下午4点多，我们在一个寺庙的院子里正在召开群众大会，参加会的群众约百人。这个寺庙是三坊一照壁（围墙）的格局，是瓦木结构。大殿坐东朝西，北面有一照壁，西边是一栋二层楼房，一层中间是进出的大门，南面是一栋二层楼。地震来了，先是把大殿房顶中间的宝葫芦状的饰物震滚下来砸在一个人的头上，把头砸破了，血“哗”一下流了一脸。我站在照壁附近，这里还有不少人，照壁就像一面扇子急促地向南北方向晃动起来，大概晃动了七八下就倒向外边，站在附近的人全幸免被砸，没有更多的人受伤，真是万幸。站在大门附近的人就往外跑，才跑了一两步，就像有人往回拽似的给震回来了，有的摔倒在地上，院里大乱，有的叫唤，有的甚至哭啼。这么大的地震，我还是第一次经历，心里也惊慌，只会呆呆地站在原地看着这一切。地震持续的时间不长。接着就疏散群众，搭抗震草棚在外面住。那次地震房屋倒塌了一大片，死伤的人也不少。当时的县委书记正在屋里，感到有地震就往外跑，没跑两步就被倒下的墙砸坏了腿，看着又有一堵墙砸下来，他拼命往前滚了几下，那堵墙就倒在他原来躺着的地方。他幸免于难，真不愧是久经枪林弹雨的老战士啊！

这次北京的地震是唐山大地震的余波，房屋倒塌得不少，多是年久失修的四合院，人员也有伤亡。但真正惨烈的是唐山。

据报道，1976 年 7 月 28 日发生的 7.8 级唐山大地震震惊了世界。地震将唐山夷为平地，摧毁了唐山，死亡 24 万多人，重伤 16 万多人，有 1.5 万多户家庭解体，7000 多个家庭断户绝烟……

北京的那次地震不断有余波震动，我们都不敢住在家里，都统一在北京市少年宫的广场里搭帐篷，分男女集体居住，大概住了半个来月才敢搬回家里住。

经过这次地震，孩子们知道了天灾是不可避免的，关键是要临危不惧，要冷静沉着地进行自救，决不能惊慌失措。

对儿子走向社会时的忠告

向东、卫东高中毕业后都离家当兵去了，春雷考上北京大学，读了不到一年就由学校派送德国留学。他们兄弟三人离家时十八九岁，虽已成年，但第一次离家，父母总是满腔的牵挂，尤其是当妈的。

哥儿仨在西欧

我们也明白孩子只有离开家，走上社会，摆脱了对父母的依赖心理独立生活，独立面对新的环境，独立思考，独立去面对社会上的一切挑战，才能真正的长大成人。但心里总是空落落的。面对儿子要走向社会，独立生活，我们给了他们一些忠告：

一、学会适应新环境。每个孩子长大成人，都要离开父母走向社会，都要克服对父母的依赖心理去面对新的生活环境。你们对新的环境是陌生的、不熟悉的，都会有一个适应过程，问题是你们要善于适应新环境，不要怕艰苦，艰苦的环境只能让你们得到锻炼，更好地成熟。记住，只要有人生活的地方，你就能生活，你是强者，你要有这个自信；凡事不要强求，要能进能退，能屈能伸。

二、要保证自身的健康。出门在外，不要吃不洁净的食物，要尽可能地按时就餐，不要饥一顿饱一顿；睡觉一定要盖好被子；不要贪凉坐在风口上，更不要睡在风口上，以免感冒患病。

三、学会在日常生活中向周围的人和社会环境学习，古人说“三人行必有吾师”，其实两人行也有我师。应该做到不耻下问，随时随地地学习一切你不懂的东西。很多实用的知识不一定在书本里，而是人们社会生活的经验积累。这些宝贵的经验能帮助你更好的增长才干。

四、要坚强地面对遇到的困难和挫折。人的一生都充满着成功与失败的考验，困难是人生的老师，困难是成才的磨刀石，挫折是最好的大学。“失败是成功之母”，它会使人稳重而深刻。走向社会，免不了遇到困难和失败的打击。要学会临危不惧，冷静面对，决不要惊慌失措。更不要消极悲观或颓废，失去自尊和自信。要知道困难或失败已经摆在面前，惊慌和害怕于事无补，只会把事情搞得更糟。冷静沉着就能给你解决问题的智慧和办法。还要学会独立思考，善于分析。独立思考就像是磨刀，刀是越磨越快的，思考问题也是越思考越清晰的，要学会独立判断是非，不要人云亦云。成功对人的意志也是一个考验。在成功面前要戒骄戒躁，不要自以为是，更不要得意忘形。要以平常心对待成功，把它作为继续奋发的动力。

五、交友要谨慎。“害人之心不可有，防人之心不可无”，外面的世界五花八门，鱼龙混杂，要学会辨别是非好坏，要善于保护自己。待人要诚恳热情、豁达大度，要尊重他人。

父母的“失职”和愧疚

我们的感情比较内敛，爱孩子但不会溢于言表，不曾宝贝心肝地亲热搂抱。我们没有条件、没有时间娇宠孩子。那个年代是工作第一，家庭孩子第二的。当大儿子一岁半，二儿子才半岁时，当妈的就把孩子留给保姆看管，到西双版纳蹲点工作去了，一去半年；当爸的也下连队当兵锻炼去了。两个孩子先后得肺炎住院，父母都不在家。对正需要父母呵护的幼儿无暇照顾，而是自己主动争取去基层锻炼。这种无怨无悔的工作热情是有可敬的一面，但是却未尽到对子女的抚育责任。

当孩子六七岁到十一二岁时，他们还没有独立生活的能力，还不能自我保护，最需要父母的爱护时，做母亲的只能“丢下”他们去干校劳动，父亲也经常出差不在家。面对三个还不懂事的孩子没有人照顾，做母亲的割舍不下，左右为难。同事劝我退职回家带孩子算了，丈夫也说：“回来吧！我养活你。”一个独立的女性要丈夫养活的日子我是无法接受的。我带着满腔的牵挂，横下心去了干校，一去就是三年多。母亲不在家，父亲既当爹，又当妈，也是尽心尽力地照顾孩子，但他也是三天两头出差，真是心有余而力不足啊！这一方面虽然锻炼了孩子的独立生活能力，但是，孩子缺乏母亲的关爱给他们精神上的伤害是多么大啊！有一次老二给我写信，寄了一张新照的照片，信中说：“爸爸老拿大白菜喂我们。”看着孩子的脸由圆脸变成了长脸，是孩子长大了？还是瘦了？我十分心疼他们，我知道当父亲的能让孩子不受饿已是万幸了，还能指望他给孩子注意营养，调剂花样吗？再说，假如一家人能团团圆圆地在一起吃饭，就是粗菜淡饭也是香的，孩子是想妈呀！从干校回来后遇见同院的一个熟人问我是不是出门去了？当她知道我上干校劳动去了时说："怪不得呢，冬天我见你孩子穿的衣服又脏又破，袖子的破口子都到胳肢窝了，没有妈管的孩子真可怜啊！"我又一阵心酸。是的，父亲再好也是管不好孩子的。这就是做母亲的"失职"。

老二喜欢唱歌，唱现代戏，乐感好，嗓子也不错，他想学小提琴，想要我们给他买一把小提琴，但是没有给他买。照说，当时买把小提琴的经济条件还是有的。现在已想不起没有买的原因，但没有满足孩子的合理要求，压抑了他学习的积极性，至今仍觉得很对不起孩子，心里颇感内疚。

在"文化大革命"期间，有因为唱错革命歌词，喊错革命口号而被打成"反革命"的。同事的 6 岁小女孩不懂事在墙上乱划，在革命口号上打了叉而被说成是反革命，类似的事屡有发生。在这种政治气氛下，我要保护孩子不要因无知而受到伤害。他们在业余时也唱唱歌，找到两本歌集，其中有苏联的《红莓花儿开》等爱情歌曲。在当时，这些歌曲都被说成是靡靡之音，属于黄色歌曲，是"苏联修正主义"的，不允许唱。这些歌曲过去我们曾激情满怀地唱过，没有觉得有什么不好，但是慑于当时的政治形势压力，我违心地将歌集没收了。孩子们苦苦要求把歌集留下，但我还是狠心地把歌集拿走了，因为我怕孩子没有自控力，由于好奇心的驱使唱了那些"禁歌"，而受到不必要的伤害。至今孩子那可怜无奈和不满的眼神还留在我的记忆里，我只有深深地自责。

1976 年清明节前后，广大群众为悼念敬爱的周总理，在天安门广场举行声势浩大的悼念活动。整个广场及四周挂满了深情缅怀的悼念诗词和各种各样的花圈，那真是被压抑太深的怒吼，是忧国忧民的情怀，真似春雷震撼着人类的灵魂。我感到鼓舞，感到振奋，感到春风吹开了压抑着人们喘不过气来的政治压力。我每天上下班路经天安门都要去读那些诗词，去看那些独出心裁的花圈。那时老大已当兵离开北京，家里还有老二、老三，他们也去天安门了，而且抄回来很多诗词。那时正是早春天气，孩子的脸和手都冻紫了，饿着肚子在天安门广场抄诗，这是孩子们向往正义的心灵闪光，是难能可贵的品质啊！以后全面清查去天安门的人，没收抄来的诗词。负责清查的人也找上门来，责令我把孩子们抄来的诗烧毁，我又一次违心地把诗词烧了。我烧掉了孩子们正直勇敢的行为。我除了内疚，还有深深的负罪感。

自尊心的建立对孩子健康心理素质的形成和他的人生历程有着重要的影响。我们重视培养孩子的自尊心，保护孩子的自尊心，从来不用讽刺、挖苦或贬低的语言说孩子，更不会用侮辱性的语言骂孩子。所以，孩子培养出了比较强的自尊心，他们性情活泼、兴趣广泛、喜欢发表意见、积极探讨问题、有独立思考能力和自己的见解，他们在学习上和社会交往方面都是成功的。但是也曾无意间伤害了孩子的自尊心。老二去当兵了，我在整理他小时的日记时，看到他写的一篇日记：“我门门功课都是满分，但妈妈还说我笨???!!!”三个问号，三个感叹号。可见这很伤他的自尊心，这三个问号三个感叹号就表示了他的不满。我已想不起因什么事情说他“笨”了，但对我却是一个深刻的教训。夸孩子“你真聪明”或训斥孩子“你真笨”，都是不妥当的。孩子的成绩主要是靠勤奋努力取得，不能都归功于天资聪明。教会孩子发奋努力是家庭教育的主要责任。要夸孩子的勤奋，不要夸聪明。同时说话要用文明语言，要时刻顾及对方的感受，不要伤害别人的自尊心，这是做父母之道，也是为人之道。

老大已到不惑之年时，有一天问我：“妈，小时候你曾亲过我们吗?”我和所有的母亲一样，从内心深处爱我的孩子，愿为他们付出自己的一切。记得读过苏联马连柯夫关于儿童教育的文章，大意是儿童的学前期是人格的最初形成期，要从小培养儿童勇敢顽强的性格，父母不要过分地呵护孩子；对孩子的过分亲热会使他们在感情上过分依赖父母而性格软弱。作为母亲，希望自己的孩子有坚强的性格，顽强的毅力。所以，亲孩子时多在他们睡熟的时候，当母亲望着孩子天使般俊秀的脸庞在香甜的睡梦中微笑着的时候，正是母爱淋漓尽致迸发的时候，母亲轻轻地亲吻着他们，眼睛常因激动而湿润。另外，我 10 岁离家去求学，从小就独立生活，少了父母的关爱和庇护，只有靠自己来保护自己，造就了自强的个性，有主见，敢说敢做，同情弱者，好打抱不平，遇事自己解决，不愿求人，多了一分倔强，少了一分女性的温柔。我虽有满腔的热情和对亲友真挚的爱，但不会溢于言表，更不善于温言软语，因而对子女的爱更多表现的是严格，不够慈母的典范。同时有主见的个性也免不了主观，免不了对事情未查明真相就给孩子们不应有的批评或斥责。有时自己工作中遇到压力，心情不好，对孩子缺乏耐心和冷静，无缘无故地发点小脾气也是有的，让孩子们受了不应有的委屈。

家庭生活的风风雨雨

回首50年的家庭生活，我们夫妻间努力做到了互敬互爱、互让互谅、互助互学、风雨同舟、同甘共苦、荣辱与共，共同营造了一个和谐的家庭。虽然在生活中免不了有不同的看法以及因此产生的分歧，但都本着互相尊重、求同存异的原则协商解决，从未发生过争吵反目之事。我们的家庭生活是充实的，但也是十分平淡的。平淡是我所追求的生活，我不善于社交，也不求浮华和名声，虽然在社会工作中也曾有过一些算得上光彩的工作，但我很清楚，这并不是因为我比别人高明或能干，这只是社会工作的需要而已。我明白名利只是人生的过眼烟云，所以人要能远离名利，要能宠辱不惊，以平淡的心态去追求生活中真实美好的境界，这也是我对待生活的态度。在这50年的家庭生活中没有什么多彩的记忆。既没有夫妻同去跳舞、吃大餐的事，也极少有同去游山玩水之事，同去看戏看电影也很少。那时似乎不会娱乐，也没有时间娱乐。在记忆里似乎只有工作、学习、孩子。作为职业女性，我的愿望是在家做个贤妻良母，在工作岗位做个称职的工作人员，这几十年我都在为达到这个目标努力着。现在，我可以无愧于心地说，我做到了。

金婚照

我因有一个和谐的家庭感到满足。但也有一件至今想起来仍让我心痛的事，那就是在我的脑子里曾盘旋过“离婚”这个词。这不是夫妻间出现了什么矛盾，而是由于政治原因，是由于我的家庭出身和社会关系株连影响了丈夫的前程。我母亲在“土改”时被划为地主成分，到60年代初摘掉了地主帽子，成为公社社员，有了公民权。作为女儿，我有义务赡养无依无靠的母亲，经领导同意，我把她接到北京跟我生活，以尽做女儿的义务，同时母亲也帮我照顾小孩。1964年，是“阶级斗争要年年讲，天天讲”的年代，有些“阶级斗争觉悟高”的革命分子就将我母亲来京作为阶级斗争已深入到部队宿舍的表现，坚决要清理我母亲回原籍。这还不够，还影响了我丈夫的提薪调级。我丈夫自定级后十来年都没有调过级，那年遇着全面调级，基本上人人都有份，但说他将丈母娘弄到北京来是阶级斗

一星母亲及全家

争觉悟不高，以不给提级来处罚他。还有一件事是在“文化大革命”后期，他的工作单位干部大量调出，我丈夫也想回原单位工作，但是因为我父亲的历史冤案问题被原单位拒绝了。真是“株连九族”啊！我无法选择我的出身，我自身受到任何的非难和打击我都认了。但是由于我的出身和社会关系株连到我丈夫，影响了他的前程，这是我不能忍受的。我在寻求配偶时就不愿意找社会地位比我高的人，因为我不想依赖丈夫，我要靠自己的能力独立生活，而且要很好地扶持丈夫，万万没有想到竟会连累丈夫。我从没有为名为利争过什么，但是由于社会上的政治偏见而影响了我丈夫，使他受到伤害，我是痛苦万分。面对此情，我又有什么办法呢？只是万般无奈，当时觉得唯一的办法就是离开丈夫，割断这根“株连线”。是的，只有离婚。这个想法在心里颠来倒去，想了很久很久，也没有勇气提出来，因为这不是夫妻自身有什么问题啊！同时还有三个不懂事的孩子，他们缺了父母中的谁都不行啊！那时心情的沮丧和痛苦，至今回想起来，仍会隐隐作痛。人的一生，总是有许多的无奈啊！

回首过去，儿子出世时的第一声啼哭，他们的笑容，他们学会坐、学会爬、学会站，会走、会跑的种种成长的经历又在我脑海里浮动。我清晰地记得老大刚满周岁就像小天使似的欢笑着，嘟噜嘟噜地在楼道里跑来跑去的身影；记得老二在门帘背后和大人捉迷藏的笑声；记着不满周岁的老三坐在婴儿车里滚动着车轮撞开门后的笑声。

一星母亲过百岁大寿

如今，我年近百岁高寿的老母，她脸色依然红润，身体健朗，头脑清晰，记忆力正常，除日常生活自理外，还像以往一样关心着全家人；她仍然十分热爱生活，每天穿着整齐清洁，照镜梳洗打扮；她时常哼唱家乡的小调，讲述家乡的奇闻怪事，把每一天过得乐滋滋的。她的健康长寿，使我们组成了世人羡慕的四世同堂的最美满的家庭。而今她的重孙和重孙女已上大学，五世同堂也是有希望的。我已满头白发，早过了古稀之年，但仍能得老母的关爱，享受到母爱的幸福，这是多大的福分啊！

老伴患病多年，行动艰难，语言表达能力出现了很大的障碍。他失去了当年深情的笑容，失去了看着儿子时满足的眼神和矫健的身影，失去了终日笑眯眯的乐观情绪。他已被病魔折磨了二十多年。那是在 1985 年 5 月

19 日，他突患脑出血，昏迷、失语、右半身瘫痪不能行动。医生已告知病危，要家属做好思想准备。但是，他坚强地活下来了。他肢体不能行走，语言不能表达，右手不能写字，已失去正常人所有的活动功能。他情绪消沉，全家人都为他心痛，为他着急担心，然而家人并没有丧失信心，全家人都积极努力地为他的康复尽着自己的努力。首先是从精神上鼓励他振作起来，面对现实，积极加强功能锻炼，从心理上树立战胜病魔的信心。在病情的治疗上，西药、中药、藏药、蒙药、民间偏方、按摩、针灸、气功、药浴等的治疗办法，凡是能用的都用了。光熬中药就近千付。熬药和饮食上的精心调护完全是年近八旬的老母亲的功劳。失语，不会说话，就帮他练习语言。一字一句地练习，就像对初学说话的小孩。口齿不清，就

孙女加加和孙子烦烦

1988 年廷权大病初愈

将古诗录在磁带上，每句诗间留有重读的空隙，让他重复不断地跟着读，从五言到七言古诗，这件事老二出的力最多。不会走路，让他先扶着桌子练习站起来，接着练挪动脚步，再练走路。当他迈出第一步时，我们高兴得就像上天赐予了一个无价之宝。曾给朋友写信说：有第一步，就会有十步、百步，便能恢复正常的走路，我们看到了光明的前景。右手偏瘫，已丧失写字的能力，就让他用左手练字。开始拿笔都困难，他也没有信心，几次不想练了，全家人都苦口婆心地鼓励他克服困难，增强信心练下去。靠他的坚强毅力和艰苦努力，靠全家人的鼓励和想方设法的治疗，他基本上恢复了语言能力，能按自己的思路与人沟通，表达自己的思想感情。他经常给亲友打电话联络，交流信息。他已能自己拄着手杖出门散步了，能用左手给亲友写信了，每天要写一篇日记，写一两篇大字，他又行使着家长的职责，关心着家人的情况。医生都说他的康复程度是出人意料的。他自己也说：“我还能再活三十年。”我们像坐在火山口上，不知火山何时喷发、提心吊胆的紧张心情慢慢松弛下来，恢复了安定。

过了16年，2001年5月，他又患脑血栓，这次病魔的降临使他语言沟通出现更大的障碍，行动吃力，记忆力减退。在这种情况下，坚强的意志仍然支持着他。在生活上尽可能地自理，自己起床穿衣服、洗脸刷牙、走到饭桌吃饭……这些极简单的事对于一个半身不遂的人就不简单了，虽然他忘记了不少字，但仍然坚持每天写日记；亲友来电话仍要接电话问好，还时常催促家人给亲友打电话。这种精神不是每个人都有的，他使我敬佩。

病魔使他失去了往日的风采，失去了正常人所具有的行动能力，失去

全家福

了自如地与人沟通的能力。我为他心痛，也为我们不能像其他的夫妻一样相伴相依，同去散步，同去看美好的风景而感到失落。但是，我还是十分庆幸，庆幸他能如此顽强地与病魔拼搏，给了我一个完整的家庭，与我相伴共度暮年的岁月，共享天伦之乐。我是知足的，感谢上苍给我这份不幸中的万幸，这份与痛苦并存的幸福。

如今，我们的三个儿子都已成人成才，成为对社会有用的人。我对他们有着既是母爱又是感激的情怀。感激他们自觉自信，勤奋努力来造就自己。有他们的成就，才构成了这个和谐美满的家庭。子女的成就也有为人父母的一份辛劳，我们为有这三个儿子而自豪。

当早晨醒来与老伴互道早安，当初升的太阳照进窗户，我的心情也像阳光一样充满了温暖与祥和。过去的50年是幸福和痛苦并存的50年，50年已转眼过去，未来的生活又摆在面前，我将以愉快的心情服侍老母，与老伴相依相携，在儿孙们的关爱下，去迎接未来的人生。

2006年12月于北京

我的公公婆婆

我的公公婆婆是两位最平凡的人，之所以平凡，是因为他们是“面朝黄土，背朝天”，成天在田地里辛勤劳作的农民；是社会最基层的普通劳动者；是构成纳西族的成员之一。他们大字不识，一生默默无闻。然而，他们也是伟大的，之所以伟大，是因为他们是构成国家的基础，是社会的基石，他们以自己坚忍不拔的精神，参与着“改造”地球，改进人类社会的伟大事业。

他们是我最尊重和敬爱的人，他们淳朴善良，为人正直老实，对人诚恳热情，有同情心，乐于助人；他们含辛茹苦，日夜辛劳，不计苦累，勤俭持家，为营造起码的温饱生活而操劳一生；他们以最伟大的父母之爱，为培养子女成人成才奉献了一切，当儿子长大成人，又无私地支持他们去参加社会工作；他们是伟大的，是值得尊重的。

包谷饭和“百衲衣”

1956年，我和廷权准备结婚，我去北京的工作已联系好了，廷权希望我临行前去看望未来的公公婆婆。虽然在纳西人的习俗中，未婚儿媳一般是不能去公婆家的，但我认为让公婆认识一下未来的儿媳，为廷权尽点孝心是理所应当的。大概在9月份，丽江地委组织工作组到中甸县金沙区搞调查研究工作，我是工作组成员之一。调研试点在金沙江区的武竹乡，该乡在廷权的老家丽江县金庄区士可村的东岸，两村沿金沙江隔江相望。大概是中秋节后，我请假渡江来到士可村去看望未来的公公婆婆。

士可村地处金沙江畔河谷地区，地面狭窄，农民们把坡地修成层层梯田。山上水源充足，灌溉便利，当地人用木涧槽把土制“自来水”引到村里、引入家中，村里流淌着从山上引来的潺潺溪水。金沙江边气候温热湿润，霜雪稀少，土壤肥沃，是适于农作物生长的好地方。当地农民的粮菜全靠自耕自种，村里屋旁院内都种着板栗、柿子、石榴、核桃、橘子、香橼等果木及各种花草，村子被葱郁的松林环绕，松涛声夹带着松香随风飘

来，沁人心脾。这里离石鼓镇60里，离丽江县城大研镇120里。远离尘世的喧嚣，没有商品交易市场，所需物品大多靠以物易物换来。农民们自己熬糖、煮酒、磨豆腐，过着自给自足的小农生活。滇藏公路从金沙江边通往昌都，是士可村与外界交往的重要通道。外面的种种现代文明也随这条公路进入了士可村人的生活。

士可村村民在插秧

士可村是个大村，由7个自然村组成。廷权的家在南寨，从金沙江边到南寨要沿一片梯田往西爬坡一里多才到。所以，说南寨坐落在山脚或山腰都可以，村子后面就是一座森林茂密的山。南寨坐西朝东，约有200户人家，以纳西族为主，其中杨姓村民占大半，已世居这里几百年，有文字记载的已有十多代人。他们自称是明朝从南京应天府充军发配云南后迁移来的后人。

我是第一次到士可村，所以一路询问打听。在村口遇到一个清丽俊秀的“潘金美”（大姑娘），她很熟悉村里的情况，热情地带我到廷权家大门口。在路上我向她做了自我介绍，并说明我的来意。她似乎早已知道这方面的情况，只是点头微笑。我约她一同进去，以便她帮我向廷权父母做个介绍，免去自我介绍的尴尬，但她羞涩地拒绝了。当时我很纳闷，后来才知道她是廷权二弟廷模的未婚妻，是我未来的妯娌。当时廷模正在驻西双版纳勐腊的边防军当兵，准备复员回来后结婚。可惜廷模还未复员就在边界上牺牲了，为保卫国家的安全贡献了自己年轻的生命，时年22岁。

我进廷权家时大概是下午2点多，家里只有他父亲一人。廷权的父亲个儿挺高，1.8米多，浓眉大眼，略显苍老，是典型的庄稼汉。他正准备吃午饭，饭是玉米糙子饭（包谷饭），既无油，也没有菜，就这么热一下就要吃了。他以为我是从县区下乡来的工作人员，也就很自然地边热饭，边和我搭话打招呼。他参加老农生产经验交流会刚回来，老伴下地干活了，女儿菊秋在山里参加区里组织的水利建设，已有一个多月没有回来了，还有两个小儿子都上学去了。我为了调节气氛，主动坐在灶前帮他添柴烧火，边答复他的问话做自我介绍。当他知道我是他未来的儿媳时，顿时有些手足无措，饭也不吃了，叫我熄了灶火，急忙出去了。

廷权家是个四合院，是典型的纳西人的民居。天井的西面和北面各有一栋楼房，是住人及放粮食、衣物等东西的地方，这两栋楼间的西北角有两间平房，是厨房。东边有一栋地楼，楼下圈牲畜，楼上放草料。南边是一栋平房，放农具及柴，还有一盘手磨和脚碓。手磨、脚碓是农家用来加工食品，如磨豆腐、磨面、将稻子加工成米的工具。平房的南边有一块用围墙围起来的小园子，他们称之为花园，长有一棵橘树，两棵石榴，无其他花木。这里最有特色的是用木涧槽引入的“自来水”，潺潺流淌入一个小水池，注满后又流入东边的菜园。菜园里一片油绿夹杂着别的颜色，有青菜、白菜、韭菜、百合、山药、黄薯、洋姜……园地里没有杂草，可见

公公婆婆及全家

主人的勤快。房子十分陈旧，有的已歪斜，显然是祖上传下来的老房子。按纳西人的习俗，弟兄分家，祖房要留给小儿子，廷权的父亲行小，自然就继承了祖上的老房，虽省去了起房盖屋的艰难，但也得承受维修翻盖的辛苦。

廷权的父亲回来了，把廷权的堂兄杨廷杰喊来陪我说话，他堂兄年龄和他父亲差不多，听说识点字，在村里也算能说会道的小知识分子。我们坐在纳西人平常待客的走廊里聊天。丽江农历八月的天气，天高气爽，太阳暖和，但还是在火盆里点上火，放上三脚架，烧上水，这不是为了取暖，而是要煮茶待客。如果是重要的客人，还会在桌上放上一些瓜果蜜饯之类的茶点。大家围火盆而坐，弥漫的火烟把人的面目表情笼罩在朦朦胧胧之中，减少了很多主客之间不好表达的情绪；边煮茶喝茶，边聊天，也给一些不便言明的话语留下解围的空间。一般说来，纳西妇女是没有权利享受这样待遇的，对一个未过门的儿媳来说更没有可能与公公和堂兄同坐一起喝茶聊天的，但是对我却是特殊对待了，因为我不是一般的农村妇女。

正聊着，有一个十一二岁的小女孩到房里拿了一件深蓝色的女袄出去了。不一会儿，一个中年妇女穿着刚才拿出去的衣服进来了，她的筐里装着一件破旧不堪的衣服。她身高约 1.6 米，脸微黑，慈眉善目，和蔼可亲。一进门就笑容满面地招呼我。显然她就是我未来的婆婆了。她十分热

情地要为我准备午饭，得知我已经吃过了，就表示早点做晚饭，因为一般农村的晚饭是名副其实地要到晚上九十点才吃的。晚饭十分丰盛，宰了鸡，煮了火腿、香肠、腊肉，还从菜园里摘来韭菜、青菜、洋姜等，大概有七八个菜，还有大米饭，摆了一大桌。这就是纳西人的待客之道，平时自己十分节俭，舍不得吃，就像公公中午的包谷饭，无油无菜，填饱肚子就行。但是对客人却是倾其所有，毫不吝惜。做晚饭时我主动帮婆婆淘米、洗菜、扫地，边干活边聊天，嘘寒问暖。这样慢慢地消除了我们初次见面的生疏，缩短了距离。晚饭同桌吃饭的还有廷权的三弟廷柄，14 岁，在上中学；四弟廷核，12 岁，在上小学。晚上和婆婆同住一室，同盖一床被，这大概是为了表示婆媳间的亲热。同时家里也可能没有多余的被子给我用。

第二天早饭是千层饼、米酒煮汤圆，还有一些小菜。这里早饭主食大多是粑粑（麦面饼）馒头、玉米饼，来客时做千层饼、花卷、包子或饵块之类的。他们不喝稀粥，一般早晨喝米酒，有时也煮汤，男人喝茶。米酒的原料有大米、大麦米、小麦米、玉米糌，个别的还掺上很小的小土豆。一般一次做五六十斤。做法是将原料煮熟后和上酒曲发酵后将米酒储存在一只大坛里即可。喝时舀出一些冲上开水食用。做一次可以食用两三个月。来客时在米酒里煮上小汤圆（用糯米面搓制），就是很美味的早饭了。摆好了要吃饭了，公公表示自己在灶前吃，不到桌上来。这又是纳西族的规矩，一般公公不同儿媳同桌吃饭的。婆婆说："都什么年代了，还行这规矩？别不好意思了，到桌上来吃吧！"婆婆是这个家的权威，是指挥者，公公看来是唯命是从的，这样，全家人在一桌吃了早饭。

吃过早饭后，我想回工作组，婆婆挽留我多呆几天，说她从农忙后都没有休息过，也要休息休息，洗洗衣服，搞搞家务。于是我也就留下来帮她干活。她要洗的衣服中就有昨天在大门外换下来的那件，严格说，那已不是一件衣服，只是一块破布垫子，衣服的原貌早已看不出来，上面补丁上加补丁，补了十多层，约有半寸厚，假如说这是一件衣服，那就是名副其实的"百衲衣"了。我问她为什么还要穿这么破烂的衣服？真的没有衣服穿吗？她说："衣服还是有穿的，但庄稼人过日子靠的是节俭，我供儿子上学读书，就是一口饭、一根线地节省下来的，就是起早贪黑，没日没夜地干活干出来的，村里也有人笑我穿这破衣服，但我没觉得不好意思。不管怎么苦，我总算把儿子供养成才了，我也没有白辛苦，我知足了。整个士可村也没有人像我供儿子到高中毕业的。现在日子比过去好过些了，但还有四个孩子没有成家立业，他们都还要我给安排料理，我还没有到清闲享福的时候。话又说回来，庄稼人一天到晚，上山背柴，下地送肥、割草、收庄稼，都要靠人去背。有这件破衣服垫背，背上一二百斤的重量可以减轻一些背部受磨压时的疼痛。不要小看这件破烂不堪的衣服，是它陪着我度过了这大半辈子的岁月，它见证了我的辛苦和艰难，它比一件光鲜的新衣更能说明我们庄稼人的

生活，我穿上它觉得更踏实舒心。我去干活都穿这件破衣，昨天我下地干活也是穿着这件。听说你来了，怕被初次见面的儿媳笑话，才叫邻居的小女孩悄悄拿出件整齐点的衣服换上回家的。和你相处后，觉得你是个懂事理、懂得庄稼人的生活的人，我才跟你说这些的。”

她的话给了我极大的感动和震撼，至今想起那些话，仍让我心潮起伏难平。这就是纳西妇女的美德，她淳朴、善良、富有同情心，对人坦诚相待，总是以她的热情和特有的方式给人以关怀和温暖。这就是母亲，伟大的母爱，她的一生只知全心全意地奉献给子女，她生育、抚养、呵护着她的子女。一生勤劳艰苦，舍不得吃，舍不得穿，节俭度日，为的只是能让子女吃饱穿暖，把他们培养成人成才。

土制洗衣液和五分钱的桃核儿

帮婆婆洗的衣服，上面已是一层黑油油的汗渍，还有泥巴的印记，要洗干净很难，再加上没有肥皂，如何洗得干净呢？婆婆自有办法，她从厨房里拿出一罐灶灰水——土制洗衣液，让我用它将衣服浸泡搓洗。这种灶灰水我是很熟悉的，从小就看着它为庄稼人服务。在农村家家都制作灶灰水，用它来和面蒸馒头，擀面条，洗油腻的东西，洗头发，洗衣服。农村大多数的家庭都没钱买碱和肥皂这些消费品，所以发明了自制碱——灶灰水。这个发明不知始于何时，也不知发明权属于谁，但家家户户都自制灶灰水来解决生活所需。灶灰水的制作很简单，农村家家户户都烧柴做饭，灶里就积了很多灶灰，灶灰中含很多的碱，村里人将灶灰用一个大容器盛装，放上水过滤成灶灰水，成了碱水。这种方法不需花费半文钱就解决了生活中不可缺少的需要。用来做面食它就是碱，用来洗头它就是洗发液，用来洗衣服，它就是洗衣液。我从小洗头用的都是灶灰水，它的碱性很大，把我的头发都洗成了金黄色，所以我有个“黄毛丫头”的外号。

下午陪着婆婆去了供销社，这是村里也是附近几个村唯一的商店。这里离城镇远，到县城有 100 多公里，有的村民可能一辈子也没有到过县城。这里离石鼓镇有 60 里，离巨甸镇也有二三十里，所以村民很少去这些地方。他们购买日常生活用品就到这个供销社。供销社是 20 世纪 50 年代建立的国营店，既卖布匹、衣服及其他百货，也卖油盐等各种副食，同时还负责收购农民的土特产品。婆婆拿了二三十个桃核儿去卖，供销社收下了，给了 5 分钱。这又给我一个震撼和教育。桃子吃了，桃核儿就随手扔了，从没有想过要保留桃核儿，更没有想过要卖桃核儿，而且只卖了 5 分钱，这似乎有点太小气了吧！过后想想，这就是生活，日子就得这么

过。对一个农民来说，5 分钱也是来之不易的，要买东西的时候，少一分钱也买不回来呀！婆婆之所以能培养儿子上学读书，不正是靠她一点点地积攒，靠她这样勤俭持家才做到的吗？节俭也是一种美德，婆婆真正做到了“一粥一饭当思来之不易，半丝半缕恒念物力维艰”的格言训示，她是从自己的生活实践中体验到勤俭持家的真理。这也深深地影响了我对生活的理解和持家的态度——无论你多么富有，也要节俭，不要浪费，这是对劳动和劳动人民的最大尊重，也是对自己的尊重。

“打”草鞋与缝蓑衣

婆婆是个闲不住的人，说是休息休息，实际上是不停地在做家务和准备干活时需要的东西。我在士可村这几天，她除了干别的活外，还忙着打草鞋、缝蓑衣。

打草鞋是我从小就看熟了的一种劳作。“打”草鞋其实是编草鞋，纳西话叫“喷梅当”，翻成汉语是草鞋（喷梅）编（当）。纳西话的意思是“编”，为何汉语要说“打”？我也不知道，只是我学汉语时当地汉人都把编草鞋说成“打”草鞋，我也照说就是了。

打草鞋是当时丽江农妇的一件重要劳作。每到晚上或农闲时，时常见到妈妈、外婆、姑奶、小孃……都在打草鞋。她们要准备全家人干活时要穿的草鞋，尤其是在农忙前更要多准备几双。现在的年轻人已不知道打草鞋穿草鞋的事了，但要知道，那个年代，一方面物资十分匮乏，生活贫困；另一方面也没有财力支撑，一般的家庭都没有鞋穿，又不能长期光着脚下地干活，所以农村妇女必须学会打草鞋。其实穿草鞋也只能略微减轻一些脚板心被尖碎的石块或其他硬物磨伤刺破的痛苦。到了冬天霜冻时，很多人的脚跟脚趾都会开裂，有的裂口似小孩的嘴巴，流出鲜血，十分疼痛，走路都困难。这里山上有一种叫“果表洋”的野生植物，它的根块像百合心，白色，有黏性可以治疗开裂。人们将它捣碎后塞进裂缝里，再贴上一块布条，裂口就会慢慢愈合。

打草鞋的原料是以稻草为主，凡是种稻的地方都有的，只要把较长较好的稻秆除净稻叶，理整齐，一把把的捆好备用即可。草鞋的梁绳、鼻、耳部用山茅草，那是一种细长又经磨的山草，也有用布条或麻皮的。山茅草在大深山里才有，山区农民会背来卖，也有人自己去大深山里拔。打草鞋时先将山茅草及稻草在水里浸泡一下，弄湿变软后再用。我从小就看着她们打草鞋，所以自然也学会打草鞋了。虽然动作不熟练，但也能马马虎虎编成。婆婆家种稻子，稻草是很多的，山茅草是她到深山里拔来的。我

们边聊天边打草鞋，我搓茅草绳，她打草鞋。

婆婆还缝了两件蓑衣。在农村，蓑衣是一件用途很多的物品。一是可以当垫子。干活在地边休息时，地上又是泥又是土的，只要把蓑衣垫上就可以坐下休息或小憩；背东西时可以当垫背，减轻对背部的磨压；在家里也常垫在地上让小孩躺在上面或让人坐。二是可以当雨具。雨季来了，三天两头下雨，雨季正是农忙季节，是最繁忙的时候，农民不能因为下雨而呆在家里，他们最好的雨具就是斗笠和蓑衣。斗笠是用竹子编的，只有手艺人才能制作，所以一般农家都是买或者换。蓑衣都是各家自制的，这里多数农村妇女都会缝蓑衣。蓑衣的原料是棕树上的棕皮，大多农户房前屋后都会栽上一排棕树作为蓑衣的原料。一棵棕树一年可剥两三片棕皮。蓑衣宽约三尺，长约四尺，用棕皮拼缝而成。缝蓑衣用的针有六七寸长，微弯，针眼大，缝线大多用棕皮搓成细绳，也有用麻绳缝制的。蓑衣上有绳扣可以系住，披在身上。

婆婆的苦乐人生

我和未来婆婆在一起度过了难忘的几天。虽然我们初次见面，但好似早已熟识，彼此一见如故，胜似母女，无话不谈。婆婆跟我谈了她大半生的苦与乐。

川流不息的金沙江孕育着千千万万纳西族的母亲。母亲们世世代代在它的身旁繁衍和生息，日复一日地品尝着欢乐和痛苦。我的婆婆就是她们中的一个。

我婆婆也是纳西族人，名叫和翠谷，1904 年（属龙）出生在金沙江边的金庄乡长脚寨。她出生未满周岁，父亲就去世了。她母亲年轻守寡，没有儿子，只有两个女儿。虽然家中贫困，上无片瓦，下无立锥之地，但她不愿改嫁，一直含辛茹苦地养育这两个女儿。那时县教育部门在金沙江边置买了一部分田地出租，叫做“学田”。学田多的村子里还建有“学房”，是收租时存粮食用的。母女三人孤苦伶仃，相依为命，她们就是靠着租种学田和租住学房来过活。在农村租房住的也独此一户。孤女寡母，遭人白眼，受人欺凌的痛苦真是一言难尽。穷困的生活和悲苦的命运，锻炼和造就了她们不怕苦累、勇于克服困难的精神和勤劳节俭的品格，培养了她们善良体贴、富有同情心和乐于助人的优良品德。婆婆的母亲费尽心力，苦熬多年，总算把两个女儿养大成人，而且把她们培育成下田能种地，进门能做女红、操持家务的好手，是远近闻名的能干人。两个女儿大了以后，家里有三个劳动力支撑，日子好过多了。虽说要把劳动所得的大半拿去交租，但节俭持家，总算不至于少衣落食，还能略有节余。

我婆婆24岁出嫁，丈夫叫杨恩灏，与她同岁，也就是我公公。我公公是金庄乡士可村人，也是被金沙江看着长大的。他家里兄弟多，分家后所得田地很少，生活贫困，还欠下许多债。因为无钱办婚礼，只得用“抢亲”的办法结了婚。公公为人忠厚老实，能干活，是个劳动能手，但不善料理和安排。婆婆发挥出纳西族妇女的聪明才干和特有的管理才能，过门后就承担起当家理财的责任。

家里没有多少地种，劳动力有余，她就跟丈夫出门打短工挣钱，维持生计。他们四处奔波，本村、外村，甚至远到鹤庆县打工。婆婆还把她的婆婆接到家里一起过日子，这样既可尽心孝敬老人，又可让老人帮忙看家，她们婆媳关系相处得十分融洽。

然而打短工毕竟只是权宜之计，她一直想方设法寻找能长期稳定地改善家庭经济状况的办法。后来她从邻居那里租种了12亩荒地，她要设法在这块荒地上产出粮食，多产粮食。首先着手改良土壤。她砍来树枝，堆在土地上烧荒，增强地力，还从山上拉来腐质土当肥料。当时家里养不起牛马，粪肥少，为了增加肥料，她帮助牛马多的人家养牛，把牛拉回家喂养，负责喂草、垫圈，牛粪归她家。这样，她家地里的施肥量总是比别人家足。再就是精耕细作。她耕地耙地要比别家遍数多，更精细，田里平平整整，田土细腻，田埂铲得光溜溜的，看不到草根。村里人一看地面，就能知道哪块地是她种的。她的另一个增产诀窍是选种、换种。她精心选择种子，决不让一粒霉坏的种子下地，只要听说谁家有好品种，不管路有多远，她总要跑去设法换来。有一次听说对面江东有好稻种，尽管找渡船过金沙江不容易，但她硬是想办法渡过江去，把稻种换了回来。经过这样精心耕作，粮食每年都获得了好收成，婆婆地里的粮食产量比别家多出五六成到一倍，真是老天不负苦心人啊！

婆婆勤劳能干，不怕苦不怕累，在村里是有名的。她每天早晨天没亮就起床干活，上山砍柴、拉松毛，下地栽插、薅锄，直忙到天黑。收工回来接着就干家务，等吃完晚饭已是前半夜了。这时她还不能停手，还要做针线、纺毛线直到夜深才休息。天天如此，每天大概只睡四五个小时，有时还要少。她纺毛线也很艰辛，因为家里养不起羊，没有羊毛，她就从山里养羊户那儿贷来羊毛，经过漂洗、整理后纺出毛线，按规定把纺好的毛线大半交还给羊毛主人，自己便可留下一部分。她心灵手巧，又把这些毛线织成羊毛布，既有斜纹的，也有人字纹的，虽然粗一点，好歹也算是土制毛呢吧。她就用这些“土毛呢”给家里人做衣服。廷权上高中时，她用土毛呢给他做了一件人字呢大衣，没有染色，白的。在全校众多学生中，穿着母亲用自织布自制大衣的，仅他一人。这种“土毛呢”虽不能和高级呢料相比，但却比所有其他高级呢料更具有价值，因为母亲深厚的慈爱之情都倾注其中，穿在身上无比温暖，真正是“慈母手中线，游子身上衣”。婆婆纺毛线时也是分秒必争，到地里送肥料、上山砍柴、去会亲访友时都

随身带着纺线锤和羊毛，走到哪儿纺到哪儿，连走路的时候也是边走边纺线。每年春天她都要养蚕，她会缫丝，也会织丝带，缫出的蚕丝或织成的丝带大多拿到市场出售，这样也能给家里增加些收入。

农忙时，村里有互助“委工”，集体抢收抢种的习惯。婆婆是劳动能手，干活灵巧快捷。拔稻秧时，别人拔 50 把，她能拔 100 把；她插秧时一人能顶两个人的工效，别人插 4 行，她能插 8 行，而且又快又好，村里没有一个人能比过她，有人说她插秧快得像闪电，看着都眼晕。最可贵的是她给别人干活和给自己干活一个样，从不惜力，所以村里人都愿意和她“委工”。

养儿育女

婆婆生活的年代，生育孩子完全是听天由命，顺其自然的，没有任何节育可言。她一共生育了 12 个孩子，其中有双胞胎，但大多数都夭折了，只养活了 5 个，其中 4 个儿子，1 个女儿。她生育这些孩子，可以说是以命换命的，当时缺医少药，村里没有接生婆，也没有妇科医生，生孩子时靠婆婆或生育多个孩子有点经验的妇女来帮忙，有时就自己接生。她曾经生过一对龙凤胎，属猴的（1932年），孩子生下来后胎盘留在子宫里出不下来，没有办法，只能用手硬把胎盘拽下来，结果引起大出血，差点送了命，孩子也无力照管最终夭折了。她生这些孩子不易，养活这些孩子更难。她除了在生老大时坐月子，休息过一些时间外，生其余的孩子时，产前产后都没有时间休息，孩子快生了还下地干活，有一个孩子差点生在上山砍柴的路上。她生养这些子女虽然吃尽苦头，但也乐在其中。她最大的快乐是“有儿有女牡丹花”，儿女们给了她无限的满足和快乐。她的生活虽然很苦，但心里却是甜滋滋的，她活得很开心愉快。

婆婆的孩子也是从五六岁起就被带着干力所能及的活了。照纳西族的习惯，男女孩子干活时是有分工的。女孩子找猪食、拔草、捡柴、做家务；男孩子放牛、挑水……但是她让自己的儿子同时干男女孩的活，她说：“我让阿权（廷权）去找猪食、做家务、照顾弟弟妹妹、上山捡柴，村里人都笑话我，笑我把儿子当女儿使（用）。我也很不忍心的，但没有办法，那个时候真的是很困难啊！”

廷权也回忆说：“因为家里缺人手，我这个老大虽然是男孩，却既当儿子，又当女儿，既干男孩的活，也干女孩的活。我六七岁时，母亲就带我上山捡柴，到地里拔草，照顾弟弟妹妹，她还教我学会洗衣做饭。我背着草筐去拔草找猪食时，村里人都笑话我，因为拔草是女孩子的事。母亲

也很过意不去，她也希望我像村里其他与我同龄的男孩一样，放牛、爬树、捣鸟窝，悠闲自在地玩耍。但家里劳动力少，农家那么多的活计总要做，日子总要过，父母为了家里能有个温饱，已经在拼命干活，日夜辛劳，我身为长子，家里只有我这个稍大的孩子能帮上一把，当然要力所能及地多做一些。随着年龄的增长，母亲教我干的活也多了，插秧、打场、砍柴、收割等，也是男活女活都干。但她就是不让我犁地、撒种和耙田，因为这些是关系到一年收成的重要活计，是父亲的'专利'，母亲对我不放心。我至今仍清晰地记得插秧、收割时四肢朝地背朝天，腰疼腿酸的滋味。正是母亲对我从小开始的点滴培养以及目睹母亲日复一日的辛勤劳动，使我能够了解到劳动的艰苦，感受到劳动人民的脉搏，与他们建立起天然的联系和深厚的感情，并愿意为他们付出我的一切。"

培养儿子读书成才

士可村民风淳朴，文化落后，公公婆婆和所有普通农民一样忠厚善良、勤劳节俭，不怕苦不怕累，具备中国农民的传统美德。他们祖祖辈辈生活、劳动在这里，种地、结婚、生育，孩子长大了又当农民。代代相传，都是“四肢朝地背朝天，嘴啃泥巴肩扛锄”。他们目不识丁，没有文化，连自己的名字都不认识，尽管早出晚归，一生辛苦，到头来还很难混个温饱，总也改变不了自己的命运。要想让自己的子女改变这种状况，出人头地，唯一的办法就是送子女去上学。如果子女们能够掌握文化知识，到外面去闯世界，做出一番事业来，他们觉得这一生也就没有白活，他们拼死拼活地劳动也就算得到回报了。

廷权回忆他读书求学的经历时说：“当我六岁时，因为村里还没有办学校，父母就送我到大伯父那里读书。大伯父是考过秀才的读书人，他教我开蒙识字，读的书有《三字经》、《幼学琼林》等。‘学费’是每天清早我跟母亲到山里捡一背干柴给他，另外还做些我能做的杂事。读了一年后，村里办起了小学校，母亲便让我到村小去上学。我白天上课，早晚帮家里干活，直到初小毕业。高小设在格子乡，离士可村 10 里，家离学校较远的学生都住校，自己做饭吃。当时我 10 来岁，为了让我继续读书，母亲又送我到格子乡住校上高小。我每周六下了课就走山路回家，周日在家劳动一天，周一清早又背着下周的口粮和蔬菜回学校。就这样艰苦地读了两年，直到高小毕业。父母省吃俭用地供我上学，十分不容易。每次我回家时，母亲都苦口婆心地叮嘱我，要我用功读书。她时常对我说：‘孩子，我们很需要你帮家里干活，家里贫穷，供你上学也很艰难，但怎么说也不能让你再像我们这样生活了。要让你有文化知识，给你父母挣面子，不管多辛苦也要供你上学。你要好好用功，千万不要辜负我们的苦心。’我虽然年纪尚小，但也能领会父母的一番苦心，因此我更严格地要求自己，刻苦读书，学习成绩优异，深得老师的赞赏。那时我饮食条件差，干活又多，所以营养不良，个头很小。校长鼓励我说：‘花椒虽小，照样麻人。你好好读书，将来会有出息的。’在格子乡上学，我不仅学到了知识，也锻炼了独立生活的能力。

“到上中学的时候，虽然这是我和父母都热切期盼的，但学费和生活费这一大笔开支，家里实在承担不了，没有办法，我只能辍学在家干活。在离我们村 12 里路的三仙姑村，有个李寒谷先生，是北京大学毕业的，很有文才，写过好几部小说。他刚 20 多岁，因身体不好，回村自费筹办了‘三仙姑中心小学’，招收有点文化基础的学生进行补习，我就去他那里上学。他从北京回来，受新观念新思潮影响，思想很进步。他教我们英文、语文，还借给我们一些书籍和刊物看。我有生以来看到的第一本小说《少年漂泊者》就是从他那里借来的。他热情鼓励我去上中学，并指点说，国立丽江师范学校是培养边疆地区教师的公费学校，管吃管住，不用交学费，自己做几件衣服，再筹备些笔墨、纸张和零花钱就行了。家里经济困难的，最好去国师上学。我听到这个消息后非常兴奋，父母知道后也十分支持。我顺利地通过了入学考试，终于考入国立丽江师范学校简师部。我当然很高兴，但父母比我更高兴。在纳西族的传统观念中，一个农家能供养自己的儿子上中学，那是莫大的荣耀。我能去上中学，对于他们来说，不仅是最大的光荣，也是最大的安慰，他们多年的梦想和愿望终于可以实现了。士可村距离国师有120余里，路途遥远，那时全靠步行，要走两天才到。母亲给我凑了点钱，包上一卷行李，我就带着这点‘家当’踏上了中学生活的旅程。我每次去学校，母亲都要送我走出五六里路，边走边不厌其烦地叮嘱我：‘要用功读书，要争气做人，要和同学们搞好团结，要学会忍让，要遵守学校纪律。不要怕吃苦，吃得苦中苦，方能人上人。你一人在外，要学会保护自己。’她还反复嘱咐，在国师附近有几家亲友，如果有什么危难之事，可以去求助，等等。每次都是走到离村子很远了，我劝她回去，她仍然恋恋不舍，真想把我亲自送到百里之外的学校去。因为送家人出远门掉眼泪是忌讳的，所以当她和我告别时，总是在脸上强挂起笑容，而心里却是苦涩的。她舍不得让儿子离开她，但为了儿子的前程，又不得不送儿子远离去求学。真是‘可怜天下父母心’。

“简师部的学制是四年，不学外语，学藏文，因为这里是为藏族地区培养师资的。当我读到第四年时，由于管理学生伙食的学校事务员有贪污行为，学生们强烈不满，罢课闹学潮。我是学生会主席，当然支持学生们的正当要求。学校当局为庇护他们的事务员，处分了带头的学生，我也受到记两个大过、两个小过的不公正处罚，几乎被开除。明知自己没有过

错，却受到如此不公的处分，正直的师生们都为我鸣不平，我心里也极为愤懑，不愿在这里继续读下去了。学友们建议我去省立丽江中学上高中，可是省中的学费、伙食费都要自己支付，家里的经济状况虽然比过去有所好转，然而这样一大笔费用，毕竟难以负担。我把情况和想法向父母说过后，父母没有指责我，反而为我抱不平。母亲坚定地说：‘无论如何也要供你上高中。’她把自己做姑娘时打制的首饰变卖了，把家里的存粮也卖掉了，还把她这几年拼死拼活挣钱攒下来的一点积蓄全都拿出来，总算凑齐了读高中的费用，我也顺利地考入省立丽江中学高十七班，一直读到高中毕业。母亲为供养我读完这三年高中，毫不犹豫地花费掉她大半生辛勤劳作、点点滴滴积攒下来的血汗钱。我无法估算出，她为挣这些钱流过多少汗水，熬过多少不眠之夜。为积攒这些钱，她舍不得吃，舍不得穿。她干的活是村里最重最累的，她穿的衣服是村里最破烂寒酸的。她图的是什么？她就是这样呕心沥血地为子女默默地奉献出自己的一生，慈母的爱是多么深沉厚重啊！”

婆婆乐于助人，妯娌邻里间有什么困难她都主动帮着解决，经常帮助别人换种、熬糖、磨豆腐等。她为人和气，善于忍让，与村里各家各户的关系都非常融洽。

公公婆婆识大局，顾大体，是非观念很清楚。他们积极支持廷权参加革命，从事地下工作。当廷权回村在家里办妇女夜校，发动妇女参加革命时，婆婆每个晚上都准备好照明用的松明，她自己也参加识字班学文化。从事地下工作的同志们来江边办事或路经这里，都到她家吃住。她总是倾其所有，热情招待。1954年，国家实行义务兵役制，当时家里只有二儿子廷模一个人能帮父母干活，但她坚决响应政府号召，不顾自己的困难，毅然送他去参军。可惜廷模在云南边疆服役时牺牲了。这对公公婆婆是一个很大的打击。他们悲痛之极，再加上长期劳累，积劳成疾，身体都很虚弱。公公最终没能熬过来，于1960年病逝，年仅56岁。

廷权和母亲孩子

公公婆婆一生恩爱，和睦相处，同甘共苦，公公的去世对婆婆又是一

个沉重打击，如同雪上加霜，加上生活条件差，她重病缠身，身体彻底垮了。1961 年我们把她接到北京治疗，当时她的体重只有 30 公斤，血色素仅有 4 克，生命垂危，一到北京立刻就送往医院抢救。经过手术治疗和医护人员的精心照料，总算保住了生命。病愈出院后，我们让她在北京休养，细心服侍了一年时间，她的身体也慢慢康复了。

婆婆康复后，就急着要回老家去，我们再三挽留，想让她长期住在北京，与我们共同生活，但婆婆挂念着还未成家的三个子女，一定要回士可村去帮助他们成家立业。她说：“我有了这么好的三个孙子，又看到了北京大地方，村里还没有谁能有我这么好的福气呢！我知足了。”她回到老家后，现身说法，到处宣传祖国的伟大，首都的美丽，医疗水平的进步，在遥远偏僻的山村产生了很大的影响。婆婆于 1969 年 11 月 17 日在丽江士可村病逝。那时农村没有电话，打电报也要到距离很远的县城，交通十分不便，写信也要 20 多天才能收到。接到家信时已是丧事处理完毕许久了。当时廷权出差在外地，我只有以痛哭来表达对婆婆的哀思悼念。据以后了解，那时正是“文化大革命”期间，纳西族传统的丧葬习俗都作为封建迷信破除了，人去世后只好送到墓地埋葬。这位勤劳一生的母亲，竟没能与远在北京的儿孙们再见一面，抱憾离世了。

公公婆婆的一生是辛苦勤劳的一生，这期间也伴有欢乐。他们养育的儿女及孙辈都已成人成才。他们的 5 个子女中：1 人在部队工作，1 人做医生，2 人从事农业劳动，都已成家立业繁育子孙。1 人在边防部队牺牲。他们的孙子女 11 人中，有大学文化的 6 人，其中博士 1 人、硕士 2 人，其余的也都受到了中等文化教育。这些孙辈在各行业服务：在军队服务的 3 人，其中有大校 1 人、上尉 2 人；有从事研究工作的研究员；有从事技术工作的高级工程师；有从事教育工作及其他工作的（5 人）；还有继承爷爷奶奶的事业从事农业劳动的。在重孙辈 11 人中有出国留学的，有已大学毕业在攻读硕士学位的，有的即将大学毕业，其余幼小的在求学。这是对他们一生辛勤养育子孙的恩情的回报。

图书在版编目（CIP）数据

悠悠岁月情/杨一星著. —北京：民族出版社，2012.11

ISBN 978-7-105-12469-5

Ⅰ.①悠… Ⅱ.①杨… Ⅲ.①回忆录—中国—当代 Ⅳ.①I251

中国版本图书馆 CIP 数据核字（2012）第 261363 号

悠悠岁月情

策划编辑：欧光明
责任编辑：黄　勤
封面设计：金　晔
出版发行：民族出版社
社　　址：北京市和平里北街 14 号　邮编 100013
网　　址：http：//www.mzcbs.com
印　　刷：北京艺辉印刷有限公司
经　　销：各地新华书店
版　　次：2012 年 11 月第 1 版　2012 年 11 月北京第 1 次印刷
开　　本：787 毫米×1092 毫米　1/16
字　　数：242 千字
印　　张：23.625
定　　价：60.00 元
ISBN 978-7-105-12469-5/I·2383（汉 2671）

该书如有印装质量问题，请与本社发行部联系退换
编辑室电话：010-64228001　发行部电话：010-64211734